历史人士信丰吟

陈明淦 ◎ 编著

江西人民出版社

图书在版编目（CIP）数据

历史人士信丰吟/陈明淦编著.—南昌：江西人民出版社，2017.6

ISBN 978-7-210-09524-8

Ⅰ.①历… Ⅱ.①陈… Ⅲ.①诗词—作品集—中国 Ⅳ.①I22

中国版本图书馆 CIP 数据核字（2017）第 121746 号

历史人士信丰吟

陈明淦　编著

组稿编辑：陈　英

责任编辑：徐明德　饶　芬

书籍设计：同昇文化传媒

出　　版：江西人民出版社

发　　行：各地新华书店

地　　址：江西省南昌市三经路 47 号附 1 号

编辑部电话：0791-86898965

发行部电话：0791-86898801

邮　　编：330006

网　　址：www.jxpph.com

E-mail：gjzx999@126.com

2017 年 6 月第 1 版　2017 年 6 月第 1 次印刷

开　　本：880×1230 毫米　1/32　印张：12.125

字　　数：260 千字

ISBN 978-7-210-09524-8

赣版权登字—01—2017—476

版权所有　侵权必究

定　　价：46.00 元

承 印 厂：南昌市红星印刷有限公司

赣人版图书凡属印刷、装订错误，请随时向承印厂调换

训蒙大意示教读——代序

明·王阳明

【按语】 凡书大都有"序"。本书完稿后,也曾想找人作序。然左思右想,不知请谁为好。忽然,编辑《信丰文化大观·古代教育》时看到的王阳明《训蒙大意示教读》一文浮现在我眼前,该文内容正契合本书旨意,我抄录下来并做了翻译,放在"目录"之前,藉以代"序"。

古之教者,教以人伦。后世记诵词章之习起,而先王之教亡。今教童子,惟当以孝弟忠信、礼义廉耻为专务。其栽培涵养之方,则宜诱之歌诗以发其志意,导之习礼以肃其威仪,讽之读书以开其知觉。今人往往以歌诗、习礼为不切时务,此皆末俗庸鄙之见,乌足以知古人立教之意哉!

大抵童子之情，乐嬉游而惮拘检，如草木之始萌芽，舒畅之则条达，摧挠之则衰痿。今教童子，必使其趋向鼓舞，中心喜悦，则其进自不能已。譬之时雨春风，霑被卉木，莫不萌动发越，自然日长月化。若冰霜剥落，则生意萧索，日就枯槁矣。故凡诱之歌诗者，非但发其志意而已，亦以泄其跳号呼啸于泳歌，宣其幽抑结滞于音节也。导之习礼者，非但肃其威仪而已，亦所以周旋揖让而动荡其血脉，拜起屈伸而固束其筋骸也。讽之读书者，非但开其知觉而已，亦所以沉潜反复而存其心，抑扬讽诵以宣其志也。凡此皆所以顺导其志意，调理其性情，潜消其鄙吝，默化其粗顽，日使之渐于礼义而不苦其难，入于中和而不知其故。是盖先王立教之微意也。

若近世之训蒙稚者，日惟督以句读课仿，责其检束而不知导之以礼，求其聪明而不知养之以善，鞭挞绳缚若持拘囚。彼视学舍如囹狱而不肯入，视师长如寇仇而不欲见，窥避掩覆以遂其嬉游，设诈饰诡以肆其顽鄙，偷薄庸劣，日趋下流。是盖驱之于恶而求其为善也，何可得乎？

凡吾所以教，其意实在于此。恐时俗不察，视以为迂，且吾亦将去，故特叮咛以告。尔诸教读，其务体吾意，永以为训；毋辄因时俗之言，改废其绳墨，庶成"蒙以养正"之功矣。念之念之！

【注】

①明武宗正德十三年（1518）王阳明任南赣巡抚，在赣南各地订立乡约，兴办社学并颁发此文晓谕大众。训蒙大意：儿童教育的基本原则。教读：社学教师。②蒙以养正：语出《周易·蒙卦·象传》，"蒙以养正，圣功也。"意为应当培养儿童纯正无邪的品质。

【译文】

　　古时候的老师，以人伦纲常教育学生。后世记诵词章的学风兴起，先王的教化就消亡了。当今教育儿童，只应把孝悌忠信、礼义廉耻作为专一的功课。至于教育的具体方法，则宜通过吟咏诗歌来激发他们的志趣；引导他们学习礼仪，以严肃他们的仪容；劝导他们读书，以开启他们的智力。如今的人常常认为唱歌咏诗、学习礼仪不合时宜。这是庸俗鄙陋的见识，岂能明白古人设立教育的本意？

　　一般说来，儿童少年的性情是喜欢嬉戏玩耍而惧怕约束，犹如草木刚发芽，让它舒展生长就能迅速枝条发达；如果摧残压抑它就会枯萎衰败。当今教育孩子，也必须顺着他们的天性，多加鼓励，使他们内心愉悦，他们自然就能不断进步，有如春天的和风细雨滋润花草树木，花木没有不天天萌芽生长的。如果遇到冰霜侵袭，就会生气萧索衰败，一天天枯萎。所以，通过吟诗唱歌来引导孩子，不仅是开发他们的志向和兴趣，而且是为了在吟唱诗歌中消耗他们蹦跳喊叫的精力，在音律中宣泄他们心中的郁结和不快。引导他们学习礼仪，不但可以严肃仪容，还可以在打躬作揖中活动血脉，在叩拜屈伸中强健筋骨。教导他们读书，不但可以开发他们的智力，而且可以在潜心反复研讨中涵养心性，在抑扬顿挫的朗诵中弘扬志向。所有这些都是顺应他们的天性，引导他们的志向，调理他们的性情，在潜移默化中消除粗俗愚顽的秉性。这样，使他们的行为逐渐符合礼义而不觉得苦难，性情在不知不觉中达到中正平和。这就是先王创立教育的深意。

　　现今教育儿童，每天只知用标点断句、课业练习督促他们，要求他们严格约束自己，却不知道用礼仪来引导，只知要求他们聪明却不知培养他们的善良之心，只知用规矩教条鞭挞束缚他们，像对待囚犯一样。于是他们把学校看作监狱而不愿去，把老师当作强盗仇人而不想见。他们窥伺、逃避、掩盖、遮挡来嬉戏玩耍，作假、掩饰、说谎，放纵他们顽劣鄙陋的本性，变得庸俗低劣，日益堕落。这是驱使他们作恶却又要求他们向善，怎么可能呢。

  我的教育主张，本意就在这里。我担心人们不理解，认为我很迂腐，再者我即将离开此地了，所以特意加以嘱咐，希望你们这些教师，一定要明白我的用意，永远遵守，不要因为世俗言论而废除我制定的规矩，也许可以收到"蒙以养正"的功效。切记切记！

目 录

⊙宋·赵师侠【11首】　　　　　　　　　　　　　　　　1
满江红·辛丑赴信丰，舟行赣石中 / 2　水调歌头·癸卯信丰送春 / 3
蝶恋花·癸卯信丰赋芙蓉 / 3　酹江月·信丰赋茉莉 / 4　促拍满路
花·信丰黄师尹跳珠亭 / 5　促拍满路花·瑞荫亭赠锦屏苗道人 / 6
武陵春·信丰揖翠阁 / 6　鹧鸪天·揖翠晚望 / 7　双头莲令·信丰双
莲 / 7　小重山·农人以夜雨昼晴为夜春 / 8　蝶恋花·戊申秋夜 / 9

宋·邓有功（4首）　　　　　　　　　　　　　　　　　9
客信丰寄刘起潜 / 10

宋·文天祥　　　　　　　　　　　　　　　　　　　　11
陈霖公像赞 / 11

⊙宋·罗　椅【12首】　　　　　　　　　　　　　　　12
题信丰县城门六首 / 13　题信丰县览秀亭 / 15　寄杜南安子野 / 16
田蛙歌 / 16　八声甘州·孤山寒食 / 17　挑濠歌 / 18　瞌睡诗 / 19

☆元·刘贵一【6首】　　　　　　　　　　　　　21
竹桥夜泊 / 21　访东禅寺僧 / 21　游谷山 / 22　同吕子贤游南山寺野老岩 / 22　将出都门和沈王见怀韵 / 23　由会昌江口分路之宁都赋别五弟 / 24

☆明·李得辅【6首】　　　　　　　　　　　　　25
和罗邑侯咏六城门诗 / 26

☆明·黄　闰【4首】　　　　　　　　　　　　　28
新龙山 / 28　拟唐长安春望 / 29　和佺侗生春日看花之作 / 30　习静轩 / 30

☆明·朱　勖　　　　　　　　　　　　　　　　31
重修明伦堂 / 31

明·周　凤　　　　　　　　　　　　　　　　32
登信丰城 / 33

明·王　纶【8首】　　　　　　　　　　　　　33
咏桃江八景 / 34

☆明·张　纯　　　　　　　　　　　　　　　　41
犹山 / 41

明·黄仲昭【2首】　　　　　　　　　　　　　42
自信丰往龙南过竹高岭 / 42　送杨上舍还桃江 / 43

明·杨　敬【8首】　　　　　　　　　　　　44

花园早春 / 44　竹桥夕照 / 44　东禅晓钟 / 44　西湖夜月 / 45　七里滩声 / 45　五团仙迹 / 45　谷山积翠 / 45　桃水拖蓝 / 46

☆明·杨　铭　　　　　　　　　　　　　　47

秋日登览秀亭 / 47

☆明·俞　通【3首】　　　　　　　　　　48

前题 / 49　圣山（二首）/ 49

明·吴百朋【3首】　　　　　　　　　　　50

移镇信丰生擒诸渠捷至 / 50　凯旋舟中简守巡两君 / 52　谷山即事 / 53

明·蔡汝兰【2首】　　　　　　　　　　　54

九日登九日岗 / 54　谷山 / 55

☆明·邓　卓【3首】　　　　　　　　　　55

竹桥夕照 / 56　东禅晓钟 / 56　西湖夜月 / 57

明·钟　瓘【4首】　　　　　　　　　　　58

壬戌九月入信丰十五夜月色如昼诗示行实时同舟也 / 59　游南山观题壁 / 59　有怀披锦堂题诗南山寺 / 60　纪行十六日经下韩滩作 / 61

⊙明·刘　格【9首】　　　　　　　　　　61

咏桃江八景次王参政韵 / 62　春日登公署高楼 / 66

☆明·甘士价　　　　　　　　　　　　　67

汉仙岩 / 67

☆明·俞献可　　　　　　　　　　　　　　　　68
征寇凯旋 / 68

☆明·俞　溥　　　　　　　　　　　　　　　　70
董坑岩 / 70

☆明·邓友诚（3首）　　　　　　　　　　　　71
可乐亭 / 71　南山观二首 / 72

☆明·俞　琳　　　　　　　　　　　　　　　　74
天台坐月 / 74

明·刘　鸿　　　　　　　　　　　　　　　　　75
可乐亭 / 75

☆明·黄　注（11首）　　　　　　　　　　　　76
南野道中 / 76　九日金文寺登高 / 77　是日与客移饮野老菴有怀吴兴诸友 / 77　上岻岭 / 78　和贡甫咏怀诗六首 / 79　龙舟晓发 / 84

☆明·俞　适（5首）　　　　　　　　　　　　　84
宝塔寺 / 84　览秀亭 / 85　膺诏领荐 / 85　早朝谢恩值雨二首 / 86

明·邱　濬　　　　　　　　　　　　　　　　　87
赠丁县尹诗 / 88

☆明·张　省（2首）　　　　　　　　　　　　　89
和某宿南山观 / 89　罗汉庵 / 90

☆明·俞 渊　　　　　　　　　　　　　90
题万安寺宋僧遗身 / 90

明·张勉学　　　　　　　　　　　　　91
游奉真观复上南山寺 / 91

☆明·俞 绅　　　　　　　　　　　　　93
南山寺 / 93

明·林大辂　　　　　　　　　　　　　94
南山寺 / 94

⊙明·胡明通　　　　　　　　　　　　95
谷山即事十五韵 / 95

明·张 璁　　　　　　　　　　　　　97
南山寺 / 97

明·陈良珊　　　　　　　　　　　　　98
前题次韵 / 98

☆明·俞 纶　　　　　　　　　　　　　99
可乐亭 / 99

明·邢 珣　　　　　　　　　　　　　100
府馆 / 100

明·周进隆   **101**

南山寺 / 101

明·张汝弼（3首）   **101**

登城 / 102   南山观 / 102   桃枝江 / 103

☆明·俞 雍   **104**

香山 / 104

⊙明·黄 鳌（8首）   **104**

秋兴八首 / 105

明·汤显祖   **107**

送黄九洛归虔 / 107

☆明·黄戴玄（11首）   **108**

初到香山寺 / 109   宿香山寺 / 109   哀道人岩 / 110   饭农家 / 111   炼丹台 / 111   暮春同曹鲁生四有吴看渠僧太若登来星阁 / 112   月夜宿凤凰山 / 113   游龙塘山 / 113   病中答林茂之 / 114   寄怀林茂之 / 114   上巳日招看渠诸君及太若诸上人结社小胜园 / 115

☆明·黄 济   **116**

金钟山寺 / 116

明·罗汝芳   **117**

桃津 / 117

明·陈子壮 119
　　题挑石夫小像 / 119

☆明·吴人先 120
　　游小龙山 / 120

☆明·郭君聘（3首） 121
　　龙舟寨上五日作 / 121　　游香山 / 122　　游谷山 / 123

清·梁佩兰（2首） 123
　　寄怀信丰方鹤洲明府 / 123　　度岭 / 125

☆清·袁　方（10首） 125
　　鉴书楼 / 125　　状元坊 / 127　　咏竹村八景 / 127

☆清·袁　岱（10首） 131
　　鉴书楼 / 131　　咏仙人石 / 131　　咏竹村八景 / 132

清·施　男（3首） 136
　　春日口号（三首） / 136

清·魏　书（5首） 139
　　东禅寺 / 139　　游武龙山 / 140　　方广院 / 140　　重过方广院 / 141　　刘婆井 / 141

清·张尚瑗（3首） 142
　　信丰南山寺抔土巍然相传为吕汲公墓瞻拜敬题 / 143　　白华庵 / 145　　暮经枫树庵入宿黄萝山 / 146

☆清·周之鼎　　　　　　　　　　　　　　**147**
　　吊吕汲公墓 / 147

⊙清·张执中（9首）　　　　　　　　　**149**
　　信丰八景 / 149　　游谷山作 / 153

⊙清·刘弘钧　　　　　　　　　　　　　**154**
　　东郊劝农历武山诸胜 / 154

清·章履成　　　　　　　　　　　　　　**156**
　　乌漾滩歌 / 156

清·吴佳骐　　　　　　　　　　　　　　**156**
　　古株山 / 157

☆清·黄　裳（7首）　　　　　　　　　**158**
　　铁鼓歌 / 158　　信丰塔 / 159　　信丰竹枝词四首 / 160　　赣城七夕词 / 161

☆清·黄　虞（3首）　　　　　　　　　**161**
　　来星阁落成 / 162　　乌漾滩 / 163　　赣江 / 164

清·张　瀚（14首）　　　　　　　　　　**166**
　　岁暮由信丰回赣县道中 / 166　　桃江八景诗 / 167　　游南山作 / 170　　谒吕汲公墓 / 170　　午日信署小集同叶素我林严次裴诸君子次秋林韵 / 171　　桃江留别 / 172　　舟泊乌漾滩同叶秋林看月 / 172

清·严　焴（2首）　　　　　　　　　　**173**
　　游南山寺 / 173　　午日集信丰官舍次叶秋林韵 / 174

清·叶方时（12首） 174
送张北屏明府兼摄信丰 / 175　同北屏明府家秋林赴信丰 / 175　赴信丰牛轭岭 / 176　立夏呈北屏明府 / 177　和北屏明府桃江八景诗 / 178

清·叶　丹（17首） 180
信丰道上四首 / 180　桃江春泛同次裴素我 / 181　初夏客信丰漫兴四首 / 182　游南山金文寺复登山顶眺览得一百八十字 / 183　信署雨中同严次裴家素我小饮得溜字 / 184　午日署中集饮分韵索张明府北屏先生和 / 185　信署呈北屏先生四首 / 185　舟泊乌漾滩同北屏先生看月次韵 / 187

清·陈言吉 188
赠黄耕山有序 / 188

清·朱凤英 191
秋日寄赠黄云畦前辈 / 191

清·张嘉理 194
石畦重过潋署喜而赋赠 / 194

清·朱国兰 195
夏五信城喜晤石畦 / 195

清·燕澄源（3首） 196
崇正书院春夜独坐 / 196　春日桃江舟次 / 197　王文成祠 / 197

清·哈　澄 199
牛轭岭题壁 / 199

清·朱 淳   199
前题 / 199

☆清·黄 彬（3首）   202
来星阁落成 / 203　刘婆井 / 203　梅花村 / 204

⊙清·潘汝炯   205
登览秀亭 / 205

⊙清·刘笃胜   207
信丰官廨赋久雨 / 207

清·萧师谔   207
东龛 / 208

☆清·俞世沛   209
芙蓉岩 / 209

☆清·黄文汾（4首）   210
香山寺 / 210　寒食日溯乌漾滩 / 211　铁石岩 / 212　赠凤西谢学博 / 214

☆清·黄文澍（18首）   215
重九登南山 / 215　登览秀亭 / 216　九日登武龙山最高亭 / 217　东龛 / 218　过惶恐滩吊文信国 / 218　五月初三夜泊龙下张公庙 / 219　坐鹧公山 / 220　晚泊崇先月光围 / 220　和刘明府来星阁饯别赣县张明府 / 221　游谷山 / 222　次谷山道中 / 224　次题仙济岩壁 / 225　次咏

芙蓉岩 / 227　次咏出谷岩 / 227　次咏丛桂岩 / 228　次咏刘婆井 / 229
次咏鹦鹉石 / 229　记游谷山及仙济岩 / 230

☆清·俞嘉哲（3首）　　　　　　　　　　　　　　　　233
游香山 / 234　梅花村 / 234　和明府张澹仙先生招游红叶岸元韵 / 235

☆清·黄洪生（2首）　　　　　　　　　　　　　　　　235
将军寨 / 236　照镜石 / 236

☆清·黄文沅（2首）　　　　　　　　　　　　　　　　237
下乌漾滩 / 237　上乌漾滩 / 238

☆清·傅　璋　　　　　　　　　　　　　　　　　　　238
游松梵庵 / 239

⊙清·刘锡瓒　　　　　　　　　　　　　　　　　　　239
留别贡士熊献周 / 239

☆清·黄世成（11首）　　　　　　　　　　　　　　　241
信丰风土 / 241　上桃江 / 242　无题 / 243　赴望溪先生丧得家书及游明府东兼抄示署 / 244　下滩 / 245　上滩 / 246　忘归岩 / 246　八境台 / 247　白云阿 / 247　南山钓台 / 248　赠江礼署宅相辞令归里 / 249

清·吴之章（5首）　　　　　　　　　　　　　　　　250
留别黄养珀培山昆季 / 250　吕公墓 / 252　竹桥晚眺同黄岷雪作 / 253　下寒滩·信丰江 / 254　同金溪马夔飚信丰黄方水会昌赖沧峤舍弟湘皋登八镜台归饮郁孤台 / 254

清·饶维达（2首） 255
过楠木峡 / 255　下重滩 / 256

清·万　藻 257
送黄培山归省亲 / 257

清·裘日修（6首） 261
送黄培山乞假旋里 / 261

清·方率元 263
送黄培山南归省亲 / 264

清·胡国楷（2首） 265
次黄平菴假满就职见示原韵 / 265　送黄平菴归乡读礼 / 267

清·黄　诏 271
怀平菴弟 / 271

清·叶文熹（3首） 272
赠桂涯游明府 / 272　春日游狮子林 / 273　同日游大悲阁 / 273

☆清·黄天策（11首） 274
宝塔 / 274　吊吕汲公墓四首 / 275　刘婆井 / 277　照镜石赋 / 279　响石 / 284　双城合璧 / 286　竹谷风情 / 286　东山晓钟 / 286

清·谢　昌 287
寄怀黄一峰 / 287

清・温　孝（2首）　　　　　　　　　　　　　　　289
　　会城唔黄夫一峰 / 289　黄培山仪部丁内艰归里授途南康喜值有赠 / 290

清・吴湘皋　　　　　　　　　　　　　　　　　292
　　江宁送黄一峰膺荐入都 / 292

清・谈　苑　　　　　　　　　　　　　　　　　294
　　九十九峰歌 / 294

☆清・黄占鳌　　　　　　　　　　　　　　　　296
　　游七里东华庵 / 296

☆清・江宗淇（5首）　　　　　　　　　　　　　298
　　奉真仙观 / 298　谷山寺 / 298　登鹭鹚寨 / 299　桃花幔 / 299　晓发乌漾滩抵赣郡作 / 300

☆清・谢肇清（2首）　　　　　　　　　　　　　300
　　谒双节祠 / 301　谒王文成祠 / 303

⊙清・魏攀龙　　　　　　　　　　　　　　　　305
　　章门寄信丰熊献周年丈 / 305

清・李芳华（7首）　　　　　　　　　　　　　306
　　乱后过听泉阁题壁 / 306　黎川留别四首 / 307　哀道人岩 / 309　宿香山寺 / 309

☆清・钱宫槐（2首）　　　　　　　　　　　　　310
　　登高华山 / 310　游东禅寺 / 310

☆清·郭化成　　　　　　　　　　　　　　　　　311
　　鞅武小谷邑候 / 311

☆清·王新龙（2首）　　　　　　　　　　　　312
　　九日同黄君霁亭刘君鹤亭携儿辈登文明山夜归有作 / 312　登石人岭 / 313

清·孔毓炎　　　　　　　　　　　　　　　　　313
　　油山耸翠 / 314

☆清·谢肇桢（4首）　　　　　　　　　　　　314
　　南安吟十首（之四）/ 314

清·钟炳章（2首）　　　　　　　　　　　　　318
　　香山阁 / 319　方广岩 / 319

清·李　霦（5首）　　　　　　　　　　　　　320
　　留别桃江老友暨诸同学（十咏之五）/ 320

清·陶　成　　　　　　　　　　　　　　　　　321
　　送庐陵学博谢凤西同年解组归信丰 / 322

清·卢明楷　　　　　　　　　　　　　　　　　322
　　送庐陵学博谢凤西年伯归里 / 322

☆清·王全仁（2首）　　　　　　　　　　　　323
　　京邸述怀十首（之二）/ 324

☆清·王捷甲（7首） 324

建昌道中望庐山 / 325　清泉亭 / 325　过周子墓 / 326　黄梅道中 / 327　过柳下惠墓 / 327　过闵子故里 / 328　过孟子庙 / 329

大阿营下邹氏祠堂十景诗（10首）［原载信丰大阿《邹氏族谱》］ 330

小江香山十景（10首）［原载信丰小江山香龙坪《江氏族谱》］ 336

☆近代·郭一清 341

黄柏山庵题诗 / 342

☆近代·张绮山（10首） 343

丙辰花朝太希千山坚白登郁孤台 / 343　己未五月千山南归赋句写篋 / 344　赠太愚和尚 / 344　丙寅九月莲谷好梦楼感事 / 345　端午前一日为先母生辰有感 / 345　宝兰亭书事 / 346　白梅 / 346　满江红·西山感事 / 346　山林一首 / 347　题崇仙黄柏山天竺寺绝句 / 347

近代·萧坚白 348

哭绮山 / 348

☆近代·刘太希（3首） 349

绮山墓上作 / 350　自题画像 / 351　自赋 / 351

近代·陈　毅（10首） 352

忆亡 / 352　哭阮啸仙、贺昌同志 / 353　野营 / 354　油山埋伏 / 354　赣南游击词 / 355　三十五岁生日寄怀 / 356　雪中野营闻警 / 357　赠同志 / 357　无题 / 357　七律·寄友 / 358

近代·蔡会文（3 首）   **359**

七绝 / 359   好事近·过桃江 / 359   浪淘沙·突围行军纪事 / 360

后记   **361**

［注］

姓名前标有⊙的曾任信丰知县

姓名前标有☆的系信丰本县人士

宋·赵师侠（11首）

【作者简介】

赵师侠，生卒年不详，一名师使，字介之，号坦庵，宋太祖赵匡胤之子燕王赵德昭七世孙，出生于新淦（今江西新干），宋淳熙二年（1175）进士。虽为宗室子弟，赵师侠却长期浮沉于州县下僚，其宦游所及，系以甲子，大约始于己亥（1179）终于己巳（1209），仕宦地为益阳、豫章、柳州、宜春、信丰、潇湘、衡阳、莆中、长沙，其资阶则不可详考。赵师侠高标脱俗，志趣雅洁，无心仕途，思慕山林，是南宋著名词家，有《坦庵长短句》一卷，存词154首。其门人尹觉序《坦庵长短句》云："坦庵先生金闺之彦，性天夷旷。吐而为文，如泉出不择地。连收两科，如俯拾芥，词章乃其余事。人见其模写风景，体状物态，俱极精巧。初不知得之之易，以至得趣忘忧，乐天知命，兹又情性之自然也。"《四库总目提要》云："今观其集，萧疏淡远。不肯为剪红刻翠之文。洵词中之高格，但微伤率易，是其所偏。"《嘉靖赣州府志》载：赵师侠，淳熙（1174—1189）中任信丰知县。从《满江红·辛丑赴信丰，舟行赣石中》可推算出，他于1181年初出任信丰知县。《蝶恋花·癸卯信丰赋芙蓉》的时间则是1183年暮秋。这表明，他在信丰至少任了3年县令。任期内，他新建了始建于宋景德年间（1004—1007）、已毁坏的"平政桥"，更名桃江桥（后人于1224年再重建，改名嘉定桥）。

满江红·辛丑赴信丰,舟行赣石中

【题注】词牌满江红,93字,前片4仄韵,后片5仄韵,一般用入声韵。声情激越,宜抒发豪壮情感与恢张情怀。辛丑,1181年,赵师侠由宜春来信丰任职。此词为舟行于赣江所作。赣石,又作"灨石"。《陈书·高祖纪上》云:"南康灨石旧有二十四滩,滩多巨石,行旅者以为难。"

烟浪连天,寒尚峭、空濛细雨。春去也、红销芳径,绿肥江树。山色云笼迷远近,滩声水满忘艰阻。挂片帆、掠岸晚风轻,停烟渚①。

浮世②事,皆如许。名利役③,掠时序。叹清明寒食,小舟为旅。露宿风餐安所赋,石泉榴火④知何处。动归心、犹赖翠烟中,无杜宇⑤。

【注解】

①烟渚:渚(zhǔ),水中小块陆地。烟渚,烟雾笼罩的水中陆地。②浮世:人间,人世。旧时认为人世间浮沉聚散不定,故称。佛教用语则指繁华放荡而又虚空的生活。三国·阮籍《大人先生传》:"逍遥浮世,与道俱成。"宋·苏轼《满江红·正月十三日送文安国还朝》:"浮世事,俱难必。人纵健,头应白。"③役:役使,驱使。④榴火:形容石榴花红艳似火。⑤杜宇:也叫子规,俗称杜鹃,就是布谷鸟,传说是上古时一位皇帝魂化的。《华阳国志·蜀志》:"杜宇称帝,号曰望帝。……其相开明,决玉垒山以除水害,帝遂委以政事,法尧舜禅授之义,遂禅位于开明。帝升西山隐焉。时适二月,子鹃鸟鸣,故蜀人悲子鹃鸟鸣也。"子鹃即杜鹃。宋·蔡梦弼《杜工部草堂诗笺》一九《杜鹃》诗注引《成都记》:"望帝死,其魂化

为鸟,名曰杜鹃,亦曰子规。"

水调歌头·癸卯信丰送春

【题注】词牌水调歌头,95字,前后片各4平韵,亦有前后片两六言句夹叶仄韵者,有平仄互叶几于句句用韵的。癸卯,1183年。

韶华能几许,节物①叹推移。群花竞芳争艳,无奈隙驹驰。红紫随风何处,唯有抟枝②新绿,暗逐雨催肥。乔木莺初啭,深院燕交飞。

渐清和,微扇暑③,日迟迟。新荷泛水摇漾,萍藻弄晴漪。百岁光阴难挽,一笑欢娱易失,莫惜酒盈卮④。无计留连住,还是送春归。

【注解】

①节物:节令和事物。②抟枝:抟(tuán),盘旋的树枝。③扇暑:摇扇消暑。④卮:zhī,我国古代盛酒的器皿。《康熙字典》注,"《玉篇》:卮,酒器也,受四升。《史记·高祖纪》:奉玉卮,起为太上皇寿。"

蝶恋花·癸卯信丰赋芙蓉

【题注】词牌蝶恋花,又名鹊踏枝、凤栖梧。双调,60字,上下片各4仄韵。

剪剪①西风催碧树。乱菊残荷,节物惊秋暮。绿叶红苞迎晓露。锦屏绣幄围芳圃。

尘世鸾骖②那肯驻。尚忆层城③,仙苑飞琼侣④。能共牡丹争几许。惜花对景聊为主。

【注解】

①剪剪：风吹拂貌。②鸾骖：luán cān，本指仙人的车乘。唐·王勃《八仙径》诗："代北鸾骖至，辽西鹤骑旋。"后鸾为鸾车，有鸾铃的车；骖，古代三匹马驾的车。③层城：原指古代神话中昆仑山上的高城。《文选·张衡〈思玄赋〉》："登阆风之层城兮，构不死而为床。"唐·李善注："《淮南子》曰：'昆仑虚有三山，阆风、桐版、玄圃，层城九重。'禹云：'昆仑有此城，高一万一千里。'"此指京师王宫。晋·陆机《赠尚书郎顾彦先》诗："朝游游层城，夕息旋直庐。"④琼侣：琼，原为赤色玉，此为用玉石做的骰子。琼侣，投掷骰子娱乐的伙伴，此指投掷骰子娱乐。

酹江月·信丰赋茉莉

【题注】词牌酹江月，即念奴娇。双调100字，前片49字，后片51字，各10句4仄韵。

化工①何意，向天涯海峤②，有花清绝。缟袂③绿裳无俗韵，不畏炎荒烦热。玉骨无尘，冰姿有艳，淡雅天然别。真香冶态，未饶红紫春色。

底事□④落江南，水仙兄弟，端自难优劣。瘴雨蛮烟魂梦远，宁识溪桥霜雪。薝葡同芳，素馨为伴，百和清芬爇⑤。凄然风露，夜凉香泛明月。

【注解】

①化工：即天工，指大自然创造或生成万物的功能。②峤：高而尖的山。③缟袂：gǎo mèi，基本意思为白衣。亦借喻白色花卉，如梅花。此指白色衣袖。④底事：底，犹言"何"，什么；底事，

什么缘故。□：原诗空缺的字。按前后字义，估计缺的是"零"或"蒂"字。⑤百和：即"百和香"，由各种香料合成的香。古人在室内燃香，取其芳香除秽。为使香味浓郁经久，又选择多种香料加以配制，称为"百和香"。爇：ruò，点燃。

促拍满路花·信丰黄师尹跳珠亭

【题注】词牌促拍满路花，双调，83字，前后片各8句、4平韵。此调有平韵、仄韵二体。平韵者始自柳永，《乐章集》注为"仙吕调"。仄韵者始自秦观，或名"满路花"，无"促拍"二字。师尹，各属官之长。跳珠亭，在当时的县治（府）内，为黄师尹所建。

　　栽花春烂漫，叠石翠巑岏①。小亭相对倚，数峰寒。主人寻胜，接竹引清泉。凿破苍苔地，一掬泓澄，六花疑是深渊。

　　向闲中，百虑翛然②。情事寄鸣弦③。炉香陪茗碗④，可忘言。喷珠溅雪，历历听潺湲。尘世知何计，不老朱颜，静看日月跳丸⑤。

【作者自注】"六花"句后作者自注："山前六花小池。"

【注解】
①巑岏：cuán wán，山高锐貌，此指大山上锐峻的山峰。②翛：xiāo，自由自在，无拘无束。③鸣弦：拨动琴弦，使之作响。又指琴瑟琵琶等弦乐器。④茗碗：即茶碗。古语有"瓦壶水沸邀清客，茗碗香腾遣睡魔"。茶：早采的为"茶"，晚采的为"茗"，后统称茶。⑤跳丸：古代游戏节目，表演者两手快速连续地抛接若干弹丸。

促拍满路花·瑞荫亭赠锦屏苗道人

【题注】瑞荫亭,据旧志记载:在县治南,亭前两巨樟,相去百余步,其高拂云,枝干扶疏,类烟霄中物因名亭。绍熙癸丑(1193),大水冲啮,两樟之间露一连理根,自东往西,长四十五丈,为一邑奇观。

连枝蟠①古木,瑞荫②映晴空。桃江江上景,古今同。忙中取静,心地尽从容。扫尽荆榛蔽,结屋诛茅③,道人一段家风。

任乌飞兔走匆匆,世事亦何穷。官闲民不扰,更年丰。箪瓢⑤云水,时与话西东。真乐谁能识,兀坐⑥忘言,浩然天地之中。

【注解】

①蟠:pán,环绕。②瑞荫:指瑞荫亭。作者在此亭内向苗道人赠送锦屏。③结屋:构筑屋舍。宋·王安石《结屋山涧曲》诗:"结屋山涧曲,挂瓢秋树颠。"诛茅:亦作"诛茆",铲除茅草。④道人:道,阐明、表明。《史记·太史公自序》:"《书》以道事,《诗》以达意,《易》以道化,《春秋》以道义。"道人即给人阐明(表明),使人明白。⑤箪瓢:dān piáo,盛饭食的箪和盛饮料的瓢,多用对半剖开的匏瓜或木头制成。⑥兀坐:wù zuò,端坐。

武陵春·信丰揖翠阁

【题注】词牌武陵春,双调小令。又名"武林春""花想容"。其名源出东晋陶潜《桃花源记》中"晋太元中,武陵人捕鱼为业"语。揖翠阁:古时信丰城一楼阁,供远眺、游憩、藏书和供佛用。此楼在什么位置，无从查考，据词中所写"山""水"推测，可能在县城老南门附近。

乍雨笼晴云不定，芳草绿纤柔。燕语莺啼小院幽。春色二分休①。

试凭危栏②凝远目，山与水光浮。滚滚闲愁逐水流。流不尽，许多愁。

【注解】
①休：读 xù，同"煦"，温暖。②危栏：高栏。

鹧鸪天·揖翠晚望

【题注】词牌鹧鸪天，又名思佳客，55字，前后片各3韵，前片第三、四句与后片三言两句（又称"过片"）多作对偶。

榕叶阴阴未著霜，浅寒犹试夹衣裳。雾浓烟重遥山暗，云淡天低去水长。

风淅沥，景凄凉，乱鸦声里又斜阳。孤帆落处惊鸥鹭，飞映昼空雁字行①。

【注解】
①雁字行（háng）：雁飞行时所排成的行列。雁群飞行时，常排成"一"字或"人"字形，故云。

双头莲令·信丰双莲

【题注】词牌双头莲令，因此词而制，故这个词牌仅有本词。双调48字，前后片各4句，4平韵。"双莲"，古时信丰特有的双头莲即并蒂莲(一茎两花,花各有蒂,蒂在花茎上连在一起,所以又称为并头莲)。

太平和气兆嘉祥,草木总成双。红苞翠盖出横塘,两两斗芬芳。

干摇碧玉并青房①,仙髻拥新妆。远枝不解②引鸾皇③,留取映鸳鸯。

【注解】

①干:原为"榦",幹(干)的异体字。青房:指莲房,莲蓬。南朝·宋·鲍照《芙蓉赋》:"青房兮规接,紫的兮圆罗。"②远枝不解:枝干长久不分开。③鸾皇:亦作"鸾凰"。鸾与凤皆瑞鸟名,《楚辞·离骚》:"鸾皇为余先戒兮,雷师告余以未具。"汉·王逸注:"鸾皇,俊鸟也。皇,雌凤也。以喻仁智之士。"

小重山·农人以夜雨昼晴为夜舂

【题注】词牌小重山,又名小重山令。唐人例用以写"宫怨",故其调悲。58字,前后片各4平韵。

乐岁农家喜夜舂①。朝来收宿雾,快新晴。云移日转午风轻。香罗②薄,暄暖③困游人。

积水满春塍④。绿波翻郁郁,露秧针。幸无离绪苦牵情。烟林外,时听杜鹃声。

【注解】

①夜舂:"舂"应为"舂(chōng)",农人夜晚用杵臼捣谷成米。
②香罗:绫罗的美称。唐·杜甫《端午日赐衣》诗:"细葛含风软,

香罗叠雪轻。"③暄暖：温暖，暖和。④塍：chéng，田间的土埂子，小堤。

蝶恋花·戊申秋夜

【题注】戊申，1188年。

夜雨鸣檐声录簌①。薄酒浇愁，不那更筹促②。感旧伤今难举目，无聊独剪西窗烛③。

弹指光阴如电速。富贵功名，本自无心逐。粝食④粗衣随分足，此身安健他何欲。

【注解】

①录簌：lù sù，象声词。②筹促：即愁促，忧愁窘迫。③独剪西窗烛：典出晚唐李商隐《夜雨寄北》，"何当共剪西窗烛，却话巴山夜雨时。"这两句诗写诗人心中满腹的寂寞思念：返回故乡，同妻子在西屋窗下窃窃私语，彻夜不眠，以致蜡烛结出了蕊花，两人剪去蕊花，仍有叙不完的离情，言不尽重逢后的喜悦。赵师侠用此典表达自己的感旧伤今之情。④粝食：粗恶的饭食。

宋·邓有功（4首）

【作者简介】

《全宋词》记载：南宋词人邓有功，字子大，号月巢，南丰人。嘉定三年（1210）生。少举进士,累试礼部不中,以恩补迪功郎（又称宣教郎,从九品),为抚州金溪尉。年七十(1279)卒。后学尊称之曰"月巢先生"。《全宋词》仅收入其词《点绛唇》《过秦楼》二首。

客信丰寄刘起潜

【题注】刘起潜,名刘壎(1240—1319),字起潜,南丰(今江西南丰)人。博览,工诗文,才力雄放,尤长骈文。初隐居不仕,元至大四年(1311),为南剑州学官,后为延平(今福建南平)教授,年八十卒。著有《隐居通议》《水云村稿》《英华录》。这是邓有功随军出征客居信丰时写给刘起潜的诗。

怪得寒灯昨夜花,五更归梦倏还家。
多情儿女伤离别,争挽征裳问鬓华。

鱼苗客子①去成群,野笑狂歌慢慢行。
三十里头齐顿住,闻官②早过吉州城。

锦衣戍卒竖霜矛,弹压盐丁过岭头。
三月闻韶③堪叹息,南中还有一年忧。

岭南咫尺莫如虔④,和暖严寒别有天。
一夜诗魂清到骨,晓霜封却钓鱼船。

【注解】

①客子:雇工。②闻官:听说官军。③闻韶:喻听到或看到极美妙、极向往的音乐或事物。典出《论语注疏·述而》:"子在齐,闻韶,三月,不知肉味,曰:'不图为乐之至于斯也。'"④虔:指今赣州。

宋·文天祥

【作者简介】

文天祥（1236—1283），吉州庐陵（今江西吉安）人，原名云孙，字履善，又字宋瑞，自号文山，宋理宗宝祐时进士，官至丞相。南宋首都临安危急时，他在家乡散尽家财，招集义军，坚决抵抗元兵入侵，后不幸被俘。在拘囚中，他大义凛然，终以不屈被害。封信国公。著《文山全集》，名篇有《正气歌》《过零丁洋》，展现了坚贞的民族气节和顽强的战斗精神。

陈霖公像赞

【题注】 陈霖，字时雨，号沛然，德安江州"义门"陈氏开基人陈旺八世孙，唐季进士，庐陵郡守，吉州刺史，累官吏部侍郎嘉议大夫，升本部尚书，信丰大塘长岗陈氏一支的始祖。像赞，为人物画像或人的相貌所作的赞辞。一般配置在各姓氏宗谱的先公遗像后面。撰写像赞者，大都是当代或后世名人、学者。本诗就是文天祥为长岗陈姓祖籍《五云庆衍陈氏族谱》而题的。

神清骨秀焕文章，名列青史嘉议扬。
正气腾辉昭日月，徵声[1]炳耀播天壤。
桂庭三凤绍前烈[2]，兰砌双龙[3]启后光。
基肇狮江[4]统绪远，庆衍奕升[5]世流芳。

【注解】

[1] 徵声：原指宫、商、角、徵、羽五音中的徵音。汉·班固《白

虎通·礼乐》:"闻徵声,莫不喜养好施者。"此为赞誉之声。②桂庭三凤:桂庭,指官场。南朝·梁·陶弘景《解官表》:"今便灭影桂庭,神交松友。"三凤:陈霖生三子,均有功名声誉。绍前烈:继承前人的功业。③兰陔:即兰陔(gāi)。《诗·小雅·南陔序》:"《南陔》,孝子相戒以养也……有其义而亡其辞。"晋·束皙承此旨而作《补亡》诗:"循彼南陔,言采其兰;眷恋庭闱,心不遑安。"后以"兰陔"为孝养父母之典。双龙:两个同等出名的人,多指兄弟。这是说陈霖儿子的两个儿子很孝顺。④狮江:信江和铅山河汇合后,流经河口镇的一段信江又称狮江。因江北岸有九座石山排列,如九只雄狮,欲渡江而来,称为九狮山。⑤庆衍:吉庆绵延。奕(yì)升:代代高升。

宋·罗椅(12首)

【作者简介】

罗椅(1214—1292),字子远,号石间谷,一作涧谷,庐陵(今江西吉安)人。宋末元初爱国词人周密《癸辛杂识》续集卷上称罗椅:少年以诗名,高自标致,常以诗投后村(刘克庄),有"华裾客子袖文过"之句,知其为巨富家子。壮年留意功名,借径勇爵,捐金结客,尊饶双峰为师,为饶氏高弟。以李之格荐,登贾似道门。久之,贾恶其不情,薄之,遂往维扬依赵月山。登丙辰(宝祐四年,1256)第(进士),以秉义郎换文林郎,为江陵教,又改潭州教。及宰赣之信丰,登甃为提辖榷货务。贾似道知其平生素诡诈,久而不迁。至度宗升遐，为台谏论罢而去。有《涧谷遗稿》。《嘉靖赣州府志》记载："俱景定中任，椅有能声，文天祥器之。"罗椅景定年间（1260—1264）任信丰知县，期间，主持县城兴建楼宇、修葺城墙，市城面貌为之一新。文天祥曾亲笔给他书信。

题信丰县城门六首

【题注】信丰县城，宋代以前无考。宋嘉定三年（1210），县令万亿沿旧基修筑信丰城，围549丈，建六城门：东拱日，西禾丰，北朝天，南民信，西北清平，东北安定。

拱日门

佻红①抱城来，武山排闼②入。
杲日出扶桑③，橘红蘸溪湿。
公退倚朱栏，万象俱收拾④。
无数唤舟人，沙头雁行立。

安定门

门前杨柳树，长系波头船。
隔岸几家人，青林吐炊烟。
飞鸟逐林间，游鱼跃深渊。
物各适其性，于人胡不然。

禾丰门

城西路平夷，五里近水南。
旭日明高冈，瑞烟锁丛杉。
时和岁丰稔，归人多醉酣。

仙台玉箫声,对景思鸾骖⑤。

清平门

行行西复西,稍喜市声静。
征夫指前途,望望梅花岭。
淡烟鸡犬村,落日牛羊迳。
忽见荷锄人,唤起归田兴。

民信门

南山天马⑥来,南城下盘踞。
前撞古寺钟,后捶谯楼⑦鼓。
我来俯崔巍⑧,山灵相呼舞。
年丰慢物熙⑨,细听闾阎⑩语。

朝天门

驾言⑪出北门,长桥拱门外。
双溪东西来,到此而始汇。
人言似章贡,玉虹夹其背。
拟作合江亭,景物无小大。

【注解】

①佻红:佻(tiāo),应为"桃红"。②排闼:闼(tà),小门,门扇。③杲日:杲(gǎo),日在木上,表示天已大亮。本义:明亮的样子。扶桑:又名朱槿(zhū jǐn)、佛槿、中国蔷薇。由于花色大多为红色,所以岭南一带俗称为大红花,是一种颇受欢迎的观赏性植物。④收拾:犹领略。⑤鸾骖:luán cān,仙人的车乘。⑥天马:神马。⑦谯楼:qiáo lóu,古代城门上建造的用以高望的楼。《三国志·吴志·吴主

传》:"诏诸郡县治城郭,起谯楼,穿堑发渠,以备盗贼。"⑧俯崔巍:俯瞰高峻的山。⑨慢物熙:慢,同"漫","满"的意思;熙,兴盛,丰盛。⑩间阎:间,泛指门户、人家。中国古代以25家为间。阎,指里巷的门,此指代民间,也可理解为指平民。《史记·列传·李斯列传》:"李斯以间阎历诸侯,入事秦。"⑪驾言:驾,乘车;言,语助词,无义。语本《诗·邶风·泉水》:"驾言出游,以写我忧。"后用以指代出游、出行。

题信丰县览秀亭

【题注】览秀亭,原在信丰县城南隅,又叫四望亭。因城为台,上翼以亭。宋嘉定三年(1210)县令万亿建。咸淳七年(1271)县令罗椅修葺。

燕贺初成百尺台①,一新粉堞②更周回。
水流东北交虹去,山自西南拥翠来。③
瓦缝参差千户密,市城翕合④六门开。
宾俦⑤眺望从今始,佳气随风入酒杯。

【注解】

①燕贺:语出《淮南子·说林训》"大厦成而燕雀相贺"。后谓祝贺新居落成。百尺台:即高楼,此谓新建的高楼。②粉堞:堞,城上入齿状的矮墙。粉堞,修葺一新的城墙。首联以新的高楼、城墙表现新的信丰城。③颔联描写信丰城处于桃江、西江交汇处,站在百尺台上看望,两江像两条交相辉映的彩虹向东北流去,树林翠碧的南山从西南面拥抱城区。④翕:xī,本义闭合、收拢。翕合,一开一合。颈联描写城内景况:从高处眺望,住户甚多,房屋瓦缝

参差、鳞次栉比；城市规模宏大，有六个城门。⑤俦：chóu，本义"伴侣"，亦表"老友""世交"。尾联写城区新工程建成后，亲朋嘉宾喜来观赏游玩，举杯同乐。

寄杜南安子野

【题注】 这是作者写给时任南安县令杜子野的诗。

松竹林中琴一枝，妖岚①散作半江漪。
县于庾岭梅差近②，政看圜扉③草便知。
熟事④无多迎客早，清吟⑤未了放衙⑥迟。
朔云野雪沧江⑦远，不得相从且寄诗。

【注解】
①妖岚：山间艳丽的雾气。②差：稍微，差不多。③圜扉：huán fēi，狱门。亦借指牢狱。唐·骆宾王《狱中书情通简知己》诗："圜扉长寂寂，疏网尚恢恢。"陈熙晋笺注："圜扉，狱户以圆木为扉也。"④熟：同"孰"，什么。⑤清吟：本义清美地吟哦，清雅地吟诵。这里指差遣属吏。⑥放衙：属吏早晚参谒主司听候差遣谓之衙参；退衙谓之"放衙"。⑦朔云：来自北方的云气。沧江：江流、江水。以江水呈苍色，故称。唐·杜甫《秋兴》五："一卧沧江惊岁晚，几回青锁点朝班。"

田蛙歌

【题注】 本诗属散曲体。田蛙，即青蛙。客家人把它当作佳肴食材。

暇蟆①，暇蟆，汝本吾田蛙。

渴饮吾稻根水，饥食吾禾穟花②。

池塘雨初霁，篱落月半斜。

啁啁又向他人叫，使我惆怅悲无涯。

暇蟆对我说，使君休怨嗟③。

古田千年八百主，如今一年换一年。

休怨嗟，休怨嗟。

明年此日君见我，不知又是谁田蛙。

【注解】

①暇（xiá）蟆：即蛤蟆，客家人对"青蛙"的称呼。②穟：guì，本义禾苗好美，此同"穗"。③使君：汉代称呼太守刺史为使君，汉以后用做对州郡长官的尊称，可以通俗地理解为先生。怨嗟：yuàn jiē，怨恨叹息。

八声甘州·孤山寒食

【题注】词牌八声甘州，因全词共8韵，故称"八声"。97字，前后片各4平韵。寒食，中国传统节日寒食节，亦称"禁烟节""冷节""百五节"。在农历冬至后105日，清明节前一或二日。在这日，禁烟火，只吃冷食，所以叫"寒食"。后世逐渐增加了祭扫、踏青、秋千、蹴鞠、牵勾、斗卵等风俗。寒食节前后绵延两千余年，曾被称为民间第一大祭日，不少文人墨客写过关于寒食节的诗文。

甚匆匆岁月，又人家、插柳记清明。正南北高峰，山传笑响，水泛箫声。吹散楼台烟雨，莺语碎春晴。何地无芳草？惟此青青。

谁管孤山山下，任种梅竹冷，荐菊①泉清。看人情如此，沉醉不须醒。问何时、樊川②归去，叹故乡、七十五长亭③。君知否？洞云溪竹，笑我飘零。

【注解】

①荐菊：泉名。②樊川：唐代诗人杜牧（803—约852），号樊川居士，京兆万年（今陕西西安）人，宰相杜佑之孙，唐文宗大和二年（828）进士，授宏文馆校书郎。后赴江西观察使幕，转淮南节度使幕，又入观察使幕。③七十五长亭：长亭，古时于道路每隔10里设长亭，故亦称"十里长亭"，供行旅停息。近城者常为送别之处。唐·杜牧《题齐安城楼》："不用凭栏苦迴首，故乡七十五长亭。""长亭"前以"七十五"修饰，字面意思是说亭很多，深层含义是对故乡怀念之深。

挑濠歌

【题注】 濠，底部安放有竹刺的护城河。挑濠，即挖护城河。

满城挑濠五更①起，城头直挑到城尾。
一弯一转春蛇长，围人方圆三十里。
去年十月霜凄凄，挑濠人立霜中啼。
今年一春春雨多，泥滑将奈挑濠何。
只今清明霜不若②，皇天何时收雨脚。
几人带雨濠上啼，半湿半饥春病疟③。
雨之久，可以晴。濠之长，可以城。
只愁挑得濠始竟④，公家又有守濠令。

【注解】

①五更：古时自黄昏至拂晓一夜之间，有甲、乙、丙、丁、戊五个关键时间点，谓之"五更"，又称五鼓、五夜。一更关鼓闭城门，二更上床睡觉，三更半夜换日期，四更睡得最沉，五更天光开城门（一更人、二更锣、三更鬼、四更贼、五更鸡）。第五更即天将明，凌晨4时48分左右打此更。②霜不若：霜冻不像正常年代。霜冻多在春秋转换季节，白天气温高于摄氏零度，夜间气温短时间降至零度以下的低温危害现象。此句意思是：只是今年到了清明还出现霜冻寒冷。③春病疟：春病，春季发生之病。《素问·金匮真言论》："春病在阴，秋病在阳。"唐·白居易《自问》诗："老慵难发遣，春病易滋生。"疟：nüè，本义疟疾。此处通"虐"，残暴、肆虐。④始竟：才结束，才完毕。

瞌睡诗

瞌睡从何来，譬若风雨至。
曲几①不待凭，虚枕②那暇寄。
应人眉强撑，伸手扇已坠。
径游华胥国③，欲见混沌帝④。
齁齁⑤自成腔，兀兀⑥更有味。
息疎疑暂醒，气窒还扶醉。
儿童俗恼翁，摇膝问某字。
吻间仅一答，言下已复寐。
杂然拍手笑，欲嗔嗔不遂。
何曾参佛祖，先会点头意。

何曾逢曲车⑦，流涎已沾袂。

不省罗短长，谁能问兴替。

阴天百怪舞，开口辄差异。

三百六十日，何似长瞌睡。

【注解】

①曲几：古代一种呈半圆形的凭几，三足，放在车上可供向前伏靠，也可放在床上供人向后和旁侧倚靠。②虚棂：棂（líng），旧式房屋的窗格。又引申为"长木"。此指床沿的长木。③华胥国：传说中虚拟的理想国度，最早见于《列子·黄帝》。相传华胥氏作为华胥国的首领，"治国有方，民无嗜欲，自然而已，是为盛世乐土"。人文始祖轩辕黄帝为追求治世强国，梦寐以求地希望能够复兴华胥国的辉煌，于是有"黄帝梦游华胥之国，而后天下大治"的典故。该典故自春秋末年或战国初年流传以来，经西汉刘安《淮南子》、东晋张湛《注语》，以浪漫手法把黄帝塑造成了一个有美好理想追求的人物。④混沌：hùn dùn，上古时期汉族神话中四凶之一的怪物，引申为是非不分的人。据《左传》记载，四凶分别是形象如同巨大的狗的"混沌"，人头羊身并且腋下长眼睛的"饕餮（tāo tiè）"，生有翅膀的大虎"穷奇"以及人头虎腿长有野猪獠牙的"梼杌（táo wù）"。⑤齁齁：hōu hōu，熟睡时的鼻息声。⑥兀兀：wù wù，静止貌；亦指昏沉貌。⑦曲车：又写作"麴车"，系酒车。唐·杜甫《饮中八仙歌》："汝阳三斗始朝天，道逢麴车口流涎。"

元·刘贵一（6首）

【作者简介】

刘贵一，字均佑，信丰人。笃学力行，以孝友称。元至正（1341—1368）间，御史程文海荐之，以疾辞。按仕宦经历，他所属朝代应归于元。乾隆十六年《信丰县志》却把他列在明朝信丰诗人之列，且书云："诗文清绝，筑别墅，抱膝吟其中，落落寡合，视富贵如浮云，不应州里之辟（推举授官）。"

竹桥夜泊

维舟①夜泊竹桥西，隔岸人家柳映扉②。
回首不知何处去，夜深都逐钓船归。

【注解】
①维舟：系船停泊。②扉：fēi，门扇。

访东禅寺僧

【题注】 东禅寺，在水东坊，宋元丰二年（1079）建，八景之一的"东禅晓钟"即出自于此。

渡口来相访，禅阙①傍水滨。
白云谁是伴，翠竹自为邻。
江鹭迎风洽，山花着露匀。
悠悠无一语，终日澹②相亲。

【注解】

①阙：què，《说文》："阙，门观也。"本义古代宫殿、寺庙或陵墓前的高台，通常左右各一，台上起楼观，二阙之间有道路。这里指寺庙。②澹：dàn，恬静、安然的样子，澹泊。

游谷山

步出城西隅，遥遥度空谷。
白云随行踪，石上或相触。
落花从风飘，祥鸟凌虚速。
解缨①临清泉，散发对疏竹②。
悠悠只自得，扰扰竟何欲。

【注解】

①解缨：解去（解开）冠系（衣冠缎带）。②散发：松散头发。疏竹即疏朗淡雅的竹丛。

同吕子贤游南山寺野老岩

【题注】南山寺即金文寺，在县城郊外南二里。宋太平兴国七年（982）邑人刘仁举建，绍兴中年吕汲公寓于此，病卒，其右数百武（半步为一武）有吕公墓。

湖上有山山有寺，寺门还对大门开。
因同野老穿岩谷，却爱①高僧坐石台。
天际乘槎牛斗近②，云间张乐③凤凰来。
俯看下界多尘土，如此匪高亦壮哉。

【注解】

①却爰：爰（yuán），文言指代词，那里。②乘槎：chéng chá，亦作"乘楂"。典出晋·张华《博物志》卷十。指乘坐竹筏、木筏，也指登天。传说天河与海通，有人居海渚者，年年八月见有浮槎去来，不失期，遂立飞阁于查上，乘槎浮海而至天河，遇织女、牵牛。此人问此是何处，答曰："君还至蜀郡访严君平则知之。"后至蜀，君平曰："某年月日有客星犯牵牛宿。"正是此人到天河时。③张乐：置乐、奏乐。

将出都门和沈王见怀韵

【题注】都门：京城门，即京城。和见怀韵：酬和（你）怀想（我而写的词的）原韵。沈王是元朝一个世袭的王爵，由高丽王族担任。据《元史》记载，1307年高丽王世子王璋由于拥立元武宗有功，被朝廷封为沈阳王。当时的沈阳，辖今沈阳、辽阳等地，是交通、军事、经济上极为重要的要地。在高丽蒙古战争期间，元朝将大量被俘虏的高丽人流放到这里。考虑到这些高丽人可能威胁元朝统治，将王璋封于此地。高丽忠烈王逝世，王璋继承高丽王位，称忠宣王，仍兼任沈阳王之爵，1310年改爵位名沈王。1316年，忠宣王将沈王的爵位让给延安君王暠。1325年，忠宣王逝世，其子忠肃王继任高丽国王之位。王暠对高丽王位有野心，图谋借助元朝力量登位。元朝用沈王为道具，巧妙牵制高丽朝廷。虽然王暠最终没有登上高丽王位，但此后沈王和高丽王互相争斗，高丽王始终处于劣势。王暠死后，其孙脱脱不花继承沈王之位。按刘贵一的年代推算，此诗酬和的沈王当是脱脱不花。

平台趿履①忆当年，榆荚杨花四月天。
授简每惭枚叔②赋，耽诗独寄楚王贤③。
寒嘶匹马春城外，晴落孤鸿魏阙④前。
南去虔州千万里，蓟门⑤章水各风烟。

【注解】

①平台趿履：平台，古台名，在河南商丘市东北。汉梁孝王筑，并曾与邹阳、枚乘等游此。南朝·宋·谢惠连在此作《雪赋》，故又名"雪台"。南朝·齐·萧子隆《山居序》："西园多士，平台盛宾。"趿履：tā lǚ，拖着鞋。②枚叔：枚乘，字叔，故也叫枚叔，西汉辞赋家。初为吴王郎中，吴王有叛心，枚乘上书谏劝，吴王不听，枚乘投奔梁孝王刘武。景帝时，吴王参与六国谋反，枚乘又上书劝阻，吴王仍拒绝他的劝告，最后兵败身死。枚乘因此而闻名。"七国之乱"平定后，景帝拜他为弘农都尉，他不愿做郡吏，称病离职，仍旧到梁国，为梁王文学侍从。据《汉书·艺文志》，枚乘有赋9篇，流传的有《七发》《柳赋》《梁王菟园赋》。③楚王贤：典出西汉《烈士传》(也称《列士传》)，"羊角哀、左伯桃为死友，闻楚王贤，往寻之，道遇雨雪，计不俱全，乃併衣粮与角哀，入树中死。"故事表达拜命之交、舍己全友的意思。④魏阙：典出《庄子集释》卷九下《杂篇·让王》，指宫门上巍然高出的观楼，其下常悬挂法令，后作朝廷代称。⑤蓟门：在今北京西南，唐时属范阳道所辖，是唐朝屯驻重兵之地。

由会昌江口分路之宁都赋别五弟

【题注】"之"，至，到。作者与其五弟在会昌江口分手时写给五弟的诗。康熙五十八年《信丰县志》把此诗列于刘贵一名下,近年出版的《历史名人吟赣州》也把此诗列为刘贵一作。

  湘水梅川此路分,东风杳杳①惜离群。
  扁舟逆上几时到,独雁哀鸣何处闻?
  积雨已生三峡浪,乱山仍隔万里云。
  眼前飘泊谁能耐,犹恐亲庭念远勤②。

  青山黄叶几时归?南上独怜音信稀。
  老大庭闱③终在念,艰难弟妹且相依。
  荒凉野日行人泪,缥缈山风游子衣。
  力学承家④应赖汝,暂时分手莫相违!

【注解】

  ①杳杳:yǎo yǎo,昏暗貌。《楚辞·九章·怀沙》:"眴兮杳杳,孔静幽默。"②远勤:在远方勤奋努力(于工作或政事)的人。③庭闱:tíng wéi,内舍。多指父母居住处,故用以称父母。《文选·束晳·补亡》(诗):"眷恋庭闱,心不遑安。"唐代知名学者李善(630—689)注:"庭闱,亲之所居。"④承家:承继家业。《易·师》:"开国承家,小人勿用。"

明·李得辅(6首)

【作者简介】

  李得辅,乾隆十六年《信丰县志》在其姓名下注:"邑人。"即信丰人。明·洪武二十一年就任信丰县丞的李子昭在《请建宋御千户所疏》里有"赴京朝觐，会集耆民士庶李得辅"语。

和罗邑侯咏六城门诗

【题注】罗邑侯即罗椅，"邑侯"，县衙的侯爵，古时对知县的尊称。和：hè，应和；跟着唱；依照别人诗词的题材作诗。这组诗是乡贤李得辅依据罗椅的《题信丰县城门六首》而写的，题材、韵律相同。

拱日门

东方朝日升，和气随风入。
古城瞰苍江①，潮落沙痕湿。
远浦②客舟归，云帆渐收拾。
遥望武山巅，亭亭翠屏立。

安定门

安定俯东流，门外多江船。
灵官③古祠下，垂柳笼晴烟。
滩声响鼙鼓④，惊起蛟龙潜。
景物触吟兴，诗成信偶然。

禾丰门

林壑何处美，诸峰翠面南。
遥望真仙宫，翠葆生松杉。
谁家塘有莲，夕照方红酣。
恨不随白鹤，柳荫少停骖⑤。

清平门

时清民物安，关析⑥长寂静。
渔歌渡竹桥，樵唱登谷岭。
晓雨桑麻村，春风桃李径。
一笑倚栏杆，飘然发清兴。

民信门

南山高崒崒⑦，近对如虎踞。
民富俱信丰，鼎食鸣钟鼓。
七里层滩高，浪滚雪花舞。
古寺隐翠微，时闻喧梵语。

朝天门

朝天路通津，出入关西外。
西江合东流，波澜汩相汇。
长桥枕溪岸，行人踏鳌背。
际此雍熙⑧世，山郭日亨大⑨。

【注解】

①苍江：苍，深青色，深绿色。②浦：江河与支流的汇合处。③灵官：仙官。《汉武帝内传》："阿母昔出配北烛仙人，近又召还，使领命禄，真灵官也。"这里泛指神仙。④鼙鼓：pí gǔ，小鼓和大鼓，古代军队所用，乐队也用。《吕氏春秋·古乐》："有倕作为鼙鼓钟磬。"⑤骖：cān，古代驾在车前两侧的马。⑥关析：关闭打开。⑦崒崒：zú lù，高峻貌。宋·陆游《大寒》诗："为山傥勿休，会见高崒崒。"⑧雍熙：yōng xī，和乐升平。《文选·张衡〈东京赋〉》："百姓同于饶衍，

上下共其雍熙。"三国·吴·薛综注："言富饶是同，上下咸悦，故能雍和而广也。"⑨亨（hēng）大：通达顺畅。

明·黄闰（4首）

【作者简介】

　　黄闰，字期余，信丰游州人，生于明洪武二十九年（1396），卒于明宣德元年（1426）。幼年好学，聪敏过人，16岁为举人，20岁（明永乐十三年）中进士，23岁授翰林庶吉士，一时名声大振，朝野同僚都很钦佩。在翰林院任职九年，因洁身自好，不肯同流合污而被派遣出任仪陇（今四川仪陇）知县。任职期间，兴利除弊，甚得百姓赞扬。《四川通志·名宦》载文："政局严明，人不敢于以私，号有铁知县。"著有《竹居吟稿》。

新龙山

【题注】新龙山，即青龙山，在县南130里。普济禅师卓锡之地，原有古塔，有寺曰新龙，故又名新龙山。作此诗时作者年仅12岁。

　　闻道新龙景致佳，乘骑一览兴犹赊①。
　　云笼宝殿天垂盖，日朗金容地布花。
　　清磬玲珑声递远，浮屠②突兀影无涯。
　　此行定去朝丹阙③，何日重来听法华④。

【注解】

①赊：shē，长，远。②浮屠：即佛塔。"浮屠"本是梵语 Buddha 的音译，意思是"佛陀"，指释迦牟尼。后来大概因"屠"字令人联想到"屠宰"等意思不太好的词语，渐渐被音近的"佛陀"取代。所以，浮屠既可解作佛陀，亦可解作佛塔。③丹阙：dān què，赤色的宫阙。唐太宗《秋月即目》诗："爽气浮丹阙，秋光澹紫宫。"借指皇帝所居的宫廷。明·吕大器《晚至阆州》诗："一叶嘉陵下，冰心对绿漪。岂无丹阙恋，终抱白云思。"④法华：佛教经书《法华经》。

拟唐长安春望

【题注】春天里，作者在信丰"遥望"京都长安。

南山晴望郁嵯峨①，上路春香御辇②过。
天近帝城双阙迥③，日临仙仗④五云多。
莺声尽入新丰树⑤，柳色遥分太液⑥波。
汉主离宫三十六⑦，楼台处处起笙歌。

【注解】

①郁嵯峨：指草木郁郁葱葱，山峰参差巍峨。②御辇：指皇帝的车驾。③帝城：京都、皇城。双阙：shuāng què，借指宫门。唐·广宣《驾幸天长寺应制》诗："宸游双阙外，僧引百花间。"本诗指宫殿。迥：远。④仙仗：亦作"僊仗"。本指神仙的仪仗。引为指皇帝的仪仗。唐·岑参《奉和中书舍人贾至早朝大明宫》诗："金阙晓钟开万户，玉阶仙仗拥千官。"⑤新丰树：唐设新丰县，在陕西临潼区东北，离华清宫不远。唐·杜牧《过华清宫绝句三首》其二："新丰绿树起黄埃，数骑渔阳探使回。霓裳一曲千峰上，舞破中原始下

来。"（绿树环绕的新丰一带不时可见黄尘四起，那是前往渔阳的探使返回。他们谎报军情，唐玄宗和杨贵妃仍旧沉溺于歌舞，直至安禄山起兵，中原残破。）此诗既揭露了安禄山的狡黠，又暴露了玄宗的糊涂。⑥太液：古池名，唐太液池，在（西安）大明宫中含凉殿后，中有太液亭。⑦离宫三十六：极言宫殿之多。出自汉·班固《西都赋》："离宫别馆，三十六所。"

和倥侗生春日看花之作

【题注】倥侗（kōng tóng）：本义蒙昧无知，泛指蒙童（破蒙就学的童子）。春日：立春之日。这里的意思是：立春日同蒙童一起看花而作的诗。

多情才子惜春华①，乐府新声对客夸。
朱雀桥②边旧游路，东风开遍小桃花。

【注解】

①春华：本义春天的花。喻青春年华，少壮之时。②朱雀桥：即朱雀桁（héng），历史上又称大航、大桁、朱雀航，系东晋时建在内秦淮河上的一座浮桥，时为交通要道。附近乌衣巷有东晋名相王导、谢安的宅院。唐·刘禹锡《乌衣巷》诗："朱雀桥边野草花，乌衣巷口夕阳斜。旧时王谢堂前燕，飞入寻常百姓家。"

习静轩

【作者题下语】为俞以教赋。

【题注】习静，亦作"习靖"，靖、静古通。谓习养静寂的心性，亦指过幽静的生活。本诗系作者写给过着赋闲生活的俞某的诗。信丰与黄闰同时代的"俞"姓贤士有俞通、俞溥。

  闻君幽隐爱名山，野鹤孤云意独闲。
  萝径草深人少到，林扉春静鸟知还。
  窗前仙箓①焚香诵，箧里阴符②闭户看。
  我欲相从结芳社③，朝簪未掷④复何颜。

【注解】

  ①仙箓：xiān lù，即仙人箓省称"仙箓"，指神仙秘籍或道教经典。唐·钱起《幽居春暮书怀》诗："仙箓满牀闲不厌，《阴符》在箧老羞看。"②阴符，指《阴符经》，道教经书。③结芳社：结为美好的社友（同社之人）。④朝簪未掷：朝簪（cháo zān），朝廷官员的冠饰，常用以借指京官。未掷：没有取下，即仍在朝廷做官。

明·朱勖

【作者简介】

  朱勖（xù），信丰人，永乐十二年（1414）岁贡，广西博白（另说广东博罗）县县丞。

重修明伦堂

  【题注】明代景泰五年（1454）江西金宪余遂安来信丰讲学，乘暇遍观学宫，见明伦堂低矮狭小，遂要县里重修，新任知县骆子麟殚心，社会名士踊跃，冬天即动工，翌年即工成。时为邑之士大夫的朱勖写了此四言诗。

> 惟皇降衷①，均禀同赋，形质既具，理亦斯寓。
> 秉彝②之大，曰维纲常，守此则吉，昧此则荒。
> 其纲有三，其常有五，亲义序别，各止其所。
> 三代之学，不外乎兹，舍而弗究，草木葩孳③。
> 惟此讲堂，前人所止，撤而新之，今人之美。
> 高甍④杰栋，轮焉奂焉，揭以明伦，昭示邑贤。
> 金石可渝⑤，道不可离，余力学文，庶几无愧。

（录自《嘉靖赣州府志》卷十一）

【注解】

①降衷：意为施善、降福。出自《书·汤诰》："惟皇上帝，降衷于下民。"孔传："衷，善也。"②秉彝：遵循常理。《诗经·大雅·烝民》："民之秉彝，好是懿德。"毛传："彝，常。"郑玄笺："秉，执也，民所执持有常理。"③葩孳：pā zī，繁多地滋生，繁殖。④甍：méng，屋脊。《释名·释宫名》："屋脊曰甍。甍，蒙也，在上覆蒙屋也。"⑤渝：yú，改变。

明·周凤

【作者简介】

周凤，字文明，进士，湖南龙阳人，赣州知府。

登信丰城

【题注】本诗背景：乾隆十六年《信丰县志》记载，明成化二十三年（1487），石口贼杨九龙纠合（福建）武平刘昂六月二十三日临城，焚东南二门，大掠。太监邓原、巡抚李昂率众讨平之。

登临晓上信丰城，兵后遗墟草树平。
一自绿林①经小警，几多赤子累残生。
天戈②有道行诛戮，狼火无烟赖肃清。
从此溪山③成乐土，月明深处有人行。

【注解】

①绿林：西汉末，新市人王匡、王凤等聚集在绿林山中，至七八千人，王莽天凤四年起事，号下江兵。后来以绿林泛指结伙聚集山林之间反抗政府或抢劫财物的有组织集团。这里指起兵骚扰的杨九龙、刘昂一伙。②天戈：古指帝王的军队，此指政府军队。③溪山：即山水，此指信丰。

明·王纶（8首）

【作者简介】

王纶，甘肃庆阳人，明孝宗弘治九年（1496）进士，授兵部主事，与王阳明同朝为官，交往甚密，名动一时，有南王、北王之称。后任江西布政使参政，因附和南昌宁王朱宸濠起兵，兵败，被明武宗处死。

咏桃江八景

【题注】桃江,又名信丰江,发源于赣粤交界的全南县饭池嶂,流经全南、龙南、定南、信丰、赣县,于赣县伏坳流入贡水。桃江八景,指信丰桃江及其附近之八处景观。

花园早春

【题注】花园早春,在信丰县城南郊花园坊。此地背山、向阳、临江,田地平坦,土质肥沃,花卉蔬菜先于别处开春生发。

簇簇林深隐隐红,石家锦帐①矮墙东。
落梅地湿消香雪,飞絮枝柔飐②暖风。
拾翠人游残腊后,催耕鸟弄上元③中。
炎凉南北从来别,莫对春光怨不公④。

【注解】

①石家锦帐:亦写作石家锦障。源自晋朝石崇设置的用蔷薇花搭成的五十里华丽奢侈的锦步障。就此,唐·杜牧写了《蔷薇花》诗:"朵朵精神叶叶柔,雨晴香拂醉人头。石家锦障依然在,闲倚狂风夜不收。"这里用此典,是写花园坊的蔷薇花很茂盛,让东墙都显得矮了。②飐:zhǎn,风吹颤动,风吹摇曳的样子。③上元:农历正月十五。④莫对春光怨不公:此联说各地炎凉(气候)各不相同,不要埋怨春光早来此地。

竹桥夕照①

【题注】竹桥:在信丰县城西郊西江河上,原名"慧应桥",为桥上有荫棚(瓦棚)的木桥(俗称"荫桥")。因两岸竹丛掩映,故又称"竹桥"。昔时,每当夕阳西下,天际余晖、桥边绿竹、河上荫棚,相映成"锦绮"般的景观,令人迷恋忘返。

    云满前林翠满溪,琳琅①抛掷小桥西。
    鸟声飞噪树头乱,牧唱横骑牛背低。
    戈在鲁阳光返照,马随王济障无泥。②
    倚门莫讶黄昏后,锦绮无边望欲迷。③

【注解】

  ①琳琅:lín láng,精美的玉石,比喻美好珍贵的东西。②鲁阳:战国时楚之县公,传说他曾挥戈使太阳返回。《淮南子·览冥训》:"鲁阳公与韩构难,战酣,日暮,援戈而挥之,日为之反三舍。"王济:西晋太原人,武帝婿,由中书郎累官至侍中。喜养马,西晋学者杜预谓其有"马癖"。为保持马身干净,王济特意在马鞍下垫上布帛,不让马身沾到泥尘。障:垫在马鞍下、垂于马背两旁以挡泥土的布帛。③锦绮:华丽的丝织绸缎。锦,华丽的;绮(qǐ,有文彩的丝织品),丝绸。此喻天际美丽的晚霞。

  全诗首联写桥的环境:夕阳下的彩云映照桥边的翠竹,满溪碧翠,小桥上满目很多美玉似的。颔联描写所见情景:桥边、树上飞鸟鸣叫,牧童骑在牛背上唱和。颈联借用典故写桥上的夕阳返照、桥面洁净。尾联写竹桥夕照令人迷恋不已。

东禅晓钟

  【题注】东禅晓钟:古时信丰城东郊(原水东小学处)有东禅寺,寺内铁鼓铜钟大如车轮。每当晨昏,撞钟击鼓之声轰鸣弥远。

云萝烟薜掩招提①,桃水东边企岭②西。
上界③钟敲半轮月,残更④人听一声鸡。
僧翻贝叶⑤灯将灭,樵步云根路尚迷。
明发嗟予骑瘦马,紫微⑥回首玉绳低。

【注解】

①云萝烟薜:指爬蔓的萝、薜很茂密。招提:寺院的别称。②企岭:当是现称的狗仔岭。③上界:犹天界。道教、佛教称仙佛所居之地为天界。唐代张九龄《祠紫盖山经玉泉山寺》:"上界投佛影,中天扬梵音。"④残更:旧时将一夜分为五更,第五更时称残更。唐·沈传师《寄大府兄侍史》诗:"积雪山阴马过难,残更深夜铁衣寒。"⑤贝叶:指佛家的贝叶经。印度有一种贝多树,其叶子用水沤后可以代纸,古代印度人多用于书写佛经,后因此称佛经为"贝叶经"。⑥紫微:系"紫微垣",星官名,在北斗以北。此为回首星空。

本诗没有直接描写东禅寺的晓钟,而是通过夜晚的情景、人们对钟声的期待,反衬钟的重要作用。

西湖夜月

【题注】西湖,在信丰县城西北沙窝里,为西江河水聚集而成,面积不大,湖水清澈,相传站在湖边可以看见县城中心大圣寺塔的倒影,故又有"西湖塔影"之称。清乾隆年间被壅塞,现已不存在。

瑟瑟荻芦淡淡秋,湖光如练溯寒流。①
影摇波浸月中桂,气逼云笼天上楼。②
背踏金鳌银汉近,声飞玉笛素娥游。③
何时摆脱红尘鞅,七尺轮竿一叶舟。④

【注解】

①此联写秋天西湖景色：淡淡的秋色中，芦苇摇曳，发出瑟瑟的声音；源自寒流（清凉的西江河）的湖,湖光犹如白练。②此（颔）联写湖上夜景：摇曳的影子沉浸在湖水里，挂在湖中的月亮上；倒映湖中的天上楼宇气逼云笼。③颈联进一步描写湖中景致：在湖边观赏夜月的人，靠近（背）踏上金鳌仿佛天上的银河就在眼前；在玉笛声飞扬中和月宫仙女嫦娥同游。④鞅：套在牛马颈上的皮带。轮竿：lún gān，一种钓竿。因装有收卷钓线的转轮，故称。金·刘铎《所见》诗："轮竿老子绿蓑衣，细雨斜风一钓矶。"尾联写观赏西湖夜月的感慨：何时能摆脱红尘的绊羁，尽情地在湖里划一叶小舟垂钓。

七里滩声

【题注】 七里滩：在县城南七里坊桃江流经的河床中。昔时此处巨石纵横，激流怒涌成轰雷喷雪、沉牛奔马之险。后因巨石疏毁，堤岸扩展，水势平缓，滩声平息。

曲曲滩回转转山，无端震荡更潺湲。①
夜深惊醒蛟龙梦，沙畔容留鸥鹭闲。②
泊岸似闻河伯啸，倚台遥忆子陵还。③
寰瀛未必如斯险，千里乘风指顾间。④

【注解】

①潺湲：水流的样子。开头两句写此处河滩弯曲，山回路转，水流突然震荡起来。②此联写滩声大得夜里惊醒蛟龙，但沙洲上的鸥鹭却从容悠闲。③河伯：古代神话中的黄河水神，曾化为白龙游

于水上。此联依然写滩声巨大及水流湍急:犹如河伯呼啸,好似李白笔下的"千里江陵一日还"。子陵:东汉名士严光,字子陵。浙江余姚人,早年曾与刘秀同游学,刘秀即位称光武帝后,改名隐居,后被召至京都洛阳,刘秀授之谏议大夫,他不受而退隐富春山。唐·刘长卿《泛曲阿后湖简同游诸公》诗:"且习子陵隐,能忘生事忧。"宋·范仲淹《过方处士旧隐》诗序:"某景祐初,典桐庐郡,有七里濑(lài,湍急的水),子陵之钓台在。"此联继续写滩声巨大,犹如河伯呼啸,且让人想到严子陵的钓台。④瀛:海。寰瀛,五湖四海。尾联再写此处水急滩险:寰瀛少见,指点盼顾之间河水就一泻千里乘风而去。

五团仙迹

【题注】五团仙迹:在信丰县城东北约2里桃江靠西岸边,有五团蹲于水中的巨石,传说系仙人留下的棋子,水涨石浮,水落石沉。1982年,信丰糖厂在此建水泵房,五团巨石俱被炸毁。

五团仙迹太荒唐,舟转如何见保光。①
尘幻有凫归王子,洞深无犬吠刘郎。②
鹤游天外人三世,鸾跨池边月一方。③
欲向蓬邱问消息,碧云弱水两茫茫。④

【注解】

①荒唐:反语,是说令人意想不到。保光:保持光彩。此联写五团仙迹奇特得令人奇怪,舟船在此转动它们怎样保持光彩?②尘幻:尘世,即人世。佛教谓色、声、香、味、触、法为六尘;道家称一世为"一尘"。凫:水鸟名,俗称"野鸭"。王子:贵族子弟的统称。刘郎:指汉淮南王刘安。此联写在这儿下棋的仙人,沉迷棋中,

不管世上野鸭归王子,仙界鸡犬难以升天。③此联仍写"仙人"沉浸于棋中"鹤游""鸾跨",不顾时光流逝。④蓬邱:众人聚居处。邱,"丘"的异体。弱水:水道水浅(弱)不能胜舟,只用皮(竹)筏交通,称"弱水"。此联写仙人下棋后想了解人间消息,却一片茫然。

谷山积翠

【题注】谷山:在信丰县城西面约10里处,峰峦高峻,拥黛堆碧,望之如翠浪摇风。山上独长"翠云"草,将其叶夹放书中,翠色经久不褪。

砥柱分明插太空,棱棱气势更葱葱。①
佛头突出僧岚外,鸾尾斜拖杳霭中。②
浓淡黛分如罨画,高低碧立自玲珑。③
等闲登眺归来晚,争讶仙郎月下宫。④

【注解】

①棱棱:léng léng,威势,神灵之威。此联写谷山形势高峻:像插入太空的砥柱,棱棱葱葱。②僧岚:僧寺的雾气。杳霭:深远的云气。此联描写谷山山顶像佛头,突出于云雾之外;山脉似鸾鸟,斜拖在云气之中。③罨:yǎn,本义"捕鸟的网",亦指用罨捕取。引申为覆盖。此联描写谷山景色:黑白浓淡犹如覆盖的画,高低碧立自成精巧。④此联写登谷山所感:登山眺看,不觉归来已晚,莫不惊讶犹如仙郎去了一趟"月下宫"。

桃水拖蓝

【题注】桃水拖蓝:桃水,即桃江,此景在信丰县城东南花园湾。

此处岸上古木蓊郁,江中水流潆洄,树映水流,清澈碧蓝。

  闪闪波光漠漠烟,烟波万顷自年年。
  浪翻垂柳影难辨,痕染浮萍色更鲜。
  腻网沙柔青似靛,濯缨水溜碧于天①。
  船头彻底分明见,不用燃犀照九渊②。

【注解】

  ①腻网:柔滑的渔网。濯缨:濯,洗涤;缨,系冠的丝带。此指打鱼人水中的倒影。②燃犀:犀(xī),哺乳动物,形状略像牛,皮粗而厚,多皱纹。角生在鼻上,产于印度一带的只生一只角,产于非洲的有两只角,可做器物,亦可入药,通称"犀牛"。此为用犀角制成的器物,内装燃料燃烧以照明。典出南朝·宋·刘敬叔《异苑》卷七:传说晋代温峤至牛渚矶,水底有音乐之声,水深不可测,人云下多怪物。峤乃燃犀角而照之,须臾见水簇覆之,奇形异状。后谓人明烛事物者曰燃犀。九渊:深渊。《汉书·贾谊传》:"袭九渊之神龙兮,沕渊潜以自珍。"

  全诗围绕桃水之"蓝",首联写桃江波光闪闪,烟波浩渺,年年不息。颔、颈两联写桃江水面上的景色,突出其"蓝":浪翻垂柳,痕染浮萍,水中映着柳萍之蓝色,连柔滑的渔网、打鱼人的倒影都呈靛碧之色。尾联从打鱼人的眼中写桃水之蓝。

明·张纯

【作者简介】

张纯,字懋一,信丰人。康熙五十八年《信丰县志》载:天性颖敏,笃志力学,明嘉靖元年(1522)壬午科进士(注:乾隆十六年县志记为举人),至京师翰林景公旸(yáng)学为文,根极要领,名动一时。

犹山

【题注】犹山,即油山。旧志云:在县西120里,上分99面,垦田十数里为村落,有居民数十户。

犹山地脉①东,花木四时春。
古石榴仙迹,清泉浴佛身。
禅心闲老衲②,怀抱散幽人③。
绝顶凭高眺,烟霞近紫宸④。

【注解】

①地脉:指地的脉络,地势。唐·孟浩然《送吴宣从事》诗:"旌旆边庭去,山川地脉分。"地脉东,在地势的东面,太阳升起的方向。②禅心:佛教用语,谓清静寂定的心境。老衲:年老的僧人,亦为老僧自称。此句意思是,在犹山可听闻老僧人念经表达善心。③散幽人:悠闲自在的幽隐之人(隐士)。④紫宸:zǐ chén,宫殿名,天子所居,即天宫。唐宋时为接见群臣及外国使者朝见庆贺的内朝正殿,在大明宫内。此指天宫。

明·黄仲昭（2首）

【作者简介】

黄仲昭（1435—1508），名潜以，字行，福建莆田人，翰林院编修，著有《未轩集》。

自信丰往龙南过竹高岭

【题注】竹高岭在信丰哪里，不详。作者自注"山上有铁盔、锁甲二峰"。

登登已度几崚嶒①，鸟道萦回尚未平。
宪节霓穿云霭去②，轺车③多傍白云行。
山如盔甲偶然事④，民习干戈遂得名。
司牧⑤倘能兴化道，贪泉宁免隐之清⑥。

【注解】

①崚嶒：léng céng，本义高耸突兀，此指高峻的山。②宪节：廉访使、巡按等风宪官所持的符节。宋·岳珂《桯史·瞿唐滟滪》："绍兴中，蜀士有喻汝砺者，持宪节来治于夔。"霓：读 zhī，义同"只"。③轺车：轺（yáo），轺车，一匹马驾驶的轻便车。《晋书·舆服志》："轺车，古之时军车也。一马曰轺车，二马曰轺转。"④【作者自注】岭上有铁盔、锁甲二峰。⑤司牧：本义管理、统治。引申为指君主、官吏。⑥贪泉句：贪泉，泉名。《晋书·良吏传·吴隐之》记载：吴隐之操守清廉，为广州刺史，未至州二十里，地名石门，有水曰贪泉，相传饮此水者，即廉士亦贪。隐之酌而饮之，因赋诗曰："古

人云此水,一歃(shà,用嘴吸取)怀千金;试使夷齐饮,终当不易心。"及在州,清操愈厉。

送杨上舍还桃江

廿载寒檠①共夜窗,清才②曾见重乡邦。
南山雨露文初变,北海风云志未降。
子佩青青辞璧水③,仙舟冉冉望桃江。
填门④贺客何劳谢,酒熟床头正满缸。

【注解】

①寒檠:hán qíng,犹寒灯。北周·庾信《对烛赋》:"莲帐寒檠窗拂曙,筠笼薰火香盈絮。"②清才:卓越的才能。唐·刘禹锡《裴相公大学士见示答张秘书谢马诗并群公属和因命追作》诗:"不与王侯与词客,知轻富贵重清才。"也指品行高洁的人。南朝·宋·刘义庆《世说新语·赏誉》:"太傅府有三才:刘庆孙长才,潘阳仲大才,裴景声清才。"③子佩青青:子,你;佩,男子腰中佩玉的绶(丝)带。青青,轻轻地。此句出自《诗经·郑风·子衿》:"青青子衿(jīn),悠悠我心。纵我不往,子宁不嗣音?青青子佩,悠悠我思。纵我不往,子宁不来?挑兮达兮,在城阙兮。一日不见,如三月兮!"璧水:指太学。南朝·梁·何逊《七召·治化》:"璧水道庠序之风,石渠启珪璋之盛。"泛指读书讲学之处。宋·陈亮《谢留丞相启》:"如亮者才不逮于中人,学未臻于上达。十年璧水,一几明窗。"④填门:门户填塞。形容登门人多。【此诗曾列在董越名下,乾隆十六年《信丰县志》载为黄仲昭作品】

明·杨敬（8首）

【作者简介】

杨敬，江苏盱眙人，曾任信丰训导。

花园早春

东风披拂散层阴，为报阳和①遍处临。
烟酿晴光回碧嶂，杏扶春色上青林。
村流暖抱堤边柳，岭树初鸣花外禽。
自是太平多乐事，游人载酒任歌吟。

竹桥夕照

竹畔危桥夸②碧流，夕阳返照水悠悠。
千山掩映霞光合，万迳微茫日影浮。
野鸟归林犹未定，村烟笼树尚淹留③。
无腔④短笛横牛背，信口吹来过陇丘。

东禅晓钟

衲挂萝墙夜起忙，苍茫云树半飞霜。
月光遥映三江静，钟韵悠扬五夜⑤长。
敲断白云天未曙，撞残清漏⑥鹤将翔。
寒潭澄澈禅心定，金兽炉中有戒香。

西湖夜月

荡漾湖光万顷秋，平铺月色满红楼。
影涵玉宇星辰灿，波浸银蟾桂魄⑦浮。
万籁不鸣渔水静，一轮遥转水龙游。
荻芦风淡天将曙，残照沙洲起鹭鸥。

七里滩声

滩声澎湃如鼙鼓，涌月流沙吼地长。
雪浪晴喷高漾漾，银波冷泻远茫茫。
声喧欸乃摇松楫，湍急悠扬挂锦樯。
怪石溪边闲注望，白蘋红蓼水云乡。

五团仙迹

传说仙人共弈棋，输赢未卜世更移。
丹钺九转封金鼎⑧，桃种千年满玉墀⑨。
青鸟⑩不来云索寞，白羊⑪已化石参差。
烟霞似闭天台路，不见当年三秀芝⑫。

谷山积翠

突兀层峦结翠螺，曲穿石磴满藤萝。
岚光挹秀迎花近，果蔬薰香傍户多。
碧对高人倍逸致，青随诗客伴吟哦。
四时浓淡相宜处，载酒频来上绿坡。

桃水拖蓝

萦纤如带暖拖蓝,半绕晴山翠影涵。
桂棹谩摇和草碧,兰舟轻泛荡波馣⑬。
清涟远暎⑭烟中树,绿霭浓连柳上岚。
笑指尘寰佳胜地,若耶溪⑮畔海东南。

【注解】

①阳和:本义春天的暖气。《史记·秦始皇本纪》:"维二十九年,时在中春,阳和方起。"借指春天。南朝·宋·刘义庆《世说新语·方正》:"虽阳和布气,鹰化为鸠,至于识者,犹憎其眼。"②危桥:高耸之桥。夸:通"跨"(kuà),兼有。《汉书·诸侯王表序》:"而藩国大者,夸州兼郡,连城数十。"③淹留:逗留,羁留。《楚辞·离骚》:"时缤纷其变易兮,又何可以淹留?"④无腔:成语"野调无腔",谓村野曲调不成一定的腔调。⑤五夜:即五更。古代民间把夜晚分成五个时段,用鼓打更报时,所以叫作五更、五鼓或五夜。⑥撞残清漏:清漏,清晰的滴漏声。古代以漏壶滴漏计时。南朝·宋·鲍照《望孤石》诗:"啸歌清漏毕,徘徊朝景终。"引申为借指时间。宋·周邦彦《解语花上元》:"惟只见、旧情衰谢,清漏移,飞盖归来,从舞休歌罢。"撞残清漏:僧人撞完了漏壶,指天要亮了。⑦桂魄:古代汉族传说月中有桂,故为月的别称。⑧丹钺:钺(yuè),古代兵器,青铜制,像斧,比斧大,圆刃可砍劈,商及西周盛行;又有玉石制的,供礼仪、殡葬用。金鼎:鼎被视为传国重器,国家和权力的象征,又是旌功记绩的礼器。周代国君或王公大臣在重大庆典或接受赏赐时都要铸鼎,以记载盛况。⑨玉墀:yù chí,宫殿前的石阶,借指朝廷;亦作台阶的美称。⑩青鸟:神话传说中为西

王母取食传信的神鸟。《山海经·西山经》:"又西二百二十里,曰三危之山,三青鸟居之。"晋·郭璞注:"三青鸟主为西王母取食者,别自栖息于此山也。"传说它和凤凰一般大,喜水、冰,浑身通白,散发蓝光,形态优美,可幻化成人。其实,青鸟是一种常见的小型的类似麻雀大小的青蓝色小鸟。⑪白羊:指白羊座,黄道十二星座之一。⑫三秀芝:宋·梅尧臣《李士元学士守临邛日有谷一茎九穟者数本芝数》云,"临邛传瑞物,太守在郡时。既多九穟谷,复有三秀芝。芝以保万寿,谷以丰东菑。更看芙蓉叶,并蒂照清池。"⑬馣:ān,香气。⑭暎:yìng,古同"映"。⑮若耶溪:ruò yē xī,溪名。出浙江省绍兴市若耶山,北流入运河。相传为西施浣纱之所。杜甫《奉先刘少府新画山水障歌》:"若耶溪,云门寺,吾独胡为在泥滓?青鞋布袜从此始。"

明·杨铭

【作者简介】

杨铭,信丰人,明正统三年(1438)戊午科进士,任山西道监察御史,天顺三年(1459)任浙江长兴县知县。

秋日登览秀亭

旧题壁上记曾游,风景今来大不侔①。
村郭楼台千户览,山川烟雨八窗②秋。

杜陵恋客重过鲁③，王粲思乡竟别刘④。

倚凭栏栅频北面，江湖虽远独无忧。

【注解】

①侔：móu，相等，相称。②八窗：《周礼·考工记·匠人》云，"四旁两夹窗。"汉·郑玄注："窗，助户为明，每室四户八窗。"③杜陵：杜甫的自称。杜甫祖籍西安郊区杜陵，他也曾在杜陵附近居住，故常自称杜陵野老、杜陵野客、杜陵布衣。他的《投简成华两县诸子》诗云："长安苦寒谁独悲，杜陵野老骨欲折。"鲁：周代诸侯国名，在今山东省西南部。④王粲：(177—217)，字仲宣，山阳郡高平（今山东微山）人。东汉末年著名文学家，"建安七子"之一，由于其文才出众，被称为"七子之冠冕"。其祖为汉朝三公，汉献帝西迁时，王粲徙至长安，左中郎将蔡邕见而奇之，后至荆州依附刘表，刘表以其貌不副名且身体羸弱为由，而不重用他。于是他别刘表而归曹操。刘表死后，王粲劝刘表次子刘琮，令归降于曹操。曹操辟王粲为丞相掾（yuàn，古代副官、佐吏的通称），赐爵关内侯。

明·俞通（3首）

【作者简介】

俞通，字至中，号筠谷。信丰人，通敏有器识，尤好吟咏。明景泰（1450—1456）中诏举，怀才抱德，知县王学古举以应赴京，念母老不愿仕，诏赐冠带归。隐居七里，筑"耕云钓月轩"，日事吟咏，诗词清逸，自号养气翁。著有《筠谷横槊二集》。

前题

【题注】前题,谓诗题同前一首。如清·蒋景祁《瑶华集》载有顾有年的《前题》诗,意即诗题与前首周积贤的《春闺》相同。

　　新构层楼接上台,将军暇日共徘徊。
　　城临秋水天初霁,山延斜阳雾欲来。
　　宫殿虚无双眼迥①,樽罍②欢洽百年开。
　　何尝圣事升平世,日日相期醉绿醅③。

【注解】
①迥:jiǒng,古同"迥"。形容差别很大。②樽罍:亦写作鐏罍。樽和罍,泛指酒器。唐·白居易《轻肥》诗:"樽罍溢九酝,水陆罗八珍。"这里指饮酒。③绿醅:lǜ pēi,绿色美酒。

圣山(二首)

【题注】旧志云:圣山,在县南100里,崒嵂高出云表,旧有龙吟院,有石坪广数十亩,文如九宫八卦,奇三偶四,亦奇胜也。

　　偶来携客上方游,楼殿飞空紫翠浮。
　　此度登临绝尘想①,致身何必在舟艅②。

　　云满青山水满溪,回头遥觉四天低。
　　谁能弃却人间事,来向竹林深处栖。

【注解】
①尘想:犹俗念。晋·陶渊明《归园田居》诗之二:"白日掩荆扉,对酒绝尘想。"②舟艅:舟,带子。《诗经·大雅·公刘》:"何以舟之,

惟玉及瑶。"毛传:"舟,带也。"此指带状,形容狭小。㐀:qiū,同"丘",亦写作"北"。《玉篇·北部》:"北,虚也,聚也,冢也。……㐀、丘,并同北。"

明·吴百朋（3首）

【作者简介】

吴百朋（1519—1578），字惟锡，号尧山，浙江义乌人。明嘉靖二十六年（1547）进士，官至刑部尚书，与戚继光同时代，为抗倭寇、平内乱、固边防立下不朽功勋，是闻名遐迩的一代儒将。

移镇信丰生擒诸渠捷至

【题注】嘉靖四十二年（1563），吴百朋任右佥都御史，巡抚郧（yún）阳，赴任路上，江广告急，地方官奏请朝廷委派得力官员发兵进剿。朝廷决定改任吴百朋巡抚虔州（即今赣州），抗倭平乱。虔州民风犷悍，生性好斗，是各地作奸犯科之罪犯的聚集地。粤东潮海地区，倭寇侵扰十余年。虔州罪犯与倭寇勾结，占地千里，筑关隘、修堡垒，各聚亡命之徒数万，自立为王，并暗布侦探，刺探军情，伺机作乱，祸害地方。吴百朋初到虔州，倭寇又犯潮州，皇帝降旨，命他调集兵力讨伐潮州倭寇。《明史》记载：初，广东大埔民蓝松山、余大眷倡乱，流劫漳、延、兴、泉间。官军击败之，奔永春。与香寮盗苏阿普、范继祖连兵犯德化，为都指挥耿宗元所败。伪请抚，百朋亦阳罢兵，而诱贼党为内应，先后悉擒之，惟三巢未下。三巢者，和平李文彪据岑冈、龙南谢允樟据高沙、赖清规据下历。朝廷以倭患棘，不讨且十年。文彪死，子珍及江月照继之，益猖獗。四十四年秋，百朋进右副都御史，巡抚如故。上疏曰："三巢僭号称王，旋抚旋叛。广东和平、龙川、兴宁，江西龙南、信丰、安远，蚕食过半。不亟讨，祸不可言。三巢中惟清规跨江、赣六县，最逆命，用兵必自下历始。"帝采部义，从之。百朋乃命守备蔡汝兰讨擒清规于苦竹嶂，群贼震慑。

吴百朋巡抚虔州，抗倭平乱凡六年，组织大小战斗150余战，计斩敌首22965级，解救被虏男女18146人，破贼巢穴120余处。朝廷为嘉奖吴百朋之功，赐金银二次，召见嘉许三回，进吴百朋二品官职薪俸，荫一子。

吴百朋巡抚虔州六年，戎马倥偬，但他不失儒将风度，在繁忙的军务之余，酷爱读书、写诗、作文，著有《抚虔志》《用兵纪实》等，惜皆佚散。

本诗和下首都是作者在信丰为"抗倭寇、平内乱"取得胜利而写的。

山城曾弭文成节[1]，我方双甄[2]指谷川。
日月新开豺虎道，风霆直扫棘菁烟。
峤[3]阴死战轻三伏[4]，同左[5]生全可百年。
白发渐生金革[6]里，归山无计负先贤。

【注解】

①弭：mǐ，弭节，指驻节，停车。节，车行的节度。"弭文成节"，即文成曾在此山城（信丰）驻节或停留。"文成"，即王守仁（1472—1529）的谥号。王守仁（王阳明），明代著名的思想家、文学家、

哲学家和军事家,陆王心学之集大成者。弘治十二年(1499)进士。正德十一年(1516),王阳明受时任兵部尚书王琼举荐,以都察院左佥都御使身份巡抚南赣汀漳。当时,南赣乱局不断,盗贼气焰嚣张,常有掠城之乱,连前巡抚文森都托病离去。朝廷任命王为此职,是希望他能够剿灭南赣盗贼叛乱,重建当地地方秩序。王抵达赣州后,一年多内,把骚扰南赣地区数十年之久的盗匪全部剿除,《明史》称:"守仁所将皆文吏及偏裨小校,平数十年巨寇,远近惊为神。"嘉靖八年11月29日卯时(1529年1月9日8时),王阳明病逝于江西南安府大庾县青龙港(今江西省大余县境内)舟中。隆庆时追赠"新建侯",谥"文成",故后人又称他王文成公。万历十二年(1584)从祀于孔庙。②双甄:古代打猎或作战阵形的左右两翼。③峤:狭窄而陡峭的山道。峤(jiào)阴:山道北面。④三伏:初伏、中伏和末伏的统称,一年中最热的时节,出现在每年阳历7月中旬到8月中旬,气候特点是气温高、气压低、湿度大、风速小。"轻三伏",意为不怕三伏炎热。⑤闾左:古代25家为一闾,贫者居住闾左,富者居于闾右。《史记·陈涉世家》:"发闾左,适戍渔阳九百人。"唐·司马贞索引:"闾左谓居闾里之左也。又云,凡居以富强为右,贫弱为左。"⑥金革:谓军械和军装,借指战争。

凯旋舟中简守巡两君

【题注】题意是胜利而归时,在船上写给两位守巡的书简(诗)。

六月宵师①束马前,云旗雷鼓震前川。
兔营②瘴窟今乌有,龙洗③天兵梦偶然。
五岭炎风催战日,一江秋水凯歌年。
自怜多病淹④南服,济世安危在数贤⑤。

【注解】

①宵师：夜里出战。②兔营：指"三巢"乱军，由"狡兔三窟"义引来。③龙洗：古代盥洗用具，状貌像鼎，用青铜铸造，盆边有两金属抛光的盆耳，因盆内有龙纹而称之为龙洗。汉族传说中也称作聚宝盆。④淹：本义浸没（mò），引申为滞、久留、淹留。这里用的引申义。⑤数贤：各位贤士，此指守巡两君。

谷山即事

【作者题下注】时同蔡参（即蔡汝兰）戎征下历驻此，大捷志喜。

山城曾驻王公节①，我亦提师谷岭巅。
偶尔笑谈擒孟获②，敢云功伐勒燕然③。
三军死战轻三伏，百姓生全可百年。
白发渐生金革裹，归田无计媿④先贤。

【注解】

①【作者自注】驻王公节：王阳明曾驻军于此（"山城"：指信丰城）。②擒孟获：225年，西南少数民族首领孟获起兵反叛，蜀汉丞相诸葛亮发兵征抚，采取攻心策略，七次生擒孟获七次放还，使之心悦诚服，归顺蜀汉。③勒燕然：《后汉书》卷二十三《窦融列传·窦宪》载，东汉窦宪破北匈奴，共斩杀名王以下将士13000多人，俘获马、牛、羊、驼百余万头，来降者81部，前后20多万人。窦宪等遂登燕然山，刻石勒功，纪汉威德，令班固作铭。后以"勒燕然"指把记功文字刻在石上。泛指边塞立功。④媿：kuì，古同"愧"。指惭愧、羞辱、愧色等。

明·蔡汝兰（2首）

【作者简介】

蔡汝兰，南赣守备，曾在吴百朋领导下参加剿匪。

九日登九日岗

【题注】 胡俨《樵楼记》载：樵楼"前耸南山，后峙石塔，碧桃之水绕其东，九日之岗盘其西"。"九日岗"是后人所称信丰城上西门火焰山。范文澜等著《中国通史》载：明嘉靖末年（1566），龙南赖清规等聚众起义，龙南、信丰、安远被扫荡过半，"南赣巡抚吴百朋派守备蔡汝兰擒赖清规，义军失败"。据此推断，此诗应是蔡汝兰作为南赣守备平定龙南赖清规起义后，于1566年九月九日登信丰南山岭后所作。

　　桃水晴云净碧天，谷山晓曙拂青烟。①
　　一声鸿雁惊新序，满目黄花是旧年。②
　　南岳笑歌还落帽，西江洗酌更烹泉。③
　　登高最爱清秋好，双眼天空照万川。④

【注解】

①开头两句写登高所见的桃江、谷山景色：晴云之下，桃水净碧；破晓之际，谷山雾绕。②此联续写登高所见：鸿雁惊鸣，带来新的季节；黄花满目，仍像往年一样。③南岳：湖南衡山的古称；烹泉：烧煮泉水。此联由眼前登南山联想到以往登南岳和游西江（珠江上游支流之一）的欢愉。④末两句写登山感悟：最爱清秋时节登

高，因为能看得更高更阔更远。

谷山

闻说仙岩倚翠微，闲随野鹤扣云扉。
两江锦向桃枝合，百里春从柘影[①]归。
回首崆峒无障翳[②]，大观沧海有渔矶[③]。
风尘老我烟霞旧，此日何缘一振衣[④]。

【注解】

①柘影：柘（zhè），一种乔木，叶可喂蚕，果可吃。柘影，柘树的影子。古代习惯，祭社之处必植树，其中桑、梓（柘）为古人常用作社树的树种。②崆峒：kōng tóng，山高峻貌。常指仙山。唐·曹唐《仙都即景》诗："旌节暗迎归碧落，笙歌遥听隔崆峒。"此指高峻的谷山。障翳：zhàng yì，遮蔽。引申泛指遮蔽视线之物。③渔矶(jī)：可供垂钓的水边岩石。④振衣：典故名。出自《史记》卷八十四《屈原贾生列传·屈原》："新沐者必弹冠，新浴者必振衣。"意思是：刚洗过澡穿戴衣帽时，总要弹一弹帽冠上的灰尘，抖一抖衣服上的杂质。比喻洁身自好、修身养德。

明·邓卓（3首）

【作者简介】

邓卓，字可立，信丰人，选贡，直隶澄州训导、教授。以下所录 3 首诗亦步王纶《咏桃江八景》诗韵。

竹桥夕照

竹外长虹锁碧溪,溪头残日欲沉西。①
晴光斜逐空梁下,暝色平临断岸低。②
鸦闪落霞金有色,马怜锦障净无泥。③
鲁戈愿借回余照,莫谓桑榆绝景迷。④

【注解】

①首联写夕阳西下,霞光如长虹透过竹林,锁着碧溪。②晴光:晴朗的日光或月光。暝色:暮色,夜色。颔联写夕阳照入桥内:阳光照到桥上荫棚里,暮色降临河岸,夕阳低落下去。③锦障:亦作"锦步障",遮蔽风尘或视线的锦制屏幕。南朝·宋·刘义庆《世说新语·汰侈》:"君夫作紫丝布步障碧绫里四十里,石崇作锦步障五十里以敌之。"唐·李商隐《朱槿花》诗之一:"不卷锦步障,未登油壁车。"颈联续写夕阳下的竹桥:飞闪的鸦雀被夕阳染得满身金色,桥面像马喜爱的锦障那样洁净得一尘不染。④鲁戈:典出传说中的鲁阳挥戈让太阳返回,用以描写竹桥的夕阳。桑榆:指日落时余光所在处。尾联意思为:愿像鲁阳挥戈让太阳返回那样,让迷人的竹桥夕照返回。

东禅晓钟

竦钟清晓出招提①,声绕江东更谷西。
信是山僧敲落月,忽闻宝树唱晨鸡。
黥鱼②吼彻丰山响,蕉鹿③惊回大梦迷。

百八④欲从论秘诀，红云⑤深锁路高低。

【注解】

①竦（sǒng）钟：令人肃然起敬的钟声。招提：民间私造的寺院。清·宋应麟《杂识》："私造者为招提、若兰，杜枚所谓善台野邑是也。"源自梵文 Caturdeśa，意译为四方（catur 是四，deśa 指场所、地方、国土等），指寺院；音译"佳拓斗提奢"，简称"拓提"，在汉字传写过程中因形近而误写为"招提"，于是四方之僧称招提僧，其受施物称招提僧物，四方僧之住处称为招提僧坊。北朝魏太武帝于始光元年（424）造立伽蓝（僧众共住的园林即寺院），名曰招提，国人遂以招提为寺院的别称。②鲸鱼：本指海之大鱼，此为撞钟。《后汉书·班固传》："于是发鲸鱼，铿华声。"注：海岸中有大鱼名鲸，又有兽名蒲牢。蒲牢素畏鲸鱼，鲸鱼击蒲牢，蒲牢辄大鸣。凡钟，欲令其大声者，故作蒲牢于其上，撞钟者，名为鲸鱼。③蕉鹿：比喻梦幻。典出《列子集释》卷三《周穆王篇》：郑国人在野外砍柴，看到一只受伤的鹿跑过来，把它打死，担心猎人追来，把死鹿藏在小沟里，砍了一些蕉叶覆盖。天黑了，他想找到死鹿扛回家，可怎么也找不到，于是只好放弃，就当自己做了同样的梦罢了，他不是把真实的事当梦，便是把梦当真实的事。后遂以"蕉鹿"指梦幻。④百八：佛家认为人的烦恼有一百零八种，谓之"百八烦恼"。⑤红云：红色的云。古人传说，仙人所居之处常有红云盘绕。

西湖夜月

沆瀣流金①滴素秋，老蟾②飞影吸江流。
清涵尘土三千界③，光浸琼瑶十二楼④。

鹤傍白沙当镜浴，龙醒灵涧弄珠游。
良宵霁景浑无限，怪底犀燃⑤采石舟。

【注解】

①沆瀣：hàng xiè，夜间的水汽、露水，旧谓仙人所饮，引申指珍贵的饮料。出自屈原《楚辞·远游》："餐六气而饮沆瀣兮，漱正阳而含朝霞。"②老蟾（chán）：即蟾宫，亦即广寒宫，是汉族神话中神仙居住的房屋，"羿请不死之药于西王母，羿妻嫦娥窃之奔月，托身于月，是为蟾蜍，而为月精"。即是说，嫦娥在偷窃了不死药后，到了月亮上变为蟾蜍，成为月精，所以广寒宫又称作蟾宫，中国古代称月亮的书面语。③三千界："三千大千世界"的省称，指纷繁的人世间。④十二楼：即十二宫楼，喻仙境。《汉书·郊祀志下》："黄帝时为五城十二楼。"应邵注："昆仑玄圃五城十二楼，仙人之所常居。"⑤犀燃：即燃犀。南朝·宋·刘敬叔《异苑》卷七："晋温峤至牛渚矶，闻水底有音乐之声，水深不可测。传言下多怪物，乃燃犀角而照之。须臾，水族覆火，奇形异状。"后以"燃犀"为烛照水下鳞介之怪的典故。宋·辛弃疾《水龙吟·过南剑双溪楼》："待燃犀下看，凭栏却怕，风雷怒，鱼龙惨。"亦用为洞察奸邪、明烛幽微之典。

明·钟瑾（4首）

【作者简介】

钟瑾，字良玉，号西坡，江西吉安永丰人，湖北咸宁知县。著有《蛩秋漫稿》。

壬戌九月入信丰十五夜月色如昼诗示行实时同舟也

【题注】这是钟瓘来信丰于九月十五日夜写给一位名行实的同舟者的诗。按钟瓘和刘格同时期推算，壬戌为1562年。

秋山未老尚青青，秋气萧森夜气冥①。
千里好风行不尽，一船明月睡初醒。
水中星动天疑坠，匣里龙吟②剑是灵。
自信江湖③甘白首，诗成诵与阿咸④听。

【注解】

①冥：míng，昏暗。②匣里龙吟：宝剑在匣中发出龙吟般的声响。原指剑的神通，后比喻有大材的人希望见用。典出晋·王嘉《拾遗记》卷一："帝颛顼有曳影之剑，腾空而舒，若四方有兵，此剑则飞起，指其方则克伐。未用之时，常于匣里如龙虎之吟。"③江湖：本义江河与湖泊，两字拆开各可指地理上的三江五湖；但两字成一词，在中国文化中另有意涵。《庄子·大宗师》"泉涸，鱼相与处于陆，相呴以湿，相濡以沫，不如相忘于江湖"中的"江湖"指社会上逍遥适性之处；北宋范仲淹《岳阳楼记》"居庙堂之高，则忧其民；处江湖之远，则忧其君"的"江湖"则指民间社会，有与朝廷相对的意思。因为高人隐士不甘于受朝廷控制，鄙弃仕途，逍遥于适性之所，所以"江湖"也被引为豪杰侠客闯荡的社会。本诗用的即此意。④阿咸：三国魏阮籍侄儿阮咸，有才名，后因而称之"阿咸"。

游南山观题壁

南山远势连崆峒①，山下楼台烟雾中。

东海仙人②诗满壁,月波道士③颜如童。
岚光和雨滴春翠,丹气接天浮夜虹。
凭高一笑空宇宙④,俯视下土尘⑤蒙蒙。

【注解】

①崆峒:指崆峒山,在赣州城东南13公里处,自南康数十里蜿蜒而来,章贡二水夹以北驰,为一郡望山。民国初年改名峰山。②东海仙人:曾来过南山观,自称"东海仙人"的道士。③月波道士:南山观住观道士,号月波。④空宇宙:空,空寂广阔。空宇宙,看到宇宙的空寂广阔。⑤下土:本义大地。《诗·小雅·小明》:"明明上天,照临下土。"引申指人间。《诗·小雅·小旻》:"旻天疾威,敷于下土。"这里指人间。

有怀披锦堂题诗南山寺

【题注】披锦堂,南山寺内一殿堂。

桃花江上昔逢君,最喜于今见古人①。
却惜神龙蟠斛水②,尚期秋鹗③离风尘。
黄紬④被冷人何在,披锦堂空迹易陈。
两载相知多少事,海天南望重伤尘。

【注解】

①古人:古,旧、原来。古人,原来的人,即老朋友。②蟠斛水:蟠(pán),蟠曲,曲折环绕。斛(hú),中国旧量器名,亦是容量单位,一斛本为10斗,后来改为5斗。斛水,五斗水,形容水浅水少,喻地方小。③鹗:è,本义大嘴鸟,特指鱼鹰,又叫雎鸠,属雕类,

体形像鹰，呈土黄色，眼眶深陷，喜欢寻戏，交合时雌雄一同飞翔，平常则雄雌分开，会在水面上飞翔捕鱼，生活在江边。诗中用以比喻世人。④黄紬(chōu)：即黄绸。宋·苏轼《和孙同年卞山龙洞祷晴》："看君拥黄紬，高卧放晚衙。"

纪行十六日经下韩滩作

【题注】韩滩，又称寒滩，桃江流入章江、赣江至万安的十八滩之一。

曾因蜀道损朱颜①，到此还逢百丈艰。
水自东来奔似马，石从中起突如山。
盘涡定是蛟龙窟，隘路真成虎豹关。
名利不能驱钓叟，结庐翻说此中闲②。

【注解】

①损朱颜：损害了朱红的容颜。此句意思是，曾经因蜀道难而畏难。②结庐句：典出晋·陶渊明《饮酒》云，"结庐在人境，而无车马喧。"结庐：构筑屋子。人境：人间。无车马喧：没有车马的喧嚣声。翻：表示转折，相当于"反而""却"。

明·刘格（9首）

【作者简介】

刘格，广东从化人，明隆庆三年（1569）出任信丰知县。

咏桃江八景次王参政韵

【题注】 次韵，旧体诗写作方法之一，亦称步韵，即依照所和诗中的韵及其用韵的先后次序作诗。王参政，即王纶。

花园早春

伫看江郊落嫩红，莺啼初过楚城①东。
夭桃艳捧朱楼日，细柳声调绿野风。
淮水琼花烟雨外②，蒋陵玉树画图中③。
莫言春来偏归早，春早春迟一样公。

【注解】

①楚城：先秦时期楚人建筑的城。当时城门是国家的象征，依据楚人喜爱居高临水筑城的特点，楚城选择在磨山（武汉东湖边）北麓依山傍水的要津上。本诗借"楚城"依山傍水喻信丰城。②淮水句：李白有"烟花三月下扬州"诗句，引出许多"扬州三月、烟雨琼花"之类的美词。本诗借此喻信丰城。③蒋陵句：蒋陵，三国时吴大帝孙权的陵墓，在今南京明孝陵内，存遗址。玉树，本指蓝桉，亦是槐树的别名，又用以喻人才貌之美或英俊潇洒的男子。唐·杜甫《饮中八仙歌》："举觞白眼望青天，皎如玉树临风前。"此指青翠的树木。

竹桥夕照

编梁①横夹万家溪，隔岸晴曛②日欲西。
色映远山银障合，影回清渚五虹③低。
绿萝烟袅笼丹壑，朱槿花飞荫紫泥。
犹爱菱歌④归渡晚，清平声调几人迷。

【注解】

①编梁：用数十根粗木相贯而成的无柱木拱廊桥。②晴曛：亦作"晴熏"，日光照射。③五虹：五彩虹。五彩，亦作"五采"，指青、黄、赤、白、黑五种颜色。荀子《赋》："五采备而成文。"泛指多种颜色，如五彩缤纷。④菱歌：采菱之歌。南朝·宋·鲍照《采菱歌》之一："箫弄澄湘北，菱歌清汉南。"唐·王勃《采莲赋》："听菱歌兮几曲，视莲房兮几珠。"明·唐寅《题自画山水》诗之四："烟山云树霭苍茫，渔唱菱歌互短长。"

东禅晓钟

远谈般若下菩提①，寂寂徒传汉域西。
宿夜黄花空蛱蝶②，曙烟青草闻莎鸡③。
浪言古钵龙犹卧，谁复谈经虎亦迷。
却好鲸音④晨一动，万扉同启尽高低。

【注解】

①般若：读 bō rě，佛教术语，梵语 Prajna 的音译。又译作"波若""钵若""钵罗若""班若""般罗若""般赖若"等，意为"终极智慧""辨识智慧"。专指如实认知一切事物和万物本源的终极智慧，区别于一般的智慧。"菩提"一词是梵文 Bodhi 的音译，意思是觉悟、智慧，用以指人忽如睡醒，豁然开悟，突入彻悟途径，顿悟真理，达到超凡脱俗的境界等。②宿夜：隔夜。蛱蝶：jiá dié，蛱蝶科的一种蝴蝶，翅膀呈赤黄色，有黑色纹饰，幼虫身上多刺，危害农作物。③曙烟：拂晓时的烟霭。莎鸡：又名络纬，俗称纺织娘、络丝娘，即蝈蝈。④鲸音：指洪亮的乐声或钟声。

西湖夜月

横槎汀曲汉宫秋①，荡漾蟾光②入水流。
借棹影摇珠翠杓③，移花阴满玉人④楼。
冰壶上混清虚阔⑤，皎兔明涵太液⑥游。
何以鸱夷⑦无速累，逍遥同此棹扁舟。

【注解】

①槎：chá，木筏。汀：tīng，水边平地，小洲。横槎汀曲：意思是划着木筏到水边洲上看演出《汉宫秋》。该剧为元·马致远创作的历史剧，全名《破幽梦孤雁汉宫秋》。写西汉元帝受匈奴威胁，被迫送爱妃王昭君出塞和亲的故事。②蟾光：chán guāng，即月光。中国古代文化中常用蟾蜍代表月亮。③珠翠杓（sháo）：用珍珠翡翠做成的勺子。④玉人：此指仙女。唐·贾岛《登田中丞高亭》诗："玉兔玉人歌里出，白云谁似莫相和。"⑤冰壶：借指月亮或月光。清虚：太空，天空。⑥太液：古池名。后人赞誉为仙海。⑦鸱夷：chī yí，革囊。《史记·伍子胥列传》："吴王闻之大怒，乃取子胥尸盛以鸱夷革，浮之江中。"

七里滩声

一派流环郭外山，纡回①沙石水潺湲。
三春②急响轰雷闻，五昫高悬彩鹬闲③。
摘桂灵槎④云外出，采菱归棹日边还。
无端箫瑟因风至，疑对松涛万壑间。

【注解】

①纡回：江流回环。②三春：即春季。春季三个月，正月称孟

春,二月仲春,三月季春。③五晌句:五,通"午";晌(shǎng),一天内的一段时间。五晌即午晌,正午或正午前后。本句指正午的阳光。彩鹢:cǎi yì,鹢,一种水鸟。古代常在船头上画鹢,着以彩色,因亦借指船(或彩舟)。南朝·梁·刘孝绰《钓竿篇》:"钓舟画彩鹢,渔子服冰纨。"④灵槎:líng chá,能乘往天河的船筏。宋·辛弃疾《西江月·为范南伯寿》词:"灵槎准拟泛银河,剩摘天星几箇。"亦写作"灵查",指船。唐·杜甫《喜晴》诗:"汉阴有鹿门,沧海有灵查。"

五团仙迹

不贪巢许远陶唐①,自爱缑山②月正光。
岂是三千③降王母,会逢七夕下牛郎。
丹炉错秘玄中术,药里谁传物外方。
欲识蓬莱何处访,五云深锁路微茫。

【注解】

①巢许:亦作"巢由",是巢父和许由的并称。他们都是上古时代传说的隐逸之士。后来这一并称成为隐士的代称。陶唐:本是古帝名。即唐尧,帝喾之子,姓伊祁,名放勋,初封于陶,后徙于唐,为古代传说中的圣主。后指称贤明的帝王。②缑山:gōu shān,即缑氏山。指修道成仙之处。③三千:即佛教用语三千世界。亦及我们说的世界。文献记载:一千个小千世界,叫"中千世界";一千个中千世界,叫"大千世界";一个大千世界,因为它里面有小千、中千、大千,称其"三千大千世界",而三千大千世界为一个佛国土的世界。

谷山积翠

剑壁攒峰人远空，絪缊①浮动色青葱。
飞霞半落清虚外，佳气常蟠紫绣中。
势接天葩②云上下，影含秋桂月玲珑。
凭高欲倒巫山峡，一洗襄王暮雨宫③。

【注解】

①絪缊：yīn yūn，亦作"絪氲"。形容云烟弥漫、气氛浓盛的景象。②天葩：tiān pā，非凡的花，常比喻秀逸的诗文。③暮雨宫：楚王之宫。在四川省巫山县西阳台古城内。相传襄王所游之地。唐·皇甫冉《巫山峡》诗："巫峡见巴东，迢迢出半空。云藏神女馆，雨到楚王宫。"

桃水拖蓝

沧浪清绕净朝烟，带拱中原已有年。
活出源泉趋浣蠡①，流添溟渤②洗朝鲜。
秋催锦鲤腾空汉，春长红涛汲远天。
自此万方云雨后，蛟龙随地起深渊。

【注解】

①浣蠡：huàn lí，蠡，贝壳做的瓢。②溟渤：míng bó，溟海和渤海。多泛指大海。

春日登公署高楼

晴春飞色入雕栏，水郭山城镜里看。
桑梓①喜逢郊外偏，豺豹谁出袖中弹。

日笼官阁腾朝霭,露滴花丛落晓寒。

淑景②年年原不异,樽前呼取醉何难。

【注解】

①桑梓:古代人喜欢在住宅周围栽植桑树和梓树,后来人们就用以代处所。种植桑树为了养蚕,种植梓树为了点灯(梓树种子外面白色的就是蜡烛的蜡)。《诗·小雅·小弁》:"维桑与梓,必恭敬止。"宋·朱熹集传:"桑、梓二木。古者五亩之宅,树之墙下,以遗子孙给蚕食、具器用者也……桑梓父母所植。"②淑景:指春光。

明·甘士价

【作者简介】

甘士价,字维藩,信丰人,明万历五年(1577)进士,两浙巡抚,后升大理寺卿,未到职因病而逝世。

汉仙岩

【题注】汉仙岩,在会昌县筠门岭南部,旧名汉山,下临双溪,有石刻"玉洞仙天"4字,中有秦王读书台。

闻说仙岩胜,何由一眺来?

玉龙冲汉①上,石镜映云开。

峰似芙蓉矗,溪将白练回。

临风②成想象,知是小蓬莱③。

【注解】

①玉龙：古代汉族传说中的神龙。此喻汉仙岩的瀑布。冲汉：谓直上霄汉。②临风：指迎风。语出《楚辞·九歌·少司命》："望美人兮未来，临风怳兮浩歌。"③蓬莱：古代传说东海中的神山之一，为神仙所居。《史记·秦始皇本纪》："齐人徐市等上书言，海中有三神山，名曰蓬莱、方丈、瀛洲。"

明·俞献可

【作者简介】

俞献可，字九河，信丰人。志书记载：俞献可能文章，旁通星象、历数、兵符、剑术。少保胡宗选辟为幕僚，宗选平倭及制三边等记绩碑文，多出其手。后官平南知县、陆凉知州，俱有宦绩。

征寇凯旋

【作者自引】明嘉靖间，粤寇长驱至信邑大掠。江东制台陆公，征献可左参帅蔡水南讨平之，故作是诗。

天子宵衣①未肯收，中丞仗钺到炎州②。
数茎绿鬓缘谁白？总为东南赤子忧！

五岭风烟郁不开，划然③雷雨一时回。
髑髅血染吴钩④遍，知是姚平⑤杀贼来。

大将旌旗映日红,旄头⑥夜落海天东。

风传鼓角村村静,雨润桑麻处处同。

【注解】

①宵衣：xiāo yī，天不亮就穿衣起身。旧时多用以称颂帝王勤于政事。南朝·陈·徐陵《陈文皇帝哀册文》："勤民听政，昃食（zè shí，过午进膳。谓勤于政事）宵衣。"②中丞：秦汉文官，有"二丞相"之称，是文官的最高爵位，是御史中丞的简称，明清时用作巡抚的别称。明朝都察院副都御史职位相当于御史中丞，常用为巡抚的加衔，故有此称。仗钺：zhàng yuè，手持黄钺，表示将帅的权威，引申指统帅军队。炎州：见《楚辞·远游》"嘉南州之炎德兮，丽桂树之冬荣"。后因以"炎州"泛指南方广大地区。③划然：象声形容词。宋·苏轼《后赤壁赋》："划然长啸，草木震动，山鸣谷应，风起水涌。"④髑髅：dú lóu，死人的头盖骨。吴钩：春秋时期流行的一种弯刀，形似剑而曲。后泛指锋利的刀剑。它以青铜铸成，是冷兵器里的典范，充满传奇色彩，成为驰骋疆场、励志报国的精神象征。在众多文学作品中，吴钩上升为一种骁勇善战、刚毅顽强的精神符号。⑤姚平：西汉朝代睦侯侯爵，舜帝奉祀使，官至谏议上大夫，冀州刺史。汉末年，姚平为战乱而保舜帝嫡系血脉永续，举家迁隐江南吴兴郡（今浙江吴兴县），是吴兴姚氏定基之祖。⑥旄头：máo tóu，星名，即昴星，二十八宿之一。《汉书·天文志》："昴曰旄头，胡星也，为白衣会。"

明·俞溥

【作者简介】

俞溥，字德洪，信丰人，太学生。"江门心学"传人。曾任湖北咸宁知县。永丰钟瓘在《双节祠记》中写道：明成化壬寅（1482），俞溥和俞绅向县令提出建"双节祠"，以祭祀在信丰为击败入寇和红巾贼而相继遇害献身的李廉及其儿子李敬。果然，成化乙巳年（1485）双节祠竣工。明《嘉靖赣州府志》"贤达"载：俞溥"夙有文声，尝游东白沙门入太学，授泾府审理。正守法，饬行检，听断惟公，不倚势随俗以病军民。忧归不起，吟咏自娱。汪都御史鋐闻期卒，檄县崇祀，乡贤以上俱见"。其墓在黄陂半迳。

董坑岩

【题注】《嘉靖赣州府志》把"罗汉岩"列为信丰古迹，注明在"合甫里"。又记："合甫（即现在光甫村），县西南五十里。"清乾隆《信丰县志》题为《董坑岩》曰："四山环拱，中有石岩如屋，俗呼董坑岩。"

风雨潇潇欲暮春，弟兄联袂到禅扃①。
只因乘兴亡携酒，岂为空谈远问僧。
形胜②不知谁设此，山灵应记我来曾。
兴阑③明日寻归路，傍柳随花④尚可能。

【注解】

①联袂：袂（mèi），衣袖。也作"连袂"。手拉着手，喻携手偕行，一同来到。禅扃：chán jiōng，本义佛寺之门，引为代指佛寺。宋·林

逋《峡石寺》诗:"不会剃头无事者,几人能老此禅扃。"②形胜:谓山川壮美。③兴阑:xīng lán,兴尽。④傍柳随花:春天依倚花草柳树而游乐的情调。

明·邓友诚(3首)

【作者简介】

邓友诚,字克敬,信丰人。由监生选贡授浙江宁波照磨("照刷磨勘"的简称,负责审计本部门收支)。《县志》称他"居家孝友,莅官勤慎,有所委不以卑官自视,悉准礼法"。明成化(1465—1487)间曾和俞纶等12人建信丰城可乐亭。

可乐亭

【题注】《信丰县志》记载:可乐亭,在南山之阿(ē,凹曲处)、金文寺右,明成化(1465—1487)间邓友诚、俞纶等12人建。

耆闲会上总衣冠①,身世优游②宇宙宽。
惟爱溪山归胜景,尽拘③风月入吟坛。
纶巾羽扇④寻常乐,翠竹黄花次第看。
闻道瓮头⑤春似海,诸公休把两眉攒⑥。

【注解】

①耆:通"嗜"(shì),爱好。耆闲,即爱好清闲。总:《说文》"总,聚束也",系扎。②优游:谓使……悠闲,休养。亦谓悠闲地

居于其中。③拘：约束；限制。④纶巾羽扇：guān jīn yǔ shàn，意思是拿着羽毛扇子，戴着青丝绶的头巾。形容态度从容。出自唐·吕岩《雨中花》词："岳阳楼上，纶巾羽扇，谁识天人。"⑤瓮头：wèng tóu，坛子里；又指刚酿成的酒。唐·孟浩然《戏题》诗："已言鸡黍熟，复道瓮头清。"⑥攒：cuán，聚拢。

南山观二首

【题注】南山观，即金文寺，亦称南山寺，宋太平兴国七年（982）邑人刘仁举建。古碑云：南山观旁有北宋丞相吕大防墓。元祐年间（1086—1093）吕大防贬岭南道，经过信丰，寓于南山观，疾作而卒，遂葬于此。《南山观二首》之其一直接描写南山观，其二写从南山观眺望城西南面二三里处的同年寨——谷山。

其一

山如笔架拥清都，形胜难为画史摹。①
殿上云霞生黼座，洞中鸡犬袭丹炉。②
紫烟红雨有时有，白鹤青鸾无日无。③
细拂古碑看岁月，重兴已是宋祥符。④

【注解】

①清都：本指神话传说中天帝居住的宫阙，引为帝王居住的都城，此指信丰城。首联描写南山岭形如笔架，抱拥信丰城，优美的山形为画师难于描摹。②黼（fǔ）座：帝座。天子座后设黼扆（fǔ yǐ，上画有斧形花纹的屏风），故名。鸡犬，谓"鸡犬成仙"。《神仙传·刘安》载：汉淮南王刘安好道，修炼成仙，临去时，余药器置在中庭，鸡犬啄舔之，尽得升天。此联写观内殿里情景：黼座生云霞，丹炉

拥鸡犬，一派精神道场的浓郁氛围。③紫烟红雨：指观庙内宝物的光气，即祥瑞之气；白鹤青鸾，吉祥之鸟。此联以紫烟红雨、白鹤青鸾烘托南山观里充满吉祥气氛。④古碑：指南山寺观旁的北宋丞相吕大防墓。宋元祐年间（1086—1093），吕大防辅政8年，孤忠亮节，后被佞臣排挤，贬岭南道，经过信丰，寓于南山观，疾作而卒，遂葬于此。宋祥符：宋大中祥符年间（1008—1016）。尾联说，细拂吕大防的墓碑查看年月，才知道南山观于祥符年间得以"重兴"。

其二

去郭西南二里间，洞天深锁碧云闲。①
宫商律按风前籁，水墨图开雨后山。②
此地紫芝何处得，昔人黄鹤几时还。③
不须远向武陵去，流水桃花总一班。④

【注解】

①去郭：离城郭，即离信丰城。洞天：道教称神仙所居名山胜境。此联写南山观西南二三里处，洞天深锁，碧云萦绕，别有天地。此地当是如今所说"同年寨·谷山"一带。②宫商律：音乐旋律。中国古代音乐分宫、商、角、徵、羽五个音阶，简称"宫商"。此联进一步描写此处景致：风吹籁箫，响起美妙的音乐；雨过之后，展开美丽的图画。③紫芝：灵芝，因其色紫，故称紫芝。黄鹤：借喻一去不复返。意出唐·崔颢《黄鹤楼》诗："昔人已乘黄鹤去，此地空余黄鹤楼。黄鹤一去不复返，白云千载空悠悠。"此联借喻此处很值得流连。④武陵：陶渊明所写的桃花源所在地。此两句把同年寨·谷山一带比作和陶渊明笔下的桃花源一样，美丽、宁静、远离尘世。

明·俞琳

【作者简介】

　　俞琳，字声甫，号灵麓，信丰人。鲁王府教授。乾隆十六年《信丰县志》云："夙负奇颖，日诵千言，家藏万卷，涉猎俱遍，天文地理无不旁通。善古文词，尤工声律，下笔千言立就。为诸生时，为海内名公巨卿所赏识，厄于遇俯就广文。平生好古嗜学，自少至老，虽隆冬酷暑把卷不释手，人咸目为玄晏先生。著有《还读堂稿》。"（玄晏：曾为晋左思《三都赋》作序的皇甫谧沉静寡欲，有高尚之志，隐居不仕，自号玄晏先生。后因以"玄晏先生"泛指高人雅士或山林隐逸者。）墓在桐木堡小溪渡头。

天台坐月

策杖天台上，高空月正生。
一溪横练色①，万木作秋声。
只为蟾光②好，还将蝶梦③轻。
他年枯坐处，应忆此时情。

【注解】

　　①练色：指美色，汉·枚乘《七发》："练色娱目，流声悦耳。"亦指白色，陆游《夜赋》："练色亭皋月，江声木杪风。"②蟾光：即月光，中国古代对中秋景象的描述常用蟾蜍代表月亮，有"银蟾光满"之形容。③蝶梦：典出《庄子·内篇·齐物论第二》"庄周梦蝶"：一天庄子做梦梦见自己变成了蝴蝶，梦醒之后发现自己还

是庄子，于是他不知道自己到底是梦到庄子的蝴蝶呢，还是梦到蝴蝶的庄子。庄子借故事提出一个哲学问题——人如何认识真实。他认为人不可能确切地区分真实和虚幻。轻：轻快。蝶梦轻：轻快舒适地做起了蝴蝶梦。

明·刘鸿

【作者简介】

刘鸿，泰和人，举人。

可乐亭

曾于海上看英雄，老眼年来一半空。
正数洛中称众老①，又从林下见诸公。
古今有几风骚②将，天壤无多矍铄③翁。
早得投簪同散逸④，醉颜不惜向君红。

【注解】

①正数洛中：数，述说、数说。洛中，即洛阳。唐·孟浩然《洛中访袁拾遗不遇》："洛阳访才子，江岭（江南岭外之地，岭，指大庾岭。唐代的犯人常被流放到岭外）作流人（流人，被流放的人，这里指袁拾遗）。闻说梅花早，何如北地春。"诗人去洛阳寻访故人，不料挚友已被贬江岭，心绪颇为复杂，不平、感伤，表现出对相隔千山万水的友人的怀念。②风骚：风指《诗经》里的《国风》，骚

指屈原所作的《离骚》,后用来泛称文学,在文坛居于领袖地位或在某方面领先叫领风骚,立时代潮头。③矍铄:jué shuò,形容老人目光炯炯、精神健旺,老而强健、不失风采。④投簪:簪(zān),用来绾住头发的一种首饰,古代用以把帽子别在头发上。投簪,丢掉固定帽子的簪子,比喻弃官。散逸:闲散隐逸,做隐居之士。

明·黄注(11首)

【作者简介】

黄注,字汝霖,信丰游州人,生卒年代不详。明嘉靖十七年(1538)进士,浙江长兴县知县,后升吏部稽勋司(掌文职官员守制、终养,办理官员之出继、入籍、复名复姓等事)主事。人嫉妒其才,遂罢官归居数年,以疾卒。生平著作甚富,却命人焚毁,仅留《小峰集》。

南野道中

【题注】南野,秦置县名,故城在今江西省南康市西南。《汉书·地理志上》:"豫章郡,县十八:南昌……南野。"《淮南子·人间训》:"乃使尉屠睢发卒五十万为五军,一军塞镡城之岭……一军守南野之界。"古时信丰属南野。

山下蘼芜①绿未齐,山中乱听鹧鸪啼。
到知客路行无已②,才过前溪更③后溪。

【注解】

①蘼芜:又名蕲茝(qí chǎi)、薇芜、江蓠,据辞书解释,苗似芎䓖(xiōng qióng),叶似当归,香气似白芷,是一种香草。妇女去山上采撷蘼芜的鲜叶,回来后,于阴凉处风干,叶子风干可以做香料,亦可以作为香囊的填充物。古人相信蘼芜可使妇人多子,但在古诗词中蘼芜一词多与夫妻分离或闺怨有关。②无已:不停,指路很长。③更:换。

九日金文寺登高

【题注】九日,指农历九月初九,也就是重阳节。《艺文类聚》卷四引南朝·梁·吴均《续齐谐记》:"今世人每至九日,登山饮菊酒。"

节序逢重九,来游历上方。
梵传天乐近①,台荐雨花香。
慧日乘秋霁②,清商送晚凉。
祥光与佳气,相并礼空王③。

【注解】

①梵:fàn,古印度的一种语言,后泛指一切与佛教有关的事物。天乐:顺适天道之乐。《庄子·天道》:"与人和者,谓之人乐;与天和者,谓之天乐。"②霁(jì):雨后或雪后天放晴。③空王:佛教语。佛的尊称。佛说世界一切皆空,故称"空王"。南唐后主李煜《悼诗》:"空王应念我,穷子正迷家。"即此意。

是日与客移饮野老菴有怀吴兴诸友

【题注】作者被罢官后回到信丰,感怀在浙江长兴任知县时的朋友，表述对在官和罢官的感慨。

寒变层台冷，风生月殿①秋。
囊因萸佩馥，酒为菊花浮。
眺迥②欣留日，乘高洽命筹③。
吴山④千里别，应向曲中求⑤。

【注解】

①月殿：即月宫。南朝·梁·简文帝《玄圃园讲颂》序："风生月殿，日照槐烟。"②迥:jiǒng，同"迥"。眺迥，指看得时间长久。③筹：本义是计数的用具，多用竹子制成，或用小木条、竹片木片制成。引申出"谋划"等意思，如筹款、筹备等。"命筹"指命运谋划、决定。④吴山：全国有多处吴山，作者曾在浙江长兴任知县，诗中吴山应是位于杭州西湖东南面的吴山，山上有城隍阁，秀出云表，巍然壮观。春秋时期，这里是吴国的南界，由紫阳、云居、金地、清平、宝莲、七宝、石佛、宝月、骆驼、峨眉等十几个山头形成西南—东北走向的弧形丘冈，总称吴山。⑤曲中求:《封神演义》中一典故，周文王见姜子牙在渭水河边直钩钓鱼，有些不解，问他为什么这样做。姜子牙说："宁可直中取，不向曲中求。"意思就是宁可正而不足，不可邪而有余，凡行事堂堂正正。

上岖岭

【题注】岖岭，不知在何处。

凭高缘复磴，跻险蹑危岑①。
树出参差景，莺调远近音。

归云含叠嶂，落日下平林。
瞩目看茆宇②，徒伤野客③心。

【注解】

①岑：cén，小而高的山，又指崖边。这里指崖边。②茆宇：茆（máo），通"茅"。茆宇即茅草屋。③野客：村野之人。多借指隐逸者。唐·杜甫《楠树为风雨所拔叹》："野客频留惧雪霜，行人不过听竿籁。"

和贡甫咏怀诗六首

客从远方来，遗①我双玉环。
自言和氏璧，鲜错穷人间②。
岂惜连城价，聊因赠交欢。
坚白既不移，缁磷③良独难。
如何荆国人，徒信玉工言。④
青蝇⑤一朝污，和璧有共怨⑥。
璆琳⑦遂失真，燕石⑧开尘颜。
览物悲人情，怅然有余叹。

【注解】

①遗：wèi，赠予。②"鲜错"句：错，指适于磨光或磨快刀具的石头。此句是说穷苦人家极少这种石头。③缁磷：zī lín，《论语·阳货》云，"不曰坚乎？磨而不磷；不曰白乎？涅而不缁。"三国·魏·何晏集解，"孔曰：磷，薄也；涅，可以染皂。言至坚者，磨之而不薄；至白者，染之于涅而不黑。喻君子虽在浊乱，浊乱不能污。"后以"缁

磷"喻操守不坚贞。④"荆国人"2句：五代时前蜀道士杜光庭《录异记》卷七"异石"中记，"岁星之精，坠于荆山，化而为玉，侧而视之色碧，正而视之色白，卞和得之献楚王，后入赵献秦。始皇一统，琢为受命之玺，李斯小篆其文，历世传之。"和氏璧出于荆山，所以又叫荆玉、荆璧。这两句说：荆人怎么会只相信玉工的话。⑤青蝇：苍蝇。蝇色黑，故称。《诗·小雅·青蝇》："营营青蝇，止于樊。岂弟君子，无信谗言。营营青蝇，止于棘。谗人罔极，交乱四国。"用苍蝇来比喻专干进谗诋毁、造谣生事的小人。亦喻指谗佞。⑥愆：qiān，过失。⑦璆琳：qiú lín，泛指美玉。⑧燕石：燕山所产的一种类似玉的石头。亦称"燕珉"。喻不足珍贵之物。《太平御览》卷五一引《阙子》："宋之愚人得燕石于梧台之东，归西藏之，以为大宝。"

美人理朱弦，独坐弹鸣琴。
一唱阳春曲，三叹有余音。
清风自南吹，微月上西阴。
宛转费惆怅，凄切良苦辛。
诖意邯郸客①，厌此云和声。
当歌既莫识，相顾若无闻。
所以嵇叔夜②，徒伤广陵魂③。

【注解】

①邯郸客：指做黄粱梦者。唐·沈既济《枕中记》里说，卢生在邯郸旅店住宿，入睡后做了一场享尽一生荣华富贵的好梦。醒来的时候小米饭还没有熟，因有所悟。所以称"黄粱梦"或"邯郸梦"。后用以比喻虚幻不实的事和欲望的破灭犹如一梦。②嵇叔夜：即嵇

康（224—263），字叔夜。三国曹魏时著名思想家、音乐家、文学家。嵇康为曹魏宗室女婿，娶曹操曾孙女长乐亭主为妻。官至中散大夫，世称"嵇中散"。后隐居不仕，屡拒为官。因得罪钟会，遭其构陷，而被司马昭处死，年仅三十九岁。③广陵魂：指古代乐曲《广陵散》。据《晋书》记载，此曲乃嵇康游玩洛西时，为一古人所赠。《太平广记》里更有一则神鬼传奇，说的是嵇康好琴，有一次，嵇康宿月华亭，夜不能寝，起坐抚琴，琴声优雅，打动一幽灵，那幽灵遂传《广陵散》于嵇康，更与他约定：此曲不得教人。263年，嵇康为司马昭所害。临死前，嵇康俱不伤感，唯叹惋："袁孝尼尝请学此散，吾靳固不与，《广陵散》于今绝矣！"

> 黄鸟何绵蛮①，嘤嘤喝伐木。
> 奋翅向平林，流声出幽谷。
> 飞飞时眷恋，翱翔事结束。
> 信彼羽族微，犹能类相属。
> 谷风何习习，零雨忽倾覆。
> 恐惧既予同，安乐彼胡独。
> 小怨苟不思，金断②谁能续。
> 感此难具陈，劳劳乱心曲。

【注解】

①"黄鸟"句：引用《诗经·绵蛮》一诗。该诗三章，均以"绵蛮黄鸟"起兴，反复咏叹。每章八句，分为两个部分。前四句以羽毛细密的小黄雀随意止息，自由自在地停在"丘阿、丘隅、丘侧"反兴作为行役者的诗人在长途跋涉、身疲力乏、不能快走的时候，为了不误行期仍要艰难行进的事实。每章后四句为另一部分。行役

者在极端困顿的情况下，希望能有人周恤他、指示他、提携他，然而眼前是一片空白，所能见者，唯绵蛮黄鸟而已。陷入困境的行役者耳边突然响起一个遥远的声音："让他免于饥渴之苦、奔走之累和精神崩溃吧。给他吃给他喝，给他教诲给他车坐。"这是谁的声音？是贤大夫的声音。本来大夫该体恤下情，有怜悯之心，可身当乱世的微臣是无缘见到这样的贤大夫了。②金断：比喻意志坚决。语本《易·系辞上》："二人同心，其利断金。"

> 黄鹄①双飞来，翩翩入云中。
> 顾瞻薄②四海，燕雀岂能同。
> 岂恋稻粱肥，失身委藜丛。
> 忽然下原泽③，四面皆樊笼。
> 求之既无获，逐之亦何从。
> 于焉复飞去，一举凌苍穹。
> 缅彼君子怀，倏然鹜遐踪④。

【注解】

①黄鹄（hú）：鸟名。《商君书·画策》："黄鹄之飞，一举千里。"故常用来比喻高才贤士。《文选·屈原〈卜居〉》："宁与黄鹄比翼乎？将与鸡鹜争食乎？"汉·刘良注："黄鹄，喻逸士也。"②薄：bó，迫近。③原泽：宽阔平坦的水积聚的地方。④鹜：通"骛"，奔驰。引申为追求。遐踪：踪影远离尘世。谓隐遁或修道。元·揭傒斯《杂诗四首寄彭通复》之四："脉脉我所思，彭氏蹑遐踪。婉婉若处子，未曾出房栊。"

晨兴事驱策，我马忽虺隤①。
驾言南山麓，仰视何崔嵬。
揽辔力已倦，升高志亦衰。
灼灼西陵日，余光倏相催。
凉风鸣四壁，岁暮将安归。
光景去不来，憔悴徒伤悲。
愿与同人心，努力崇音徽②。

【注解】

①虺隤：huī tuí，疲劳生病。②音徽：美音、德音。《文选·王俭〈褚渊碑文〉》："风仪与秋月齐明，音徽与春云等润。"唐·李善注："音徽，即徽音也。"北朝·北魏·张铣注："徽，美也。"

桃李发春光，沿溪竞颜色。
秋风惨朝槿①，零落亦何极。
繁华有衰绝，兰泽生荆棘。
人情本难同，奄忽②不相识。
对面莫自保，何况隔朝夕。
茹荼甘如饴③，其雨怨出日。
结发重离伤，如何毁金石④。

【注解】

①朝槿：cháo jǐn，即木槿。花朝开暮落，故常用以喻事物变化之速或时间的短暂。②奄忽：yǎn hū，疾速。③茹荼：rú tú，荼，苦菜。茹荼，喝苦茶。比喻受尽苦难。唐·骆宾王《畴昔篇》："茹荼空有叹，怀橘独伤心。"④金石：此喻结发夫妻之间的忠贞誓言、感情。

龙舟晓发

【题注】龙舟,地名,今信丰虎山乡龙州圩。

白云收尽万山风,日映残霞著水红①。
瑟瑟秋光浮客棹②,荻花枫叶满江中。

【注解】

①著:zhù,显现。著水红,使水显现红色。②客棹(zhào):客船的桨,代指客船。

明·俞适(5首)

【作者简介】

俞适,信丰人。详情无从查考。

宝塔寺

【题注】宝塔寺,初名延福,在县治北孝义坊,中为大雄殿,殿后石塔,高九层一统。志云:信丰石塔无影,影见则有灾。其始建岁月无考,相传砖石间有字可识曰杨贯重修,又残有吴·赤乌年号,清乾隆时更名祝圣寺。

隐隐浮屠宝刹①开,登临何异古层台。
二仪①清浊分高下,两曜③升沉任往来。
夜静风铃惊鹳鹊,年深春雨长莓苔。

欲题名姓传千古，疏懒惭无及第才④。

【注解】

①浮屠：亦作"浮图"。佛教语。梵语 Buddha 的音译。佛陀，佛。亦指佛塔。宝刹：bǎo chà，本指诸佛的国土或其教化的国土的敬称。如《大阿弥陀经》《观无量寿经》等都说佛土有七宝庄严，所以称为宝刹。□□□□□□□□□□佛寺或佛塔的美称。此为后义。②二仪：□□□□□□□□□《惟汉行》："太极定二仪，清浊始以形。"□□□□□□□梁·任昉《为齐宣德皇后重敦劝梁王令》□□□□□□□"④疏懒，即散漫、松懈、懈怠。及第：指□□□□□□□上题名有甲乙次第，故名。隋唐只用于考□□□□□□□殿试前三名：状元、榜眼、探花。

□□□□□□□□□
□□□□□□□生日登临载酒过。
□□□□□□□声东下接黄河。
□□□□□□□外云林紫翠多。
□□□□□□□山千载独嵯峨。

【注解】

①危楼：□□□□□道元《水经注·沮水》："危楼倾崖，恒有□□□□□角，城墙弯曲处。

【题注】□□□□□□□□乡试中举。

九重①征诏自天来，鹗荐新承②愧不才。
豹变已知山雾散，鸥搏迥觉海云开。
不愧华发将盈帽，谩想黄金为筑台③。
早晚束书④辞故里，会攀鲜翼上蓬莱⑤。

【注解】

①九重：jiǔ chóng，指宫禁、朝廷。亦指皇上、帝王。唐·李邕《贺章仇兼琼克捷表》："遵奉九重，决胜千里。"此指朝廷。②鹗：è，鸟，性凶猛，背暗褐色，腹白色，常在水面上飞翔，捕食鱼类，通称"鱼鹰"。这里"鹗"应为"愕"：惊愕，意外。"鹗荐新承"即意外地举荐我担任新的职务。③不愧2句：谩（mán），欺骗、欺诳、蒙蔽。这两句意思是：我老了（华发将盈帽）不要愧对皇上的任用，不要诳想升高官发大财（黄金为筑台）。④束书：收起书籍。谓把书搁置一边。⑤蓬莱：汉族神话传说渤海中的三座神山（蓬莱、瀛州、方丈）之一，为神仙居住的地方，亦是秦始皇、汉武帝求仙访药之处。

早朝谢恩值雨二首

樗散无为学隐沦①，偶陪鹓鹭拜枫宸②。
乌纱岸帻轻笼发，角带盘犀稳称身。
五色月华移雉尾，九重云气绕龙鳞。③
朝回顿觉衣裳湿，霄汉应沾雨露新。

华发衰容始得官，罗衣新看晃朝端。
班联玉笋④天将署，香霭金炉夜不寒。
正喜闻韶忘肉味，不愁冒雨湿衣冠。

菲才欲厕巢由侣⑤，赖有唐虞御紫銮⑥。

【注解】

①樗散：chū sàn，樗木材劣，多被闲置。比喻不为世用，投闲置散。典出《庄子集释》卷一上《内篇·逍遥游》，"惠子谓庄子曰：'吾有大树，人谓之樗。其大本拥肿而不中绳墨，其小枝卷曲而不中规矩，立之涂，匠者不顾。今子之言，大而无用，众所同去也。'"亦用以自谦，或指不愿为世俗做事。隐沦：指隐居、隐者。②鹓鹭：本义为鹓和鹭飞行有序，比喻班行有序的朝官。枫宸：fēng chén，宫殿。宸，北辰所居，指帝王的殿庭。汉代宫廷多植枫树，故有此称。③"乌纱"4句写准备去朝廷朝拜的装束打扮。④班联：朝班的行列。玉笋：喻英才济济。宋·王禹偁《献转运副使太常李博士》诗："捧诏瑶池下，辞班玉笋中。"⑤菲才：亦作"菲材"。浅薄的才能。多用作自谦之词。巢由：巢父和许由的并称。相传皆为尧时隐士，尧让位于二人，皆不受。因用以指隐居不仕者。⑥唐虞：唐尧与虞舜的并称。代指英明的君王（皇上）。銮：luán，本义古时皇帝车驾所用的铃。故用作帝王的代称。

明·邱濬

【作者简介】

邱濬，广东汕头琼州（一说澄州）人，大学士。

赠丁县尹诗

【题注】丁：特指从事某种专业劳作的人，县尹（yǐn），一县的长官。丁县尹即任县官。这是作者送给任职信丰的友人的诗。

【作者引言】荣任信丰，不胜欣喜。盖信丰章贡名邑，予素知其民情土俗之美，子往治之，政与学当不可以偏废也，意见乎诗。

家住岭南官岭北，未应风气顿然殊①。
民淳为政聊因俗②，事简得闲宜读书。
当路不须栽枳棘③，诚心端可化豚鱼④。
老予早晚南归去，侧耳梅边听美誉⑤。

【注解】

①未应：不应当。顿然殊：定然不同；全然不同。②聊因俗：聊，姑且、暂且。因俗，即因俗而治，根据当地的风俗、社会发展状况实施统治或管理。③枳棘：zhǐ jí，枳木与棘木，因其多刺而称恶木，常用以比喻恶人或小人，亦比喻艰难险恶的环境。④豚鱼：tún yú，豚和鱼。多比喻微贱之物。《易·中孚》："豚鱼，吉，信及豚鱼也。"三国·魏·王弼注："鱼者，虫之隐微者也；豚者，兽之微贱者也。争竞之道不兴，中信之德淳著，则虽隐微之物，信皆及之。"这两句意思是：为官一方，不要种枳棘做恶人，若有诚心就可化微贱为高尚。⑤侧耳梅边听美誉：古代文人对梅花情有独钟，视赏梅为一件雅事。此两句的意思是：等老了退职回去之后，犹如赏梅般听人赞美。

明·张省（2首）

【作者简介】

张省，字悟克，信丰人。志载：张省"性朴雅，嗜古读书，构松塘别墅，衡门泌水，有自得之乐，终其身居焉"。（衡门泌水：谓隐居之地。语出《诗经·陈风·衡门》："衡门之下，可以栖迟；泌之洋洋，可以乐饥。"）

和某宿南山观

先生暂寓琳宫[①]宿，挂剑床头神鬼哭。
霞明宝殿若布金，星灿瑶台如撒玉。
夜寒丹气[②]射天红，露滴岚光[③]点窗绿。
忽闻下界鸡犬声，惊破邯郸梦初熟[④]。

【注解】

①琳宫：仙宫，亦为道观、殿堂之美称。《初学记》卷二三引《空洞灵章经》："众圣集琳宫，金母命清歌。"宋·赵师侠《水调歌头·龙帅宴王公明》："琳宫香火缘在，还近玉皇家。"②丹气：赤色的水气。亦指彩霞。《文选·左思》："干青霄而秀出，舒丹气而为霞。"③岚光：lán guāng，山间雾气经日光照射而发出的光彩。④邯郸梦：唐·沈既济《枕中记》载，"卢生在邯郸客店中遇道士吕翁，用其所授瓷枕，睡梦中历数十年富贵荣华。及醒，店主炊黄粱未熟。"后因以"邯郸梦"喻虚幻之事。初熟：刚进入邯郸梦之中。

罗汉庵

【题注】罗汉庵,在信丰大塘埠镇光甫村罗汉岩(又叫董坑岩)。

> 桃花仙境似斯庵,杖履从容任远攀。
> 石迳崚嶒①多积藓,僧房虚敞半攒山②。
> 云迷洞口龙眠稳,月满林间鹤梦闲。
> 几欲逃禅方丈室,只缘心事系人间。③

【注解】

①石迳:shí jìng,亦作"石径",山间石路。崚嶒:léng céng,高耸突兀。②攒:cuán,聚,凑集;簇拥,围聚。这里是说僧房门稍打开后,可以看到罗汉庵的一半被山围着。③此句意思是:几乎想逃出禅寺方丈室,离开佛事,只缘于我的心牵挂人间百姓。

明·俞渊

【作者简介】

俞渊,字德容,信丰人,俞溥胞弟,琼州(今海南别称)通判。

题万安寺宋僧遗身

【题注】康熙五十八年《信丰县志》题为《南山寺》,乾隆十六年《信丰县志》题为《题万安寺宋僧遗身》。历史记载,信丰寺庙里存有僧人遗身的只有白云庵。志云:"白云庵,在县南一百二十里,林壑幽邃,神僧元贝所居,今肉身现存寺中。"

萧寺①钟鸣日已昏,独骑欸叚②到山门。
长明灯照阶前树,乞食僧归郭外村。
尘榻尚多千岁骨③,枯禅④难返昔年魂。
夜深谁意三生⑤话,坐对长廊月一痕。

【注解】

①萧寺:唐·李肇《唐国史补》卷中云,"梁武帝造寺,令萧子云飞白大书'萧'字,至今一'萧'字存焉。"后因称佛寺为萧寺。②欸叚:aī xiá,马名。③千岁骨:一种保佑人长命的饰物,由猴骨做成。④枯禅:佛教徒称静坐参禅为枯禅。因其长坐不卧,呆若枯木,故又称枯木禅。武侠小说中认为坐枯禅亦可增加内力。少林寺渡厄、渡劫、渡难三老僧坐枯禅经年,佛学与武学均有极高造诣。⑤三生:即三世,前世、今世、后世。

明·张勉学

【作者简介】

张勉学,吉安府推官。

游奉真观复上南山寺

【题注】奉真观,即南山观,唐大中末年(859)建于青圃,后迁九日岗,宋开宝年间(968—975)邑令李禅迁至南山岭。旧志云"内有井出金鲫鱼"。

暂入寥阳境①,仍依般若天②。
松风摇宝阁,花雨散琼筵。
马度云边树,人窥竹下泉。
地偏欣景会,心远谢尘牵。

贝叶舍题字③,鸟声清入弦。
黄冠④狂客趣,白社⑤远公禅。
古调从谁语,幽怀祇自怜。
移尊余兴在,孤月挂山巅。

【注解】

①寥阳:指寥阳殿,今称奈河桥,是中国道教观念中鬼魂历经十殿阎罗旅途后,准备投胎的必经之地。在奈河桥上,会有一名被称作孟婆的年长女性神祇,给予每个鬼魂一碗孟婆汤以使之遗忘前世记忆,好投胎下一世。传说死者到了奈河桥,生前有罪的要被两旁的牛头马面推入"血河池"遭受虫蚁毒蛇折磨,而生前行善的死者过桥却非常简单。②般若:bō rě,梵语的译音,全称"般若波罗蜜多"或"般若波罗蜜",意译"妙智慧,微妙智慧"。般若分世俗般若和胜义般若,也叫世俗谛和胜义谛。世俗谛是语言和思维所能到达的境界,因果轮回、生死无常等;胜义谛是超越语言和思维的境界,是见性之后保任安住自性的境界。③贝叶:棕榈科植物贝叶棕,生长于热带亚热带地区。佛教传入西双版纳后,西域用于刻写经文的贝树随之传入。佛教徒用贝叶刻写的贝叶经书,具有防潮、防蛀、防腐等特点,可保存百年而不烂。舍:放弃、舍弃。④黄冠:黄色的冠帽,多为道士戴用,亦用以指代道人。⑤白社:指隐居;白社客即隐士。唐·陈子昂《卧病家园》:"宁知白社客,不厌青门瓜。"

明·俞绅

【作者简介】

俞绅,信丰人,浙江平湖县丞,后改任顺昌县。

南山寺

野云重叠护南山,一径松阴绿水湾。
碧瓮①喜成今日醉,白头应笑此身闲。
偶寻世外如来境②,已被人间梦觉③关。
竹杖芒鞋浑落落④,夕阳亭上片鸿⑤还。

【注解】

①瓮:wèng,一种盛水或酒等的陶器,小口大腹。常用以借指酒,如瓮醅(酒)。碧瓮:碧色的酒。②如来境:如来,通常指释迦牟尼如来;如来境,即佛的境界。③梦觉:道家哲学大梦觉醒,对人生彻底的觉悟苏醒,比喻了悟大道。亦犹梦醒。《太平寰宇记》卷一三六引晋·干宝《搜神记》:"忽如梦觉,犹在枕旁。"④竹杖芒鞋:竹子做的手杖,芒草做的鞋。这些都是古人外出漫游常备用具。也指到处漫游。宋·苏轼《定风波》词:"竹杖芒鞋轻胜马,谁怕?一蓑烟雨任平生。"浑落落:浑,仍,还。落落,指零落;形容孤独,不遇合。语出晋·左思《咏史》诗:"落落穷巷士,抱影守空庐。"⑤鸿:指大雁。

明·林大辂

【作者简介】

林大辂（lù），字以乘，福建莆田人，进士。曾任江西副使，官至工部主事，因上疏进谏，被施杖刑，贬为州判官。

南山寺

山水多佳气，翛然出郭情①。
溪声回古寺，树色隐孤城。
胜事随巾舄②，南州无甲兵。
菩提缘业浅③，吾欲学无生④。

薄领罢清昼⑤，轩车⑥来此峰。
闻莺初拄杖，看鹿忽鸣钟。
野润分岩桂，寒沙入径松。
杜陵⑦贪佛日，登览得从容。

【注解】

①翛然：xiāo rán，形容无拘无束貌、超脱貌或自由自在的样子。《庄子·大宗师》："翛然而往，翛然而来而已矣。"郭情：郭，本义城墙，引申指城；情，情状。②巾舄：jīn tuō，头巾和鞋。引申指人的行踪。宋·梅尧臣《送回上人》："山川生眼界，巾舄徧区中。"③菩提：pú tí，佛教语，梵文 Bodhi 音译，意思是觉悟、智慧，用以指人忽如睡醒，豁然开悟，突入彻悟途径，顿悟真理，达到超凡脱俗的境界。④无生：

佛教语，谓没有生灭，不生不灭。唐·王维《登辨觉寺》："空居法云外，观世得无生。"⑤清昼：白天。⑥轩车：有屏障的车。古代大夫以上所乘。后亦泛指车。⑦杜陵：位于西安市三兆村南，陵区南北长约4公里，东西宽约3公里，是西汉后期宣帝刘询的陵墓。陵墓所在地原来是一片高地，潏、浐两河流经此地，汉代旧名"鸿固原"。宣帝少时好游于原上，他即帝位后，遂在此选陵地，建造陵园。汉代以来，杜陵一直是长安的游览圣地，文人学士常会集于此，登高览胜，并留下了许多诗篇。

明·胡明通

【作者简介】

胡明通，湖北罗田县人，举人，明嘉靖二十九至三十四年（1550—1555）任信丰知县。1985版《信丰县志》写作胡明迪。

谷山即事十五韵

谷岭传名胜，游观约二贤。
鸣驺傒①在后，杖履快登先。
竹径通幽入，溪桥跻登旋。
岩层真架阁，方侧自轩圜②。
白吞云影色，绿拥断山烟。
崖井流飞瀑，栏杆树倚巅。

花枝横岸丽，苍干倒藤牵。
麂疃遗香麝，松巢宿鹤骞。③
房栊④依峭壁，庵榻就茸芊。
鸣吠无鸡犬，嚣尘绝市缠。
人声钟磬答，茶臼石泉煎。
坐转高舂⑤日，谈忘太古年。
有心暂荷篑⑥，无术访籛铿⑦。
东海金莲所⑧，阳明小洞天⑨。
郁孤周太极⑩，浪迹此新镌。

【注解】

①鸣驺：míng zōu，意为古代随从显贵出行并传呼喝道的骑卒。有时借指显贵。徯：xī。《说文》："徯，待也。"等待吩咐。引申为盼望。这里是"等待"义。②轩圜：xuān huán，长廊围绕。③疃：tuǎn，禽兽践踏的地方。骞：qiān，惊惧。④栊：lóng，《说文》，房室之疏也。即窗牖。《注》小曰牕，疏远曰栊。⑤高舂：gāo chōng，指日影西斜近黄昏时。《淮南子·天文训》："〔日〕至于渊虞，是谓高舂；至于连石，是谓下舂。"高诱注："高舂，时加戍，民碓舂时也。"⑥荷篑：hè kuì，荷，负荷、承担；篑，古时用草编的筐子。⑦籛铿：jiān kēng，《神仙传》云：彭祖姓籛名铿。帝颛顼之元（玄）孙。善养性，能调鼎，进雉羹于尧，尧封之于彭城。历夏殷周年七百六十七岁而不衰。⑧金莲：佛教胎藏界三部中的第二部。胎藏界为导他之教，配以大定、大悲、大智三德，分为佛、莲花、金刚三部。此句意为到东海去寻找珍藏"金莲"处。⑨阳明小洞天：位于贵州省贵阳市修文县城东栖霞山，明代著名的哲学家、教育家王

阳明谪为龙场（今修文县城）驿丞时，于正德三年（1508）曾居于此洞。⑩太极：即是阐明宇宙从无极而太极，以至万物化生的过程。其中的太极即为天地未开、混沌未分阴阳之前的状态。《易经·系辞》："是故易有太极，是生两仪。"两仪即为太极的阴、阳二仪。

明·张璁

【作者简介】

张璁（cōng），金都御史、江西副使。明成化丁未年（1487）山贼破毁信丰城墙，张璁檄弘治年间（1488—1505）知县倪俊修葺。

南山寺

试看何方可解颐①，禾丰门外有招提②。
青山倚寺僧堪隐，修行藏门客不知。
风袅篆烟③香细细，日移花影昼迟迟。
分明一段曹溪景④，何必寻真远问师。

【注解】

①解颐：颐，面颊。解颐，谓开颜欢笑。典出《汉书》卷八十一《匡衡传》："匡说《诗》，解人颐。"三国如淳注："使人笑不能止也。"②招提：民间私造的寺院。清·宋应麟《杂识》："私造者为招提、若兰，杜枚所谓善台野邑是也。"源自梵文 Caturdeśa，意译为四方（catur是四，deśa 指场所、地方、国土等），指寺院。③篆烟：zhuàn yān,

盘香的烟缕。元·王实甫《西厢记》第二本第一折:"风袅篆烟不卷帘,雨打梨花深闭门。"④叚:jiǎ,不真实的,不是本来的。曹溪:禅宗南宗别号。以六祖慧能在(广东曲江)曹溪宝林寺演法而得名。唐·柳宗元《曹溪大鉴禅师碑》:"凡言禅,皆本曹溪。"

明·陈良珊

【作者简介】

陈良珊,字子珍,甘肃华亭县人,进士,明正德十四年(1519)吏湖广佥事,以声名显赫的副使莅赣,后升四川布政使。

前题次韵

【题注】前题次韵,谓诗题和诗韵都同前一首(但不知其前一首诗题目和韵脚)。此诗选自乾隆十六年《信丰县志》。

> 看山聊为一支颐①,笑倚吟筇②手自提。
> 客到花前茶旋熟,僧敲月下鹤先知。
> 雨疏③灯影雁声急,露滑松梢鹤梦④迟。
> 试问长生有真诀,直从方外⑤访卜师。

【注解】

①支颐:支,支撑。支颐,以手托下巴。②吟筇:yín qióng,诗人的手杖。③雨疏:雨下得没有阻塞。④鹤梦:谓超凡脱俗的向往。唐·司空图《与李生论诗书》:"地凉清鹤梦,林静肃僧仪。"⑤方外:

世外，仙境，神仙生活之地。

明·俞纶

【作者简介】

俞纶，信丰人。

可乐亭

可乐亭中物色①饶，登临日日不辞遥。
莳花调鹤真能事，把酒联诗有胜招。
天与康强②陪晚景，身将耕凿③答清朝。
时人欲识吾侪④乐，试看浮云过碧霄。

【注解】

①物色:风物景色。②天与康强:老天给了我健康、强壮。③耕凿:耕田凿井。语出古诗《击壤歌》:"日出而作，日入而息，凿井而饮，耕田而食，帝力于我何有哉？"后常用"耕凿"形容人民辛勤劳动，生活安定。亦泛指耕种，务农。④吾侪:wú chái，我辈，我们这类人。

明·邢珣

【作者简介】

邢珣，字子用，安徽当涂人，进士，正德十年（1515）出任修学作士，躬率行古礼。任赣州府知府期间，征横水、桶冈、龙川、浰头诸寨，勤兵擒逆，累升江西参政、右布政使。有《章贡杂稿》。

府馆

【题注】本诗选自乾隆十六年《信丰县志》。府馆：地方行政长官的官邸。

改岁牧猺①捷，新正急浰征②。
师行频涉险，农务未妨耕。
梅逗连朝冷，人逢此日晴。
行当靖边围③，三省乐升平。

【注解】

①改岁：由旧岁进入新年。牧猺：牧，原指放养牲口。引为治理、惩治。猺（yáo），兽名。此喻乱贼。牧猺，意为讨伐惩治乱贼。②浰征：浰，liàn，水流急，比喻行动疾速。③边围：biān yǔ，边疆，边地。靖边围，即使边地平安。

明·周进隆

【作者简介】

周进隆,江西副使。

南山寺

镜声敲出楼前月,松影惊腾涧底龙。
黄鹤①飞鸣无客扰,白鹿②楼上有僧从。

【注解】

①黄鹤:传说中仙人所乘的鹤。传说中仙人骑着黄鹤飞去,从此不再回来。②白鹿:古时以白色的鹿为祥瑞。传说仙人、隐士多骑白鹿。《史记·孝武本纪》:"天子苑有白鹿,以其皮为币,以发瑞应,造白金焉。"唐·李白《梦游天姥吟留别》:"且放白鹿青崖间。"

明·张汝弼(3首)

【作者简介】

张汝弼,号东海,上海松江华亭人,明成化年间(1465—1487)南安知府。

登城

【题注】 张汝弼任南安知府期间，信丰归南安府管辖。

我爱信丰城，城中楼阁层。
塔形孤玉柱，乡语半金陵①。
民富耕樵业②，官稀力役征③。
世间真乐土，安分即安生。

【注解】

①乡语半金陵：意为信丰城里话一半像金陵（南京）语言。②耕樵业：渔樵耕读是汉族农耕社会四业，代表了汉族劳动人民的基本生活方式。耕，农耕；樵，打柴卖柴。此句意思是，信丰民众靠农业、樵业致富。③官稀力役征：意思是在役征方面官府很少费大力。

南山观

何年建此南山观，今日来游东海仙①。
诗草漫留黄竹迳②，墨花③乱洒绿萝烟。
王郎飞白轮壶矢④，焦道谈玄笑汞铅⑤。
千里清风一声鹤，遂头归去兴翩然。

【注解】

①东海仙：指东海仙山。汉族神话传说，在离渤海之东几亿万里的"归墟"（传说为海中无底之谷）不远的海面上漂浮着五座山，名叫岱舆、员峤、方壶、瀛洲和蓬莱。山势巍峨挺拔，山上有许多美丽的亭台楼阁，是众神居住和娱乐的场所。②诗草：即诗作。迳：

步道；小路。③墨花：指水墨花卉画。④王郎飞白：疑似用的"王敦击壶"典故。晋·裴启《语林》载："王大将军（敦）每酒后，辄咏魏武帝《乐府歌》曰：'老骥伏枥，志在千里；烈士暮年，壮心不已。'以铁如意击唾壶为节，壶尽缺。"表示渴望施展才能，壮怀激烈。又一解释是：壶矢 hú shǐ，为投壶用具。《礼记·投壶》："主人奉矢，司射奉中，使人执壶。主人请曰：'某有枉矢哨壶，请以乐宾。'"唐·韩愈《画记》："壶矢博弈之具，二百五十有一。"⑤汞铅：即铅汞，丹道修炼术语。该二字在内丹书中比比皆是，铅为命，汞为性，为性命之学之根源。张三丰祖师《参禅歌》云："有人识得真铅汞，便是长生不老仙。"炼丹术士认为，铅是天地之间的灵气，汞是人身之元神，铅汞相和而结丹，就是元气和元神相和合结圣胎，最后化元婴而飞升。

桃枝江

【题注】桃枝江，即桃江。

九里桃枝十里河，鹧鸪笑我狂奔波。
亲自六合①皆吾事，世路②纵横能几何。

【注解】

①六合：上下和东西南北四方，即天地四方，泛指天下或宇宙。
②世路：本义人世间的道路。引申为世道，此指社会状况。

明·俞雍

【作者简介】

俞雍,字子颂,俞溥之子,选贡,将乐县(福建最早建成的七个古县之一)主簿。明嘉靖十六年(1537)《信丰县志》(信丰第三次修志)纂修。

香山

生平清兴在蓬壶①,浪迹行踪且自呼。
旧社②九人谁是我,当年一鹤岂今吾。
势蟠③宇宙雄图阔,翠拥峰峦秀色铺。
为问山灵灵在否,掀髯长啸海天孤。

【注解】

①清兴:清雅的兴致。唐·王勃《山亭夜宴》诗:"清兴殊未阑,林端照初景。"蓬壶:即蓬莱。古代传说中的海中仙山。②旧社:原先在香山寺结社的。③蟠:pán,遍及;充满。

明·黄鳌(8首)

【作者简介】

黄鳌,番禺人,举人。万历元年(1573)出任信丰知县。

秋兴八首

梧桐树上叶初零,隐几商飙①透画屏。
云窦不知蓂荚②日,鹊桥空娶女牛星。

蟋蟀长吟夜雨稀,西风吹冷芰荷③衣。
何人为解金龟④去,换得青州从事⑤归。

天涯七月火西流,夜月寒螀⑥倏闹秋。
黄菊久荒陶令手,露葵何用季鹰⑦愁。

谁家砧杵捣秋霜,散入西风落画堂。
宋玉⑧几回听不得,赋成犹自倍凄凉。

白露横秋落木多,南山月上挂松萝。
中天夤夜⑨清如许,照见鹑衣⑩冷若何。

美人西望水云间,击楫从之路不艰。
我欲乘风骑鹤去,洞廷秋月手持还。

白雁飞飞逐海云,江城秋色净无尘。
殷勤为报天南信,莫负梅花帐底春。

江上芙蓉带暮霞,霞涵江水水涵花。
秋波正喜澄黄宪⑪,风帽何须落孟嘉⑫。

【注解】

①商飙(biāo):秋风。②蓂荚:míng jiá,传说中尧时的一种瑞

草。③芰荷：jì hé，指菱叶与荷叶。④金龟：本义黄金铸的龟纽官印。汉代皇太子、列侯、丞相、大将军等所用，后泛指高官之印。到唐代是官员的一种佩饰。唐初内外官五品以上，皆佩鱼袋。武后天授元年，改内外官佩鱼为佩龟。三品以上龟袋用金饰，四品用银饰，五品用铜饰。后又指所佩杂玩之物。明·徐渭《贺知章乞鉴湖一曲图》诗："幸有双眸如镜水，一逢李白解金龟。"⑤青州从事：成语。青州，古代州名，在今山东东部；从事，古代官名，好酒的代称。出自南朝·宋·刘义庆《世说新语·术解》：魏晋时期，桓温手下的一个主簿善于辨别酒的好坏，他把好酒叫作"青州从事"，因为青州有个齐郡，齐与脐同音，好酒力一直达到脐部；把次酒叫作"平原督邮"，因为平原郡有个鬲县，鬲与膈同音，次酒的酒力只能到达胸腹之间。宋·李清照《感怀》："青州从事孔方君，终日纷纷喜事生。"⑥寒螀：hán jiāng，即寒蝉。亦借指深秋的鸣虫。⑦季鹰：用了一个典故。晋朝人张翰（字季鹰），在洛阳做官，见秋风起，想到家乡苏州味美的鲈鱼，便弃官回乡（见《晋书·张翰传》）。⑧宋玉：约前298年—约前222年。楚国文人，好辞赋，为屈原之后辞赋家。所作辞赋甚多，流传作品有《九辩》《风赋》《高唐赋》《登徒子好色赋》等。⑨寅夜：yín yè，通常指寅时的黑夜，为凌晨3点至5点，古代称之为寅夜。据说是人心最脆弱的时候。⑩鹑衣：chún yī，补缀的破旧衣衫。⑪澄黄宪：用的东汉著名贤士黄宪的故事。《后汉书·黄宪传》载："黄宪（75—122）字叔度，汝南慎阳人也。世贫贱，父为牛医。颍川荀淑至慎阳，遇宪于逆旅，时年十四，淑竦然异之，揖与语，移日不能去，谓宪曰：'子，吾之师表也。'……同郡戴良才高倨傲……及（见宪）归，罔然若有失也；同郡陈蕃周举常相谓曰：'时月之间不见黄生，则鄙吝之萌复存乎心。'及蕃为三公，临朝叹曰：'叔度若在，吾不敢先佩印绶矣.'……叔度汪汪若千顷波，澄之不清，淆之不浊，不可量也。宪初举孝廉，又辟公府，暂到京师而还，竟无所就，年四十八终，天下号曰徵君。"⑫孟嘉：《晋书·孟嘉传》："九月九日，温燕龙山，僚佐毕集。时佐吏并著戎服，有风至，吹嘉帽堕落，嘉不之觉。温使左右勿言，欲观其举止。嘉良久如厕，温令取还之，命孙盛作文嘲嘉，著嘉坐处。嘉还见，即答之，其文甚美，四坐嗟叹。"孟嘉在聚会中帽落而依然风度翩翩，当人们嘲笑他时，又能从容应对使四座叹服。后遂用"孟嘉落帽"等称扬人的气度宽宏，风流倜傥，潇洒儒雅。

明·汤显祖

【作者简介】
　　汤显祖（1550—1616），字义仍，号若士、海若、清远道人。江西临川人，明代著名戏曲家，著有《荆钗记》《还魂记》（又称《牡丹亭》)、《南柯记》《邯郸记》（合称《临川四梦》或《玉茗堂四梦》）。明万历十一年（1583）中进士，先后任南京太常寺博士、礼部主事。

送黄九洛归虔

【题注】本诗为汤显祖在南京任职时送给黄九洛回属赣州府管辖的老家信丰安西，字里行间表现出对黄九洛的深厚情谊。黄九洛，名戴玄，信丰县游州人，生卒年代与生平不详。与汤显祖交好，由此推断，他当年也在南京任职或求学。

游于江南春草齐，秣陵行色远萋萋①。
临流一道章门柳，长遂相思到水西②。

西山鸾鹤起晴烟，南浦惊逢上濑船③。
怪得异香常入梦，君家九十九峰前④。

【注解】

①秣陵：古县名，今南京市。萋萋：云气貌。首联写春天时节，作者在南京送别黄九洛，此时天空因两人的分别而出现厚厚的云。②章门：章，大木材。章门柳，可作门的大柳树。柳树，古人常用作依依惜别的衬托物，例如，唐·王维《渭城曲》："渭城朝雨浥轻尘，客舍青青柳色新。劝君更尽一杯酒，西出阳关无故人。"此联写两人在江边大柳树下分手，作者的相思将长长地随黄九洛到水西（江西，在南京长江之西）。③南浦，南面的水边。濑，原意是从沙石上流过的急水，濑船，从急水里行来的船。此两句描写汤显祖目送黄九洛上船的情景：西山鸾鹤飞起，晴空烟云漫飘，在江南边的船正在急流中。④九十九峰，在信丰安西镇香山。此两句写汤显祖送别黄九洛后，常常在香甜的梦中梦到他，梦见他家乡的九十九峰。

明·黄戴玄（11首）

【作者简介】

黄戴玄，字九洛（錐），黄闰八世孙，以才名"应例"入南京太学（国子监），与当时在南京的文人雅士汤显祖等交好。著有《醉石诸稿》。

初到香山寺

到了筋力倦,不敢厌高深。
山寺初投足,岩泉久在心。
残烟杂夜气,明月射寒林。
宴坐松扉掩①,殊无夕磬音②。

【注解】

①宴坐:佛经中指修行者静坐。"宴坐山林,下中上修。"(《楞伽经·一切佛语心品之一》)佛法修行之中真正的"宴坐",应该是不依身、不依心、不依亦不依。大体意思是:忘了身体、忘了有寻伺的心念,那还属于意识心。连忘了这个念头也要忘,就属于大乘修行心法了。松扉:松门;柴门。②磬音:磬发出的声音。磬(qìng),古代打击乐器,形状像曲尺,用玉、石制成,可悬挂。亦指佛寺中使用的一种钵状物,用铜铁铸成,既可作念经时的打击乐器,亦可敲响集合寺众。这里是后义。

宿香山寺

云山①留我宿,枯淡亦逍遥。
焰细灯明灭,寒深月寂寥。
游无嫌屡日,话不禁通宵。
何计②常来此,随缘乞一瓢③。

【注解】

①云山：云，言极其高。云山，高耸入云的山。②何计：怎么会打算。③乞一瓢：典出"弱水三千，只取一瓢"，源起佛经中的一则故事。佛祖在菩提树下问一人："在世俗的眼中，你有钱、有势、有一个疼爱自己的妻子，为什么还不快乐呢？"此人答："正因为如此，我才不知道该如何取舍。"佛祖笑笑说："我给你讲一个故事吧。某日，一游客就要因口渴而死，佛祖怜悯，置一湖于此人面前，但此人滴水未进。佛祖好生奇怪，问之原因。答曰：湖水甚多，而我的肚子又这么小，既然一口气不能将它喝完，那么不如一口都不喝。"讲到这里，佛祖露出了灿烂笑容，对那个不开心的人说："记住，你在一生中可能会遇到很多美好的东西，但只要用心好好把握住其中的一样就足够了。弱水有三千，只需取一瓢饮。"弱水，始见于《尚书·禹贡》："导弱水至于合黎。"清·孙星衍《尚书今古文注疏》："郑康成曰：'弱水出张掖。'"三千，出于佛家三千大千世界，天台宗善言一念三千。一瓢饮，见于《论语·雍也》："子曰：'贤哉！回也。一箪食，一瓢饮，在陋巷。人不堪其忧，回也不改其乐。贤哉！回也。'"

哀道人岩

【题注】 哀道人岩，在香山巅，旧志云：相传有道人卖药于市，夜宿岩中，一日忽去，书"万山哀道人造岩住"八字于石上，墨迹犹存。

漆园化蝶①去无归，石窟苍茫接翠微。
嵌巇②路穷行委曲，高低峰远望依稀。
奇云赤色初疑画，扑地青苔欲上衣③。
汲水煎茶供野渴，丹炉又见火烟飞。

【注解】

①化蝶：寓意人经历成长，蜕去丑陋的无用的，变得智慧、美丽。②嵚巚：qīn yǎn，嵚，小而高的山；巚，大小成两截的山。③扑地青苔欲上衣：映入眼帘的是一片绿茸茸的充满生机的青苔。看着，看着，诗人产生一种幻觉：那青苔好像要从地上蹦跳起来，像天真烂漫的孩子，依偎到自己衣襟上来。"青苔欲上衣"，巧妙表达自己欣喜、抚爱的心情和新奇、独特的感受。

饭农家

南园掘到毛芋，西舍移来剩粮①。
蔬食菜羹活计，游山玩水行藏②。

【注解】

①剩粮：遗留下来的粮食。②行藏：xíng cáng，常用以说明人物行止、踪迹和底细等。此指行止、行迹。

炼丹台

绝壁无人到，独来心亦寒。
扪萝上石磴，落胆耽①峰峦。
龙虎②生崖畔，烟云集树端。
安期③若可遇，从此学金丹。

【注解】

①耽：dān，指沉溺、迷恋。②龙虎：形容怪石嶙峋，如龙似虎状。

③安期：一名安期生，人称千岁翁、安丘先生。琅琊人，师从河上公，是秦汉期间燕齐方士活动的代表人物，黄老哲学与方仙道文化的传人。道教视安期为重视个人修炼的神仙，故上清派特盛称其事。传说他得太丹之道、三元之法，羽化登仙，驾鹤仙游，或在玄洲三玄宫，被奉为上清八真之一，其仙位或与彭祖、四皓相等。在陶弘景《真灵位业图》中列第三左位，奉为"北极真人"。

暮春同曹鲁生四有吴看渠僧太若登来星阁

【题注】来星阁，在县东七里，明天启乙丑（1625）知县蔡自强重建，与邑人为文会，觞咏其上，曰"香山社"，工未竣蔡去任，署县曹继唐率绅士告成。顺治戊子（1648）毁。康熙壬戌（1682）知县张执中追复旧址，累石为台，高六尺，建崇阁于上，桃江北注，为中流一砥柱云。

江畔高楼聚客星①，层楹②山绕恰如屏。
花开花落堤常在，春去春来雨不停。
海底鱼穷那可赋③，林间雀噪预为灵。
依栏政④自渐双鬓，忍对浮烟一缕青。

【注解】
①客星：即客人。古代汉族神话传说中，天河与海相通，每年八月有浮槎来往。有人乘槎至天界与牵牛晤谈。返回后，至蜀，严君平告之曰：某年月日有客星犯牵牛宿，计之，正是此人到天河之时。见晋·张华《博物志》卷十。后遂用以为典，亦以指客人。②层楹：céng yíng，指高楼大厦。南朝·宋·鲍照《咏双燕》："意欲巢君幕，层楹不可窥。"③赋：作诗；吟咏。④政：同"正"。

月夜宿凤凰山

【题注】乾隆十六年（1751）《信丰县志》载：凤凰山，在县东四十里，双峰如耸翼状，昔传有凤止其上。

初投高寺宿，满月正清澄。
祇树①声摇雾，旃檀②香绕灯。
一山携素友③，百虑息孤僧。
不觉悬崖下，幽光④落几层。

【注解】

①祇树：讲堂的名字，即祇树给孤独园，是祇陀太子、给孤独长者两人合力所盖。②旃檀：zhān tán，又名檀香、白檀，一种古老而又神秘的珍稀树种，收藏价值极高。檀香木香味醇和，历久弥香，素有"香料之王"之美誉。③素友：情谊真纯的朋友。南朝·梁·王僧达《祭颜光禄文》："清交素友，比景共波。"④幽光：昏暗的光亮。

游龙塘山

【题注】志云：龙塘山，在县西五十里，下有澄潭数亩，深窅（yǎo，深远）不可测，相传有鱼化龙而去，故名。

此时风正暖，草密正多闲①。
积雾犹凝石，残花欲遍山。
插秧归陇上，闻磬发林间。
溪谷灵光邃②，盘旋不记湾③。

【注解】

①闲：闲适，清闲安适。②灵光：神异之光。邃，suì，《说文》：

"邃，深远也。"③湾：停住。

病中答林茂之

年来病废日离群，千里神交只有君。
结绶①肝肠真可久，茂林踪迹不堪闻。
几回秋望华林月，何处鸿稀②庾岭云。
今日一编远思我，蔷薇浣手捧新文。

【注解】

①结绶：佩系印绶，谓出仕为官。②鸿稀：书信少。

寄怀林茂之

电光火石①暗推迁，一别秦淮②十六年。
白日几能销肮脏③，青山容易老迍邅④。
道安放棹心常恋，元节⑤投门事岂然。
地僻滩高鳞⑥不到，欲将肝胆与谁传。

【注解】

①电光火石：佛教语。指闪电的光，燧石的火。《五灯会元·雪峰存禅师法嗣·保福从展禅师》："师曰：'瞌睡汉出去！'上堂：'此事如击石火，似闪电光，构得构不得，未免丧身失命。'"后以"电光石火"比喻稍纵即逝或稍纵即逝的事物。②秦淮：河名。流经南京，是南京名胜之一，也是南京的古代别称之一。相传秦始皇南巡至龙藏浦，发现有王气，于是凿方山，断长垄为渎入于江，以泄王气，故名秦淮。"一别秦淮"，即南京一别。③肮脏：读音 káng zǎng，体

胖。④迍邅：zhūn zhān，指迟疑不进。⑤元节：好的节操。《易·乾卦》："元者，善之长也。"⑥鳞：鳞鸿，即书信。

上巳日①招看渠诸君及太若诸上人结社小胜园

【题注】上巳日，古代节日，在农（阴）历三月三日。看渠、太若系人名；上人：对长老和尚的尊称。客家语言中亦指家中长辈。结社，即聚会。

幸值客星聚，重追禊事②风。

罇垒先后异，物候古今同。

花草春春丽，才情辈辈雄。

欲穷生灭理，跌坐讯支公③。

【注解】

①上巳日：魏晋以后把上巳节固定为农（阴）历三月三日，此后成了水边饮宴、郊外游春的节日。水边饮宴，称为"流觞曲水之饮"。"流觞"也称"流杯"，投杯于水的上游，任其随波而下，止于某处，则其人取而饮之。早先人们到水边去游玩采兰，以驱除邪气，杜甫有《丽人行》："三月三日天气新，长安水边多丽人。"各地妇女又有这天带荠菜花的，宋·赞宁《物类相感志》云："三月三日收荠菜花，置灯颈上，则飞蛾蚊虫不投。"上巳节又是传统的人日。相传女娲七天之内造出七种动物，按日排列，初一为鸡日、初二为狗日、初三为羊日、初四为猪日、初五为牛日、初六为马日、初七为人日。按甲乙丙丁戊己庚辛壬癸的天干排序和子丑寅卯辰巳午未申酉戌亥的地支排序法，初七为地支巳日，所以巳日即人日，即人的节日。纪念人日要吃用七种菜做的菜肴"七宝羹"和露天作的煎饼"薰天"，

还要用五彩丝织品剪成人形或金箔刻成人形挂在屏风或帐子上,以求吉利。②禊事:xì shì,上巳日的节日活动。晋·王羲之《兰亭集序》开头云:"暮春之初,会于会稽山阴之兰亭,修禊事也。"③跌坐:身体迅速跌落坐下。支公:晋代高僧支遁,后亦泛称高僧。晋高僧支遁,字道林,精研《庄子》与《维摩经》,擅清谈。当时名流谢安、王羲之等均与之为友,被称为"支公"。

明·黄济

【作者简介】

黄济,字子舟,信丰人。少孤力学,默诵诸经史不误一字。长于议论,御史周进隆、督学邵宝亟称之,期其大成。未第而卒,著有《经疑》一册。

金钟山寺

【题注】金钟山,在县南四十里(今大塘埠)。石笋高数丈,绝顶有古寺。

不见招提在翠微①,青杉绿水掩柴扉。
细攀蔓草寻回磴②,旋拂莓苔读古碑。
老石③有缘听佛法,飞尘④无计上僧衣。
分明不是人间世,怪底⑤游人足迹稀。

【注解】

①招提：民间私造的寺院。清·宋应麟《杂识》："私造者为招提、若兰，杜枚所谓善台野邑是也。"源自梵文 Caturdeśa，意译为四方（catur 是四，deśa 指场所、地方、国土等），指寺院。音译"佳拓斗提奢"，省称"拓提"。但在汉字传写过程中，因形近而误写为"招提"。于是四方僧称招提僧，四方僧之受施物称招提僧物，四方僧之住处称为招提僧坊。北朝魏太武帝于始光元年（424）造立伽蓝，名之曰招提，国人遂以招提为寺院的别称。翠微：青翠的山色，形容山光水色青翠缥缈。也泛指青翠的山。②回磴：huí dèng，盘旋的登山石径。③老石：即寺附近的石笋。④飞尘：飞扬的灰尘。⑤怪底：难怪。

明·罗汝芳

【作者简介】

罗汝芳，字近溪，江西南城人，曾任龙南知县、云南参政。

桃津

【题注】桃津即桃江，源于全南，流经全南、龙南、信丰、赣县，至赣县茅店入贡江。

尘世眼底浮空花，满前扰扰争喧拿①。
避喧偶得桃源路，问津却到秦人家②。

津桃万树绚晴瀑,香风阵阵遥相续。
沿流踏花路不迷,窈窕③寻源向空谷。
是谁春酿红满缸?邀余对酌开云房④。
坐献蟠桃实累累,莫知所出从何方。
且酓且啜千岁久,闲看乌兔穿窗牖。⑤
有时狂歌宴西池⑥,有时烂醉翻北斗⑦。
忽然忆我初来年,津头漫尔⑧呼归船。
种桃主人尚未老,忻然⑨一笑迎花边。

【注解】

①喧拿:声音杂乱,与"喧哗"意思相近。②秦人家:秦人本义指中国人。秦统一全国,开展对外交通,北方和西方的邻国往往称中国人为"秦人",直至汉晋仍沿用此称。此处"秦人家"指当地百姓家。③窈窕:深远貌;秘奥貌。④云房:僧道或隐者所居住的房屋。唐·韦应物《游琅琊山寺》:"填壑跻花界,叠石构云房。"⑤啜:chuò,饮,吃。乌:即乌。千岁:泛指时间长久。牖(牖):yǒu,窗户。⑥西池:相传为西王母所居瑶池的异称。清·龚自珍《梦玉人引》词:"陡然闻得,青凤下西池。"⑦北斗:即北斗星,由天枢、天璇、天玑、天权、玉衡、开阳、摇光七星组成。古人把这七星联系起来想象成舀酒的斗形。天枢、天璇、天玑、天权组成斗身,古曰魁;玉衡、开阳、摇光组成斗柄,古曰杓(biāo)。⑧漫尔:随意貌。⑨忻然:忻(xīn),同"欣"。

明·陈子壮

【作者简介】

陈子壮，南海人，著有《南宫集》。

题挑石夫小像

【题注】此诗选自乾隆十六年《信丰县志》。

云衢即石颠[①]，混俗与逃禅[②]。
烟霞尘外[③]侣，俨若地神仙[④]。

【注解】

①衢：道路。颠：最高最上部分。此句写挑石夫从云端高山挑石下来。②混俗：混同世俗，不清高超脱。逃禅：指遁世而参禅。唐·牟融《题寺壁》诗："闻道此中堪遁迹，肯容一榻学逃禅。"此句写挑石夫的性情。③尘外：世外。④地神仙：古人将土地神化而加以崇拜。先人对地神的祭祀，开始是把土地当作自然神，直接向土地献祭、礼拜，即用酒、人血、牲血等祭品撒在地上。随后出现垒土成堆，作为地神的神体即"冢土"加以崇拜。再后地神被拟人化，称"社""社神""后土"，设神位加以崇拜。"郊祀后土以配天"是历代帝王的重要宗教礼仪活动。春秋战国以后出现了州、县、乡、里各级土地神，到处立庙祭祀，一直延续到新中国成立前。

明·吴人先

【作者简介】

吴人先,字景让,信丰人,绝意功名,杜门不出,自号"清权逸者",工于诗。著有《清权韵余》,晚年究心理学。虽家徒四壁,吟咏不辍。

游小龙山

【题注】小龙山,疑是武龙山,乾隆十六年《信丰县志》记载:在县治东五里,为壶峰之支束,邑之下流之关锁。山顶有寺,祀真武铜像,祈祷辄应明。邑侯母择邻建最高亭于上,易名腾龙山,有碑文。山下即十八滩之棱角滩,曾有龙跃此,因名。

> 登临古磴涉流泉,突兀斜开别有天。
> 精舍疑从云里筑,柴扉却向涧前穿。
> 渊明常赋幽居性①,惠远②频供静里禅。
> 莫道处溪三箄③远,愿由此会息诸缘。

【注解】

①幽居:隐居,很少与外界往来。此句是说,陶渊明经常写作表达隐居性情的诗歌。②惠远:又称慧远(334—416),俗姓贾,东晋时人,雁门郡楼烦县人(今山西宁武附近),出生于世代书香之家。居住在庐山,与刘遗民等同修净土,为净土宗之始祖。③三箄:《康熙字典》注,箄,音 zhāo,竹笼。取渔具,即装鱼的笼子。三箄表明距离不远,仅隔3个鱼笼。

明·郭君聘（3首）

【作者简介】

郭君聘，字修野，信丰人。明泰昌元年（1620）恩贡（明代科举制度中由地方贡入国子监的生员之一种。明还定制，凡遇皇室庆典，据府、州、县学岁贡常例，加贡一次作为恩贡），崇祯三年（1630）授福建建宁府通判，以运解金花赴部优叙，历署将乐、松溪二县。所至访民间利弊，力为兴除，迁云南新兴知州，民之送者数十里不绝。至滇岁余，以家远母老乞归养，去之日，囊无余蓄，仅大理石二片而已。家于信丰虎山龙州，不关人事，唯以诗酒自娱。著有《风雅诗》集，宁都魏礼序而付梓之。

龙舟寨上五日作

【题注】龙舟，即今虎山乡龙州。五日，指农历五月初五，端午节。

宴坐魂常畏陆沉①，蒲长②宽得半年心。
初晴莺舌喧偏永③，几树蜩声出一阴。
采药片时犹肯假④，落花深处可能寻。
今朝勉继前人意，酒少山多亦赏临。

【注解】

①陆沉：本义陆地无水而沉。比喻隐居，也指隐逸之士。引申为被埋没，不为人知。另有"愚昧迂执，不合时宜"义。汉·王充《论衡·谢短》："夫知古不知今，谓之陆沉，然则儒生，所谓陆沉者也。"此处用的是"不合时宜"义。②蒲长：pú zhǎng，蒲，此为一种叫"蒲

璧"的瑑（zhuàn）饰（玉器上雕刻的凸起的花纹）。"蒲长"意为蒲璧长出来了。③偏永：偏，通"谝"（piǎn），夸耀，显示。"偏永"，即不停地显示歌叫声。④假：做假，假冒。

游香山

月逴①烟漠漠，目炫②翠微巅。
九十九峰中，路穷拓一天③。
峦翔而岫错④，绮望⑤若青莲。
足与目不给，安能跨鹤穿⑥。
磬歇闻猿啸，风过药草鲜。
纷纠因何物，谁能享寂然。
不肯负癯骨⑦，还当就石籤⑧。

【注解】

①逴：音chuō。《说文》："逴，远也。"《楚辞·九章》："道逴远而日忘。"②目炫：mù xuàn，即目眩。失去清晰视觉；眼花。③路穷：路达到极点。拓一天：开拓出一片新天。④岫：音xiù。《说文》："岫，山穴也。"本义山洞。引申为山，这里是"山"义。错，错列。岫错，山错杂排列。⑤绮望：绮（qǐ），应当是"倚（yǐ）"。倚望：凭栏远望。⑥跨鹤：乘鹤，骑鹤。道教认为得道后能骑鹤飞升。宋·林景熙《简卫山斋》："何当蹑飞佩，跨鹤青云端。"穿：穿越，高飞。⑦癯：qú，亦作臞，本义消瘦。《说文》："臞，少肉也。"癯儒：清瘦的儒者，含有隐居不仕之意。这里用的此意。⑧籤：qiān，"签"的异体字。旧时寺庙中的一种卜具，一般用竹片，上编号数，放在筒里，供信众向神佛问事吉凶之用。

游谷山

要知清净在,所以访祇林①。
大慧松间翠,安禅竹坞阴。
月来仙梵静,霜落寺钟深。
绛叶②听继久,临薴作呗音③。

【注解】

①祇林:祇,qí;祇林:祇树园,印度佛教圣地之一,后用为佛寺的代称。②绛:本义大红色。《说文》:"绛,大赤也。"绛叶:红色的树叶。这里是指秋天红叶发出的声音。③薴:líng,古通"零",零落。呗音:bài yīn,诵经声。

清·梁佩兰(2首)

【作者简介】

梁佩兰(1632—1708),字芝五,号药亭,广东南海人,康熙二十七年(1688)进士,翰林院庶吉士。著有《士大莹堂集》。

寄怀信丰方鹤洲明府

【题注】明府,"明府君"的略称。古时汉人用以对太守的尊称。唐以后多用以称县令。唐代别称县令为明府,后世相沿不改。清代官场中客气时称官衔,不直接称正式官衔,而用代称,如知县称"大令",知府称"明府",巡抚称"中丞"。而在词题中,则不好官称,而以字称之,是文字之交。方鹤洲,名方正玉,安徽桐城人,康熙三十五至三十七年(1696—1698)信丰知县。

才人多外吏,伟抱寄专城①。
性敏无难事,心清见物情。
涉江桃浪暖,种岭谷云平②。
九十九峰顶,高吟鹤和鸣③。

半生荣禄养,千里奉亲欢。
白发迎花笑,缃编④拥日看。
天长思倚杖,风便为弹冠。
振矩扶轮手⑤,宁因重一官⑥。

【注解】

①伟抱:远大的抱负。专城:担任主宰一城的州牧、太守等地方长官。汉·王充《论衡·辨祟》:"居位食禄,专城长邑以千万数。"②种:zhòng。种岭:在岭上栽种。这两句嵌入了"桃江""谷山(岭)"。③作者自注:信丰有桃江谷岭并香山九十九之胜。④缃编:书籍。宋代著名诗人、书法家米元章诗:"丹唇皓齿瘦腰枝,斜倚筠笼睡起时。毕竟痴情消不去,缃编欲展又凝思。"清初宫廷画家依据此诗创作工笔重彩人物画《美人展书图》。这是一幅美人展书图,又名观书沉吟。⑤矩:jǔ,本义画直角或方形的工具,引申为法则、规则。轮手:经验丰富、技艺精湛的人,亦喻指诗文等方面的高手。"振矩扶轮手",是说方鹤洲振兴法规经验丰富、很有才干。⑥作者自注:时迎尊公依岩在署。

度岭

黄云满地堆禾黍①,山水流泉映夕阳。
冬暖近来春雪少,山人天上放牛羊②。

【注解】

①此句意思是满地堆的禾黍像天上落下的黄云一般。②本诗所写是作者路过某山岭时所看到的情景:黄云、流泉、春暖,村民在高入云天的山上放牧牛羊,一派祥和。

清·袁方（10首）

【作者简介】

袁方(1641—1719),字义立,号逸仙,信丰大桥竹村袁氏第六十七世孙,清康熙丙申年(1716)主持续修本房宗谱。同房侄儿袁岱赞之曰:"赋质纯粹,勤学好问,薄功名而不为,寄山水以娱情,胸怀广致,雅有陶潜之风,敬业乐群,著有情贻之集。"

鉴书楼

【题注】 鉴书楼,在信丰大桥镇竹村林泉幽翳处,冈阜盘回,溪涧相属,松竹森茂,花卉并植。公元869年的《少羿府君墓志铭》云:"府君尝为选山水奇丽之处构一楼,为讲学之所,积书数万卷,命诵之于中,日与四方贤士讲论圣贤之学,匾其楼曰鉴书楼。"该楼承载了竹村袁氏子弟潜心诗书儒学、登科入仕的梦想,也见证了竹村袁氏"世有闻人入国朝"的荣耀。

> 雪案萤窗①慕昔贤,牙签玉轴②锦云编。
> 鉴书盛迹今犹在,蔚起人文玉种田③。

【注解】

①雪案萤窗:比喻勤学苦读。典出元·吴昌龄《张天师》第一折:"【小生】雪案萤窗,辛勤十载,淹通诸史,贯串百家。"②牙签玉轴:卷型古书的标签和卷轴。亦借指精美的书籍。出自《隐居通议·古赋一》引宋·傅幼安《味书阁赋》:"黄帘绿幕之闭,牙签玉轴之藏,出则连车,入则充梁。"标签用象牙或骨制成,以便检阅;卷轴用木棒制成,两头多用玉石象牙装饰,以示美观贵重。③玉种田:隐用了蓝田种玉的典故。该典故原指杨伯雍在蓝田无终山种出玉来,得到美好的婚配。后用来比喻男女获得了称心如意的美好姻缘。典出晋·干宝《搜神记》卷十一:"杨公伯雍,雒阳县人也。本以侩卖为业。性笃孝。父母亡,葬无终山,遂家焉。山高八十里,上无水,公汲水,作义浆于坂头,行者皆饮之。三年,有一人就饮,以一斗石子与之,使至高平好地有石处种之,云:'玉当生其中。'杨公未娶,又语云:'汝后当得好妇。'语毕不见。乃种其石。数岁,时时往视,见玉子生石上,人莫知也。有徐氏者,右北平著姓,女甚有行,时人求,多不许。公乃试求徐氏。徐氏笑以为狂,因戏云:'得白璧一双来,当听为婚。'公至所种玉田中,得白璧五双,以聘。徐氏大惊,遂以女妻公。天子闻而异之,拜为大夫。乃于种玉处,四角作大石柱,各一丈,中央一顷也。名曰'玉田'。"本诗引用此典,意在比喻竹村人文蔚起,学子仕途美满。

状元坊

【题注】 唐乾符四年（877）进士袁诵之，字孔成，号廷尉，官至大理寺卿，雄才绝世，尤工诗词，时以才子驰名，曾向皇上献《珍珠赋》，皇上钦赐"状元坊"。

家修①廷献觐君颜，敷政优优莅八荒②。
献赋奇才推独步，圣恩敕赐大魁坊③。

【注解】
①家修：家族尊长修明文教，提倡礼乐教化等。②敷政：fū zhèng，布政，施行教化。《诗·商颂·长发》："不竞不絿（qiú，急躁），不刚不柔，敷政优优，百禄是道。"优优：雍容自得貌。八荒：也称八方，指东、西、南、北、东南、东北、西南、西北八面，亦指离中原极远的地方。后泛指周围、各地。③敕赐：chì cì，皇帝的赏赐。大魁：科举考试殿试第一名称"大魁"，即状元。

咏竹村八景

【宗谱引言】 山川之秀气，蜿蜒郁积其水土之所生；神气之所感，必有忠信才德之士，发为文章道德事业功名，非徒以供游览之具。我竹村风土秀美甲于虔南，崇山峻岭屹峙前后，激流清湍映带左右，扶兴攸萃文物，徘徊瞻眺冈峦，川原之胜赫然在目焉。

景一：屏山春色

【诗引】 吾族居址山水旋绕，以连岑为屏扆（yǐ，古屏风），视环流若襟带，春夏之交，红紫相映，苍翠欲滴。

万壑千岩瞜翠①多，为爱渔舟唱晓过。
花香鸟语娱人意，载酒春园颜应酡②。

【注解】
①瞜：cōng，目光。瞜翠：目光所见的翠色。②酡（tuó）：饮酒后脸色变红，将醉。

景二：武岳秋容
【诗引】在本境（竹村）之北，周围二十余里，叠巘环抱，千崖峭削，丹枫古树至秋愈奇。

武岳秋容正苍苍，虬松古柏带晓霜。
芙蓉吐艳颜如醉，丹桂舒芬气自芳。

景三：湖塘夜月
【诗引】塘在紫薇第前，澄潭千尺，深直见底，玉轮甫升，景印湖中，最为佳境。

岚光①断处夕阳斜，又逢竹苑景光佳②。
当空皓魄③浑如画，景射湖塘惊睡鸦④。

【注解】
①岚光：lán guāng，山间雾气经日光照射而发出的光彩。②景光：犹祥光。唐·李邕《唐赠太子少保刘知柔神道碑》："增河海之渥泽，近日月之景光。"③皓魄：指明亮的月光。唐·权德舆《奉酬从兄南仲见示十九韵》："清光杳无际，皓魄流霜空。"④景射：读yǐng shè，即画影投射到湖塘里。

景四：水口宝塔

【诗引】紫薇第前，异峰水口之间，建宝塔一座，高连北斗，秀夺西江，光乎前裕乎后，可壮东乡之雅望，实为吾族之文峰也。

碧峰青溪稔①获村，杳然世外别有坤②。
塔峰耸峙中流立，不放狂澜到石门。

【注解】

①稔（rěn）获：庄稼成熟丰收。②坤：乾、坤是八卦中的两卦，乾为天，坤为地，乾坤代表天地。这里单用"坤"，是乾坤的缩写。"别有坤"，即别有天地。

景五：花园瑞草

【诗引】园设有书院，族中子弟多肄业于此。其地幽雅平旷，瑶草蒙茸，奇花芬馥，亦极林壑之美。

百卉争妍夏日长，游人纵目美花房。
月映苔色盈阶绿，风吹荷气满院香。

景六：小溪烟柳

【诗引】溪水发源于武山，屈曲逶迤，夹岸杨柳数百株，苍翠婀娜，一望青葱，每至烟雨迷离之际，逼真辋川（辋川：水名，在今陕西蓝田县，唐代诗人王维别墅在彼，有绘画并诗《辋川图》）注画图。

旷怀雅兴过星桥①，雨洗桃花处处飘。
细柳临风飞尽架，碧溪犹带旧痕峤②。

【注解】

①星桥:神话中的鹊桥。宋·李清照《行香子》词:"星桥鹊驾,经年才见,想离情、别恨难穷。"②矫:jiǎo,纠正,改变。

景七:锦川秀石

【诗引】溪流十余里,水势愈潺湲迅激,奇石纵横,与风水相吞吐,如天际云锦,真水面文章也。

> 溪流曲曲绕山行,三春①浪暖波自平。
> 参差绣石临江畔,俨是天孙机上锦②。

【注解】

①三春:春季三个月,农历正月称孟春,二月称仲春,三月称季春。②天孙:本是星名,即织女星。引申指传说中巧于织造的仙女。机上锦:仙女在织造机上织出来的锦缎。

景八:竹山奇峰

【诗引】高峰插汉,峭壁霏烟,遥窥群岫,如突出天表。

> 十里烟光醉薜萝①,翠竹吟风天籁多。
> 危岑蔚起相应获②,嶙峋瞻望动樵歌。

【注解】

①薜萝:bì luó,本指薜荔和女萝。两者皆野生植物,常攀缘于山野林木或屋壁之上,后借以指隐者或高士的衣服,或借指隐者或高士的住所。此即指高士、隐者。②危岑:wēi cén,高峻的山峰。获:本义猎得禽兽。此即用的本义。

清·袁岱（10首）

【作者简介】

袁岱，生于康熙己巳年（1689），殁于雍正乙巳年（1725），字元峰，号升告，竹村袁氏六十八世孙，邑文庠生（县学文秀才。庠：xiáng），袁方堂侄，康熙丙申年（1716）和袁方一同续修宗谱。

鉴书楼

【宗谱引言】鉴书楼已成废址，怅望久之，聊赋五言六韵，怀先诵之公也。

鉴书千年后，春花放满园。
红芳徒笑日[①]，彩艳尚凝烟。
家声依然在，风光岂别传。
平反[②]留异绩，雄才著锦篇[③]。
幸容追世泽，应许续遗编。
欲托凌云势，献赋九重天。

【注解】

①红芳：指红花。唐·陈子昂《感遇诗》："但恨红芳歇，凋伤感所思。"笑日：对日笑。喻在太阳下盛开。②平反：普通、一般甚至有些反常的人。③锦篇：华美的篇章。

咏仙人石

【宗谱引言】竹村袁氏族谱云："仙人石，在武山之巅，其石可坐数人，面平如削，上多仙迹，至今石纹纵横如布棋势者然。"

一片仙人石，万古峙危岑。
花鸟时作伴，鹿豕与为邻。
村云浑身湿，山月满面生。
泉隐碁①声静，草绣局势横。
烟浮春树暗，岚收暮景清。
最爱幽翳②处，登眺有余情。

【注解】

①碁：qí，本义石制棋盘。引申指石制棋子。中国古时"碁"是指围棋。②幽翳：yōu yì，此为草木繁茂。北魏·郦道元《水经注·汶水》："何其深沉幽翳，可以托业怡生如此也。"

咏竹村八景

【宗谱引言】袁岱《咏竹村八景》诗，是与袁方一同吟咏之作，叔叔先吟，侄儿即刻应和。

景一：屏山春色

层峦几叠碧空盘，缥缈风花紫翠寒。
俨是丹青新写出，围床六曲抱膏兰①。

【注解】

①围床六曲：苏东坡《和人假山》诗曰，"何当掣取征西去，画作围床六曲山。"苏诗里的意象是灵璧石。灵璧石产于安徽省灵璧县，商周时，因其击之有声，能奏八音，即在皇室作礼、乐之用。北宋时期又被列为"贡品"，时人评价极高。明清时期尤为当时文

人儒士与皇族珍视。本诗用苏诗的意象赞美屏山。膏兰：油脂与香草。比喻消损自身而造福他人者。

景二：武岳秋容

极天①如洗翠微斜，指点风光意兴赊②。
最是晚来堪爱处，人过红叶漫停车③。

【注解】

①极天：满天。②赊：shē，长。③"最是"两句：用了唐·杜牧描写和赞美深秋山林景色的七言绝句《山行》："停车坐爱枫林晚，霜叶红于二月花。"夕照枫林的晚景迷人，诗人特地停车观赏。诗人惊喜地发现，在夕晖晚照下，枫叶流丹，层林如染，真是满山云锦，如烁彩霞，它比江南二月的春花还要火红，还要艳丽呢！诗人歌颂大自然的秋色美，表现出豪爽向上的精神。

景三：湖塘夜月

澄潭初霁暮烟清，浅浪惊翻鹡鸰鸣。
深院竹扉摇不动，一池寒碧傍楼明。

景四：水口宝塔

峥嵘磴道①跨苍穹，百尺遥看倒水中。
客路②来游滞烟雨，记将背向办西东③。

【注解】

①磴道：dèng dào，登山的石径。②客路：本指外乡的路。唐·王湾《次北固山下》诗："客路青山外，行舟绿水前。"此为外乡客人。③背向：背对和面向。西东：指酒杯。宋·赵长卿《朝中措》词："此

去定膺先宠,且须满醉西东。"此指酒。"办西东"意为准备酒杯。"客路"两句意思是:外乡客人来了被烟雨阻滞停留,要记得不管他们是背对还是面向宝塔,(我们)都热情(备酒)招待。

景五:花园瑞草

绕砌芳菲映碧烟,名园花月藉谁传。
只今细草垂书带①,知和当时识郑元②。

【注解】

①细草垂书带:化用"书带草"的典故。书带草,系百合科沿阶草,常绿多年生草本,很有观赏性。其名字就颇有诗意,令人骋思遐想。明末清初文学家李渔《闲情偶寄》中记:"书带草其名极佳,苦不得见。"关于"书带草",历史上有很多故事传说,其一云:一穷书生到富人家借书。富人故意刁难,指一柜书说全可借给你,但没有扁担、绳子,看你怎生带走?书生忽见门外一草,叶长似带,遂用此草将书结之背回,自名为"书带草"。又有多个历史传闻,其中一个说:东汉曾当过农官的郑玄(字康成),辞官后教授于长学山。传说郑玄在书院讲学著述时,常到附近野地采集一些草叶用于编竹简。这草比较特别,叶子宽而长,非常坚韧,且四季常青。据传郑玄用这种草编成绳子捆书,对他读书用书帮助很大。后来人们便叫这种草为"书带草"。②郑元:即郑玄(127—200),字康成,东汉末年儒家学者、经学大师。郑玄曾入太学攻《京氏易》《公羊春秋》及《三统历》《九章算术》,又从张恭祖学《古文尚书》《周礼》和《左传》等,最后从马融学古文经。游学归里后,客耕东莱,聚徒授课,弟子达数千人。党锢祸起,遭受禁锢,杜门注疏,潜心著述,遍注儒家经典,使经学进入"小统一时代"。晚年守节不仕,却被逼从军,

最终病逝于元城（古县名，在今河北大名县）。著有《天文七政论》《中侯》等书，共百万余言，世称"郑学"，为汉代经学集大成者。

景六：小溪烟柳

迷离夹岸最销魂，眉晕春深①对镜翻。
野渡②呼船来远浒，轻阴③人倚隔黄昏。

【注解】

①眉晕春深：晕，环形花纹或波纹。眉晕春深：眉上花纹有如春深之花。②野渡：荒落之处或村野渡口。唐·韦应物《滁州西涧》诗："春潮带雨晚来急，野渡无人舟自横。"③轻阴：疏淡的树荫，与浓荫相对。唐·李商隐《题小松》诗："怜君孤秀植庭中，细叶轻阴满座风。"

景七：锦川绣石

云霞幻化映川濆①，十里交回错绮纹。
耐可②寻源来昼里，玉虹翠浪各氤氲③。

【注解】

①濆：fén，水边。②耐可：愿得，怎得。李白《陪族叔晔及贾舍人至游洞庭》之二："南湖秋水夜无烟，耐可乘流直上天！"③氤氲：yīn yūn，也作"烟煴""絪缊"。指湿热飘荡的云气，烟云弥漫的样子，也有"充满"义。此解作"飘荡弥漫"。

景八：竹山奇峰

嵚崎①欲削剑芒孤，万点苍烟递有无。
无限儿孙自罗列，筼筜谷记古名区②。

【注解】

①嵚崎：qīn qí，险峻，不平。②筼筜谷：筼筜（yún dāng）是一种竹子。汉·杨孚《异物志》："筼筜生水边，长数丈，围一尺六寸，一节相去六七尺，或相去一丈。"筼筜谷是一个古地区名，在陕西洋县城西北十里，盛产筼筜。苏轼有诗《筼筜谷》："汉川修竹贱如蓬（草），斤斧何曾赦箨龙（tuò lóng，竹笋异名）？料得清贫馋太守，渭滨千亩在胸中（把渭滨千亩青竹吞进肚了）。"此诗系他《和文与可洋州园池》组诗 30 首中的第 24 首，于熙宁九年（1076）苏轼被排挤出朝廷由杭州通判调任密州知州时作。文与可，苏轼表兄，善画竹及山水，二人相交甚厚，常有诗文往来。文与可做洋州（治所在今陕西洋县）太守时，曾寄给苏轼 30 首《洋州园池》诗，苏轼皆依题和之。《筼筜谷》一诗既沉重又轻快：暗喻和寄托造成沉重的一面；戏谑与赞美又使情调变得诙谐而轻松。

清·施男（3 首）

【作者简介】

施男，吉水人，湖广副使，著《筇竹杖》。

春日口号（三首）

【题注】口号：古诗标题用语，表示随口吟成，和"口占"相似。始见于南朝·梁·简文帝《仰和卫尉新渝侯巡城口号》诗，后为诗人袭用。如唐·张说有《十五日夜御前口号踏歌词》二首，李白有

《口号吴王美人半醉》。也是颂诗的一种,多指献给皇帝的赞美诗。《宋史·乐志十七》:"每春秋圣节三大宴……第六,乐工致辞,继以诗一章,谓之'口号',皆述德美及中外蹈咏之情。"又指打油诗、顺口溜或俗谚之类。《初刻拍案惊奇》卷五:"于时有六句口号:'仙翁知微,判成定数。虎是神差,佳期不挫。如此媒人,东道难做。'"

【作者自引】桃江虔僻邑也,汉中吉大邱尹是邦①,有贤声。葭灰②飞日,土牛箫鼓,搏师逐傩③,倾动城关,溢溯④而上,满目荆榛,此土差⑤称康壤,戏拈口号三首。

【"自引"注】

①尹:官名,如令尹、府尹、京兆尹。此句说汉中邱大吉任此邦尹(县令)。②葭灰:jiā huī,也叫葭莩灰。葭,初生的芦苇;葭莩,芦苇秆内壁的薄膜。古人烧苇膜成灰,置于律管中,放密室内,以占气候。某一节候到,某律管中葭灰即飞出,显示该节候已到。③傩:nuó,神秘而古老的原始祭礼。流行于江西、四川、贵州,安徽贵池、青阳一带以及湖北西部山区。戴柳木面具的演员扮演传说中的驱除瘟疫的神——傩神,用反复的、大幅度的程式舞蹈动作表演,多在固定的节日演出,后逐步向娱人悦众方面演变。④溢:pén,水往上涌。溯:sù,本义逆着水流的方向走、逆水而行,后引申为追求根源。⑤差称康壤:差,chā,差不多,大致可以。差称康壤,差不多可以称作安康的地方。

笑逐儿童一欠伸①,关门箫鼓沸吹唇。
奋影搏象②何曾见,安息于金实未宾③。

旌旄彩仗簇貂蝉,弦管春风度律天④。
蹀躞香尘随马至,初逢灵道使君贤⑤。

十分春色醉双眸,挝鼓⑥鸣金过未休。
赢得儿童搔粉笑,汉宫⑦几在野人头⑧。

【注解】

①欠伸:指打呵欠、伸懒腰,疲倦的表示。语出《仪礼·士相见礼》:"凡侍坐君子,君子欠伸,问日之早晏,以食具告。"郑玄注:"志倦则欠,体倦则伸。"②髟:piāo,飘带。奋髟:奋力地扬起飘带。搏象:下象棋。③未宾:不是宾客,即主人。此句意为:平安生息,收入钱财,只做主人。④旃旄:zhān máo。旃,纯赤色的曲柄旗;旄,旄牛尾,古时用作旗杆上的装饰。这两句描写春日街头文艺表演情景:街上,人们手执旃旄旗,依照傩的程式,簇拥着"貂蝉",一路走来;按照音律的弦管音乐和着春风,响彻天空。⑤蹀躞:dié xiè,本指隋唐时期出现的一种功能型腰带,称为蹀躞带,简称蹀躞。后亦作佩带上的饰物。司马光《涑水记闻》卷九:"元昊遣使戴金冠,衣绯,佩蹀躞,奉表纳旌节告敕。"引申为迈着小步走路的样子。灵道:连接各平行世界的通道,属于超世界的空间存在。这两句的前句继续描写街景:人们迈着小步,踏着香尘,随马而至;后句是说,春日活动让人们如同初逢灵道而贤能。⑥挝(zhuā)鼓:敲打鼓。⑦汉宫:汉朝宫殿。亦借指其他王朝的宫殿。⑧"十分"以下四句写欢度春日的结果:春风醉人眼,鼓乐过未休,儿童搔粉笑,朝廷在人心,一派康乐升平景象。

清·魏书（5首）

【作者简介】

魏书，字石床，宁都人。工诗词书画。弃诸生（考取秀才入学的生员），肆情著述。

东禅寺

【题注】旧志载：东禅寺，在水东坊，宋元丰二年（1079）建，"东禅晓钟"为邑八景之一。

古殿来应自宋前，光明铜像一躯全。
堪能万姓栖僧舍，未许五丁动座莲①。
镁鼓打成涂毒乂②，神钟沉去钵龙渊③。
道猷④东起无西祖，耆旧⑤可闻顿悟禅。

【注解】

①五丁：神话传说中的五个力士。《艺文类聚》卷七引汉·扬雄《蜀王本纪》："天为蜀王生五丁力士，能献山，秦王（秦惠王）献美女与蜀王，蜀王遣五丁迎女。见一大蛇入山穴中，五丁并引蛇，山崩，秦五女皆上山，化为石。"后泛指力士。座莲：莲花状佛像底座。②镁：tiě，同"铁"。涂毒：涂，读 chú，通"除"，除去。③钵龙：钵中之龙。北魏·崔鸿《十六国春秋·前秦·僧涉》："僧涉者，西域人也……能以秘祝下神龙。每旱，坚常使之呪龙。俄而龙便下钵中，天辄大雨。"④猷：yóu，计谋，打算。引申指功业、功绩。⑤耆旧：qí jiù，年高望重者。杜甫《忆昔》诗之二："伤心不忍问耆旧，

复恐初从乱离说。"

游武龙山

【题注】武龙山,旧志记叙:在县治东五里,为壶峰之支束,邑之下流之关锁。山顶有寺,祀真武铜像,祈祷辄应明。邑侯母择邻建最高亭于上,易名腾龙山,有碑文。山下即十八滩之棱角滩,曾有龙跃此,因名。

孤亭最据武龙巅,拔出高峰何旷然[1]。
雄砥波涛环郭外,势凌培塿[2]伏人前。
半生踪迹成奇赏,片响松风结胜缘[3]。
雨态云姿看向尽,红轮[4]又欲过南天。

【注解】

[1]旷然:开阔貌。[2]培塿:塿,lǒu,小冢(坟)。培塿:用土石加高了的坟。[3]胜缘:佛教语,善缘。南朝·梁武帝《游钟山大爱敬寺》诗:"驾言追善友,回舆寻胜缘。"[4]红轮:喻红日。

方广院

【题注】信丰旧志载:方广院,在竹桥河里许,清顺治初邑人黄崇实建,高僧日御挂锡于此,为僧人集众说法之所。

四邻皆蔬圃,何故号荒园。
似待今时筑,因留昔日言。
素莲生净渚,水竹抱溪源。
法汰[1]仍孤处,诛茆[2]避众喧。

【注解】

①法汰：即竺法汰（320—387），东莞（今山东沂水）人。东晋高僧,般若学派"六家七宗·本无异宗"的代表人物。《高僧传》载,他与高僧道安同师承于当时的名僧佛图澄。战乱时,与道安一同避难,行至新野（今属河南）二人分手后,他便率弟子昙壹、昙二等四十余人到了江南,住建康（今江苏南京）亘官寺。晋简文帝请他讲《放光般若经》,听众踊跃,王侯公卿莫不毕集,学众达千余人,为一时之盛。竺法汰著有佛学理论《无本论》《中论疏记》等。②诛茆：zhū máo,亦作"诛茅"。本义芟除茅草。引申为结庐安居。这里用的引申义。

重过方广院

客况①频来问水田，薰风②野外拂晴烟。
林间聚鸟能听法，水底潜龙解获禅。
方等经文③齐上下，广长舌相③覆三千。
荒园此日金沙地，慧应前身在宋年。

【注解】

①况：kuàng,临访。②薰风:和暖的风。指初夏时的东南风。《吕氏春秋·有始》："东南曰薰风。"③方华经文：经文之一种,疑是《大佛顶首楞严经正脉疏》。④广长舌相：佛三十二相之一。此相表示多生多世都不妄语。

刘婆井

【题注】【作者自注】宋慧应禅师母刘氏病渴,师卓锡而井泉出,故名，刘墓即在井旁。

    何年此卓锡①，传是宋时僧。
    母渴灵泉出，神通慧应称。
    远年几灭迹，吊古幸升陵②。
    多少名家冢③，尘封尚未能④。

【注解】

  ①卓锡：zhuó xī，卓，植立；锡，锡杖，僧人外出所用。因谓僧人居留为卓锡。②吊古：对着古迹怀念古人古事。升陵：建了陵墓，指在井旁建了刘婆墓。③冢：zhǒng，高大的坟墓。④尘封：搁置已久，被尘土盖满。这两句的意思是，多少名家的坟墓搁置已久了，却未能像刘婆这样升陵且受人凭吊。

清·张尚瑗（3首）

【作者简介】

  张尚瑗，字宏蘧，一字损持，号石里，江苏吴江人。康熙二十七年（1688）戊辰科进士，膺馆选，即假沐归里，终岁作汗漫游。久之，以庶常外调，终为江西兴国令。尚瑗才情藻逸，性尤嗜佳山水，工诗，多纪游之作，有《石里诗钞》《覆笥集》。初从朱鹤龄游，讲春秋之学，著《三传折诸》四十四卷。《瀫水志林》："张尚瑗，吴江人，翰林院检讨。"康熙四十三年至五十五年（1704-1716）任兴国知县。与信丰黄文澍、黄洪生（黄戴玄裔孙）交好，写了《信丰黄氏三家序》（黄闰、黄注、黄戴玄）。

信丰南山寺抔土巍然相传为吕汲公墓瞻拜敬题

【题注】吕汲公墓，在信丰南山金文寺右。志书载：宋太平兴国七年（982）邑人刘仁举建。宋哲宗因吕大忠请，许归葬。今一抔之土犹存，亦欲使过之者，得凭吊其孤忠亮节尔。抔土，póu tǔ，一捧黄土，借指坟墓。

乘帘元辅数关中①，正色誾誾②七尺躬。
已谢党争超雒蜀③，犹懼窜罚矫熙④丰。
百縑⑤不碍尊贤意，二井⑥长霑润物功。
归葬君恩青史在，故留疑冢重蚕丛⑦。

国事分明属二惇，反颜杨畏⑧又安论。
迢迢望阙郁孤路，历历镌碑端礼门⑨。
何处粉昆腾谤札，他时镱汉庆还辕⑩。
玉棺可是从天下，留取奇根话宿根。

【诗后作者原注】公在朝时，有僧募美槚（槚：jiǎ，茶树的古称）与之，既至信丰，僧迎之南山寺中，曰公物故在是，未几病殁，遂以殓。

【注解】

①乘帘：喻在朝廷任职。元辅：重臣。又专指宰相。关：重要转折点，不易度过的时机。②誾誾：yín yín，本义人发声。引申为说话和悦而又能辩明是非之貌。《论语·乡党》："朝，与下大夫言，侃侃如也；与上大夫言，誾誾如也。"朱熹集注："誾誾，和悦而诤

也。"③雒蜀：雒，luò，源于"洛"，古水名，发源于陕西，流入河南。西汉时置雒县，自古为争蜀的战略要地，有"雒蜀角争"之说。三国时刘备即因破雒城而得成都。④矫熙：矫，掩饰；熙，同"嬉"，嬉戏。此指宋哲宗即皇位，召大防为翰林学士，权开封府。有僧人骗取百姓资财，诉讼到朝廷。验证到实情，大防命令拘系成立狱案，在僧人住所施以杖刑，其他怀藏奸心者都逃走。⑤缣：jiān，本义双经双纬的粗厚织物，古时多用作赏赠酬谢之物，亦用作货币，还用作纸张。这里指不同议论，"百缣"即许多非议。⑥二井：吕大防进士及第，调任冯翊主簿、永寿县令。永寿县城没有井，居民要到很远的山谷去汲水，大防巡行近境，得到二泉，不到10天，疏导为渠，引水入城，百姓称之"吕公泉"。⑦蚕丛：又称蚕丛氏，古代神话传说中的蚕神，蜀国首位称王者。他是位养蚕专家，最早居住岷山石室中，后来为养蚕事业，率领部族从岷山到成都居住。夏桀十四年，夏桀派大将军扁攻打蚕丛和有缗氏，蚕丛对有缗氏说用美女让夏桀没有打仗的心情，夏桀被美女迷惑后，果然宣布回到朝廷。西周时期，蚕丛被其他部落打败后，其子孙后代逃到姚和巂（两地于今四川西昌一带）。这里的"蚕丛路"，即蜀道。李白《送友人入蜀》诗："见说蚕丛路，崎岖不易行。"⑧杨畏：史称"杨三变"，趋炎附势，变化无常，害人不少。吕大防、刘挚做宰相，都和杨畏交好，任用他为工部员外郎、监察御史，后又提拔为殿中侍御使。吕大防、刘挚政见不合，杨畏帮助吕大防攻击刘挚。刘被罢相，苏颂做宰相，杨畏又攻击苏颂。苏颂被罢相，杨畏以为苏辙可宰相而依附于他，知道苏辙不能做宰相，又上奏章诋毁他。宣仁太后死了，吕大防想任用杨畏为谏议大夫，范纯仁认为杨畏不是正直人，不同意，吕大防就调杨畏做礼部侍郎，等到吕大防被贬为宣仁太后的山陵使,杨畏立即背叛吕大防。⑨端礼门:位于天安门与故官之间,建于明永乐十八年(1420),是明清两朝礼仪重地。皇帝出巡、狩猎、祭祀等,离开皇宫出午门后,要先登上端门,祈求此行有吉祥美好的开端。待天安门外随行百官司整肃以待、黄土洒水铺路等仪式完毕,端门大殿内铜钟鸣响,皇帝一行才浩浩荡荡离开端门。皇帝归来时,亦先登上端门,待官内迎候的太监、嫔妃准备迎候整齐,然后敲响大钟进入午门,寓意一个历程圆满的终端。⑩纷昆:子孙后代以及兄弟、亲友。镴汉:镴(tiě),同"铁"。还辕:回车,此喻回到京都(朝廷)。

白华庵

【题注】白华庵,原在信丰县境内白石山中,现已不存在。

何年谈上品,嘉号被幽岑①。
静对曼陀相②,深关洁白心。
违颜③怆离兽,缺养④愧惟禽。
绕径繁花发,聊当朱萼寻⑤。

【注解】

①嘉号:美名;好名声。岑:cén,《说文》:"岑,山小而高也。"幽岑:本义僻静的小山。此处喻被隐埋。②曼陀:mán tuó,本为花名。传说为佛说法时,天雨之花,即曼陀罗,可为饰品。此借指佛。③违颜:旧谓敢于违反君王或尊长的威严。④缺养:缺乏教养。教养,表现在行为方式中的道德修养状况,亦指一般文化和品德的修养。⑤朱萼:zhū è,鲜艳的花萼;红花。《文选·束皙〈补亡诗〉之二》有"白华朱萼,被于幽薄"之句,李善注:"此喻兄弟比于华萼,

在林薄之中,若孝子之在翦众杂,方于华萼,自然鲜絜。"后遂以"朱萼"为孝子洁行之典。寻:寻常,平常。

暮经枫树庵入宿黄萝山

【题注】枫树庵,在信丰境夕阳岭,亦曰复古禅林,明嘉靖十一年(1532)建。登山三里许,皆行清樾(yuè,树荫)中,有庵曰薜萝,又名黄螺庵,亦嘉靖十一年建。

居山遂茹山[1],山僧乐难罄[2]。
松杉官税赊,茶笋斋粮剩。
喧幽鸟雀林,狎崄鼪鼯径[3]。
投栖一访之,苍霭天方暝。
偃柏与拔楠,虩虩泉鸣磴[4]。
双林[5]三里间,窈窕致殊胜。
采菽荇时鲜,错杂蔬盘饤[6]。
桂花何处发,客梦清屡醒。
晨钟悯吏劳,秋月窥禅定。
何时脱尘马[7],寂历戛孤磬[8]。
起行谢柴扉,阶莎[9]露珠凝。

【注解】

①茹山:茹,吃。②罄:qìng,本义器中空,引申出"全尽"义。难罄,难以全部言表。③狎崄:xiá xiǎn,狎:亲近、接近而态度不庄;崄,通假字,同"险"。鼪鼯:shēng wú,指鼪鼠与鼯鼠。比喻志趣相投的亲密朋友,亦是旧时对造反起义民众的称呼。此句意思是:走上造反的险途。④偃柏:倒下的柏树。拔楠:挺拔的楠木树。

虢虢:guó guó，此作象声词。⑤双林：本指释迦牟尼涅槃处，出自北魏杨炫之《洛阳伽蓝记·法云寺》："神光壮丽，若金刚之在双林。"借指寺院。唐·韩翃《题龙兴寺澹师房》诗："双林彼上人，诗兴转相亲。"⑥饤：dìng，饾饤，供陈设的食品。⑦尘马：本义指车马奔波，喻人世俗事。⑧戛孤磬：戛，同"嘎"，象声词。孤磬，孤独的磬声。⑨莎：草名，香附子。

清·周之鼎

【作者简介】

周之鼎，字友夏，信丰人。幼有文誉，邑侯延为诸子师，鼎"在署惟以课业讲习为务"。清康熙二年（1663）贡生，康熙辛酉（1681）膺岁荐廷试授举。著有诗文集四卷。

吊吕汲公墓

流火新占入鬼舆[①]，隆平遗烈荡无余。
何辜憨直情相贾[②]，不称怨尤罚骨纾[③]。
青史坐连扬诽语，纷昆几幸免爰书[④]。
首邱无复孤臣望，拜阙应知血满裾[⑤]。

【注解】

①舆：载灵柩的车。②贾：gǔ，《说文》："贾，市也。"本义做买卖，引申出招引、招惹。"憨直情相贾"，是说吕汲性情憨直，招

致憎恨。③"不称"句：愆尤，qiān yóu，罪过。罚骨，即埋葬尸骨。典出苏轼故事：因"乌台诗案"，苏轼下狱，生死未卜。等待最后判决的日子，其长子苏迈每天去监狱给他送饭。由于不能见面，父子暗中约好：平时只送蔬菜，如果有死刑判决消息就改送鸡肉，以便做好准备。一日，因银钱用尽，苏迈需出京去借，便将送饭的事委托朋友代劳，却忘记告诉他暗中约定之事。朋友送饭那天，给苏轼送了一只鸡。苏轼一见大惊，以为凶多吉少，极度悲伤地给苏辙写下两首诀别诗，其一是："圣主如天万物春，小臣愚暗自亡身。百年未满先偿债，十口无归更累人。是处青山可罚骨，他年夜雨独伤神。与君今世为兄弟，更结来生未了因。"两诗完成后交给狱吏，狱吏将诗呈神宗皇帝。神宗本就欣赏苏轼才华，没有将其处死的意思，只是想挫挫他的锐气。读到苏轼这两首绝命诗，神宗不禁为之折服，遂下令对苏轼从轻发落，贬为黄州团练副使。轰动一时的"乌台诗案"就此结束。纾：shū，《说文》："纾，缓也。"本义"延缓"，引申出"解除,排除"。这句意思是：吕汲不堪受罪，宁可以死（罚骨）来舒缓悲伤。④青史：切中历史要害。爰书：yuán shū，中国古代的一种司法文书，秦汉时通行。这两句的意思是：吕汲切中历史要害直言上书招来许多诽谤，所幸没有牵连子孙亲友。⑤首邱：即首丘，比喻归葬故乡，或指代故乡。拜阙：bài quē，向皇帝居住的宫阙叩拜，表示对皇上尊敬。裾：jū，衣服的前后襟，代指衣服。"首邱"二句的意思是，吕汲公在信丰去世后，埋葬在南山岭金文寺旁，不久，经皇上诏许，归葬故乡。

清·张执中（9首）

【作者简介】

张执中，字澹先，陕西保安人，举人，康熙三十八至四十八年（1699-1709）任信丰知县。继前任修学宫，倡建来星阁，代民奏销盐饷，康熙四十年（1701）主持纂修《信丰县志》。

信丰八景

花园早春

谁遣东风日夜传，娇红嫩绿酿晴烟。
繁华地绣拟金谷，图画天开妙辋川①。
声转千林寒未尽，香调百合气初还。
含情自遇阳春令②，莫谓青皇③雨露偏。

【注解】

①辋川：水名。诸水会合如车辋环凑，故名。在陕西蓝田县南，源出秦岭北麓，北流至县南入灞水。唐诗人王维曾置别业于此。《新唐书·文艺传中·王维》："别墅在辋川，地奇胜，有华子冈、欹湖、竹里馆、柳浪、茱萸沜、辛夷坞，与裴迪游其中，赋诗相酬为乐。"②阳春令：阳春时节。③青皇：即青帝，先秦祭祀的神。居东方，摄青龙。为春之神及百花之神，是中国古代神话传说中五帝（五方天帝）之一。掌管天下的东方，亦是古代帝王及宗庙所祭祀的主要对象之一。

竹桥夕照

玉虹高卧锁流澌①,夹岸琳琅泼翠枝。
一片波光明上下,半林残照影迷离。
锦纹滉漾云霞动,清渚②微茫水镜移。
寄语封姨③休鼓荡,渚边沙畔稳鸥鹚。

【注解】

①流澌:liú sī,本义江河解冻时流动的冰块,此指流水。唐·元稹《江陵三梦》诗之一:"寂默深想像,泪下如流澌。"②清渚:寂静水中的小块陆地。③封姨:又称封夷。古时中国神话传说中的风神。亦称"封家姨""十八姨""封十八姨"。

东禅晓钟

香雾细缊笼梵宫①,琉璃隐映画桥东。
翻残贝叶②僧方定,滴尽铜壶漏已终。
百八声催寒月白,三千梦觉晓曦红③。
却疑霜落丰山夜,清韵悠扬绕碧空。

【注解】

①细缊:yīn yūn,亦作"细氲"。形容云烟弥漫、气氛浓盛的景象。梵宫:佛寺。②贝叶:植物的叶片,经一套特殊的制作工艺制作而成,所刻写的经文用绳子穿成册,可保存数百年之久。此指贝叶经书。③百八:即108。佛家认为人的烦恼有一百零八种,谓之"百八烦恼"。三千:佛教语"三千大千世界",略称"大千世界"。

西湖月夜

清波澄澈锦城西,芦白蓼红拂岸低。
千顷汪洋秋气洁,一天沆瀣①露华凄。
银河影倒空垂练,玉魄②光分浅映溪。
载酒行游宵似昼,不须水底夜燃犀③。

【注解】

①沆瀣:hàng xiè,夜间的水汽,露水。②玉魄:月亮的别名。唐·春台仙《游春台》诗:"玉魄东方开,嫦娥逐影来。"③燃犀:燃犀牛角照看。有一则典故:东晋时期,温峤来到牛渚矶,见水深不可测,传说水中有许多水怪。温峤便点燃犀牛角来照看,看见水下灯火通明,水怪奇形怪状,有乘马车的,有穿红衣的。温峤晚上梦见一人恶意责怪不该用犀牛角火照。第二天因牙痛拔牙而中风,回到镇上不到十天就死了。后遂以"燃犀"等比喻能明察事物,洞察奸邪。

七里滩声

岸阔沙澄古渡头,江声澎湃涌中流。
浪花溅湿晴如雨,水气凝阴夏亦秋。
仿佛三春临禹蹟①,依稀八月怒阳侯②。
滔滔汨汩③风雷壮,瞬息青峰一叶舟。

【注解】

①禹蹟:亦作"禹跡"。相传夏禹治水足迹遍于九州,后因称中国的疆域为禹跡。《左传·襄公四年》:"芒芒禹跡,画为九州。"又指夏禹治水的业绩。北周·庾信《周宗庙歌》之六:"功参禹跡,德赞尧门。"这里用的后一义。②阳侯:古代传说中的波涛之神。《战

国策·韩策二》:"塞漏舟而轻阳侯之波,则舟覆矣。"③汩汩:汩,yù,疾行。《楚辞》:"汩余若将不及兮,恐年岁之不吾与。"王逸注:"汩,去貌,疾若水流也。"汩汩,水急流的样子。浽:féng,象声词,水声大。

五团仙迹

仙人幻化自何年,团石遗踪今古传。
气息风霜临水次①,枕流日夜卧江边。
支分衡岳芙蓉嶂,派衍匡庐瀑布泉②。
九转③丹成谁氏老,荒唐一局几桑田。

【注解】

①水次:水边。亦指船只泊岸之处,码头。②颔联、颈联:写二仙对弈情景。③九转:道教谓丹的炼制有一至九转之别,而以九转为贵。

谷山积翠

中天砥柱势凌霄,俯视桃江若带飘。
地脉流通滋朴梂①,山灵荫樾发琪瑶②。
红霞碧蔼千峰幻,雨态云姿万壑招。
缥缈青浮河汉影,晴空百里望岧峣③。

【注解】

①朴梂:朴(pò),榆科落叶乔木。梂(yú),一种丛生有刺的小木。②樾:yuè,路旁遮阴的树。琪瑶:琪花瑶草。原为古人想象中仙境的花草,后也形容晶莹美丽的花草。③岧峣:tiao yao,山高貌。

桃水拖蓝

潆抱[1]江城绿一湾,浓荫深护听潺湲。
浪花不卷鱼吹静,树色层堆鹭[2]步闲。
碧映晴空清濯月,翠连芳草黯涵山。
画船萧管人归尽,杨柳青青落照间。

【注解】

①潆抱:即萦抱,环抱。三国·魏·嵇康《琴赋》:"澹乎洋洋,萦抱山丘。"②鹭:为大中型涉禽,主要活动于湿地及林地附近,是湿地生态系统中的重要指示物种。

游谷山作

林下轻风蹙[1]水纹,暂携吟屐避尘氛[2]。
肩舆[3]小队原无扰,薄酒佳蔬亦自醺。
路转忽惊飞白练,坡平偏喜亘黄云。
山禽漫唤游人住,西崦俄看翳夕曛[4]。

【注解】

①蹙:cù,皱,收缩。②吟屐:南朝谢灵运的典故,史传他"寻山陟岭,必造幽峻。尝著木屐,上山则去其前齿,下山去其后齿"。"携吟屐"的意思是,像谢灵运一样穿着木屐寻山陟岭。尘氛:尘俗的气氛。③肩舆:即轿子,一种肩膀抬的骄子。起初只作山行工具,后来平路也以它代步。初期的肩舆为二长竿,中置椅子以坐人,其上无覆盖。《资治通鉴》:"导使睿乘肩舆,具威仪。"胡注:"肩舆,平肩舆也,人以肩举之而行。"后来,椅子上下及四周增加覆

盖遮蔽物，其状有如车厢（舆），并加各种装饰，乘坐舒适。这种轿子称"轿舆"。抬轿人数因轿子的种类而异，少则二人，多则数人，清代有"八抬大轿"，用八个人抬，是高级官员乘坐的。④崦：yān，古代指太阳落山的地方，如"日薄崦嵫"。曀夕曛：曀，yì，光线暗弱。曛：xūn，《说文》："曛，昏，日冥也。"本义黄昏，日已下沉。

清·刘弘钧

【作者简介】

刘弘钧，字沧石，湘潭人，举人，康熙四十九至五十年（1710-1711）信丰知县，卒于官。

东郊劝农① 历武山诸胜

【题注】劝农，勉励农民依据季节及时耕作。武山，在县东五十里，层峦列岫，望若屏障，而石磴幽僻，人迹罕至。相传唐代武氏之族避地于此，因名。

> 虔南气候殊，三月秧早莳。
> 行行②出东门，廿里山岚腻。
> 因坡治为田，密比排雁翅。
> 笠斜纷主伯，饷饁走妇稚。
> 悯然念民劳，有怀愧抚字③。

举头讶屏立,武山浮积翠。
昔闻武氏族,避跡在斯地。
空闻涧口松,偪仄足难跂④。
右旋入霍夹⑤,剑戟森排比⑥。
胶粘欲堕石,俯仰令心悸。
逦迤来绵山,山下众泉委⑦。
濬⑧为绵江源,湍激若云驶。
幽兴未终极,红日忽西坠。
山花映归步,农唱尚娓娓⑨。
茫然一回首,绝声孤松倚。

【注解】

①劝农,是汉代以来地方官员的职责。司马迁《史记·文帝纪》:"其于劝农之道未备,其除田之租税。"晋代更是上级考察地方官员政绩的一项首要内容。西晋·束皙《劝农赋》:"惟百里之置吏,和区别有异曹;考治民之贱职,美莫当乎劝农。"唐·房玄龄等撰《晋书·职官志》:"郡国及县,农月皆随所领户多少为差,散吏为劝农。"②行行:xíng xíng,不停地前行。③抚字:谓对百姓的安抚体恤。《北齐书·封隆之传》:"隆之素得乡里人情,频为本州,留心抚字,吏民追思,立碑颂德。"④偪仄:bī zè,密集。跂:qǐ,赣方言"站"的意思。⑤霍夹:霍,huò,"双"。霍夹,即双夹。⑥森排比:森,严整地;排比,依次排列。⑦委:水的下流。⑧濬:jùn,幽深。⑨娓娓:动听貌。

清·章履成

【作者简介】

章履成,浙江会稽人,江西提刑按察使司分巡赣南副使。为康熙五十八年《信丰县志》写了叙。

乌漾滩歌

君不见,乌漾滩,日夜噜吰泻急湍。上滩下滩水数尺,舟行不行碍沙石。百折清溪抱山根,千顷奔流骇地坼①。桃水兼水水势高,溯流欲上乘小舠②。直骇回波飞素练,复惊触石喧洪涛。须臾新月照云壑,月色侵舷风卷幕。寒缸消焰无人声,欹枕③不眠听水落。

【注解】

①地坼:dì chè,地裂。语出《礼记·月令》:"仲冬之月……冰益壮,地始坼,鹖旦不鸣,虎始交。"②舠:dāo,小船。③欹枕:欹,qī,通"倚",斜倚,斜靠。欹枕,即斜倚枕头之意.

清·吴佳骐

【作者简介】

吴佳骐,字晋绮。江苏吴江县(现是苏州的一个区)人。

古株山

【题注】旧志载:古株山,在县西100里,村名蕨坎,石色苍黝,壁立数十仞,竹树阴翳,溪涧琮琤(cōng chéng),颇有幽趣。

品山不必奇,石色生瘦皱[①]。
镰尽肥与浓,价乃万金购。
虔山多嶕峣,颇逊吾吴秀。
兹峰虽一拳,同源忽异构。
青壁堆珑玲,苍纹罗篆绣。
竹树缭绕之,碧涧喧左右。
舍舆憩其麓,逃暑如脱疚。
茶亭解午渴,溪彴[③]踏飞溜。
冉冉樵妇群,花鹑髻光黝[④]。
对此欲忘倦,幽鸟正啼昼。
恨不遭阿章[⑤],攫之入怀袖[⑥]。

【注解】

①瘦皱:产于安徽灵璧的灵璧石、江苏太湖的太湖石、江苏昆山的昆石和广东英德的英石号称中国古代四大名石。北宋书法家、文物鉴赏家、赏石大家米芾通过对四大名石的鉴赏研究,总结出观赏石的"瘦、漏、皱、透"特征,于是我国古代石雕艺术也通过"瘦、皱、漏、透"特点展现:瘦——明晰精干之美;皱——曲折生动之美;漏——留白绵延之美;透——深刻澄明之美。这里的"瘦皱",即指古株山石瘦皱之美。②镰:锋利的棱角。③溪彴:xī zhuó,溪涧的独木桥。④鹑:chún,凤凰类神鸟。《山海经·西次三经》:"有鸟焉,其名曰鹑鸟,是司帝之百服。"作者用花鹑来比喻樵妇们。⑤阿章:

对北宋书画家米芾的昵称。米芾字元章，故称。宋·黄庭坚《戏赠米元章》诗之二："虎儿笔力能扛鼎，教字元晖继阿章。"⑥攫之入怀袖：把古株山的美景画下来，藏于怀袖之中。

清·黄裳（7首）

【作者简介】

黄裳，字青樵，号厚庵，信丰人，贡生。

铁鼓歌

【题注】铁鼓，在信丰东禅寺钟楼，大如车轮，四周铸字，皆梵语。寺有铜钟，与鼓齐鸣，声闻百里。后移钟别寺，舟过黄甲山下，钟跃入水中，泅觅不可得，遂名其地为钟井。鼓亦击不成声，神物失偶故也。旧传寺中开井，掘地得铁鼓，有铜观音像，高六尺余，坐其上，铜钟覆焉。《铁鼓歌》体式上属于散曲。

非铁非鼓，是鼓是铁。欲扣鼓，须扣佛①，扣鼓无声佛不答。扣鼓有声击用急，一击众生解脱齐发妙耳门②，再击一千二百五十沙门集③。如是更三通通通，通入龙王宫。龙宫开，龙王来，献珊瑚，呈玫瑰，金沙银草拥莲台，天花灿烂落瑶阶，天女拂袖舞双回。楼阁备现阿罗排④，祥云纟曼缦桃水隈④，我歌哗缓且莫咍⑤，此鼓数百岁兮蒙尘埃。

【注解】

①扣佛：即叩佛，拜佛。②妙耳门：佛教经义之一。《楞严经》卷六："尔时观世音菩萨即从座起，顶礼佛足而白佛言：由我所得，圆通本根，圆通大士发妙耳门，然后身心微妙含容，遍周法界，能令众生，持我名号。"后因称观音为"圆通大士"。③沙门（英文 Shramana）：意为勤息、息心、净志，是对非婆罗门教的宗教教派和思想流派的总称。集：自己不添加，只采取原著。④阿罗排：十八阿罗汉的牌位。阿罗即佛教传说中十八位永住世间、护持正法的阿罗汉，由十六罗汉加二尊者而来，均为释迦牟尼的弟子。十六罗汉主要流行于唐代，至唐末开始出现十八罗汉，宋代则盛行十八罗汉。④糺缦：jiū màn，亦作"纠漫"。纤缓缭绕貌。《古诗源·卿云歌》："卿云烂兮，糺缦缦兮。"隈：wēi，山水等弯曲的地方。⑤啴：tǎn，喘息。哈：hāi，笑，如拊掌欢哈。

信丰塔

【题注】信丰塔，即今大圣寺塔。

不识何年肇建初，九层高峻势凌虚①。
有形那得真无影，可笑传讹尽信书②。

【注解】

①凌虚：升向高空。②这是说，信丰塔在太阳光下没有塔影，是人们光信书本上错误记载的错误传言，真可笑。

信丰竹枝词四首

郭外春山似画屏,原头晴日走娉婷①。
东郊西陌无桑柘,少妇凝妆爱踏青。(春)

艾叶榴花贴翠翘②,女儿葛细赛鲛绡③。
出城趁看龙船好,十走东桥十北桥。(夏)

谷熟家家保吉祥,祈神端的要矜莊④。
七姑拜了月姑拜,又看阿郎拜九皇⑤。(秋)

看看岁暮了年华,人在江南不忆家。
侍户望欢欢不见,门前晴日晒梅花。(冬)

【注解】

①原头:原野;田头。娉婷:pīng tíng,姿态美好貌。②翠翘:古代妇人首饰的一种。状似翠鸟尾上的长羽,故名。白居易《长恨歌》:"花钿委地无人收,翠翘金雀玉搔头。"③葛细:用葛丝做的表面有花纹的纺织品。鲛绡:jiāo xiāo,传说中鲛人(海滨的人)所织的绡,是一种独特的衣服,"南海出鲛绡纱,入水不濡"。亦泛指宫中美人跳舞时所穿的衣服。④矜莊:jīn zhuāng,严肃庄敬。《荀子·非相》:"谈说之术:矜庄以莅之,端诚以处之。"⑤七姑:古时候民间信仰的神明。民间认为其主厕事,兼司问咎祸福,占妇女之事。月姑:民间传说的月亮上的嫦娥。九皇:即九皇大帝,又称九皇爷、九王爷,为道教传说的星神,是北斗七星星君(贪狼、巨门、禄存、文曲、廉贞、武曲、破军)加上左辅、右弼两星君的合称。源于古代中国人民对星辰的崇拜。

赣城七夕词

【作者自注】郡中最事七姑神,以七月七日为神诞期,妇女多剪纸鞋挂神座左右。

花簪茉莉晚妆宜,正是相逢乞巧[①]时。
细剪弓鞋联对对,当宵趁送七姑祠[②]。

【注解】

①乞巧:旧时风俗,农历七月七日夜(或七月六日夜),穿着新衣的少女们在庭院向织女星乞求智巧,称为"乞巧"。起源于汉代,东晋葛洪《西京杂记》有"汉彩女常以七月七日穿七孔针于开襟楼,人俱习之"的记载。乞巧的方式大多是姑娘们穿针引线验巧,做些小物品赛巧,摆上些瓜果乞巧,各个地区的乞巧方式不尽相同,各有趣味。近代的穿针引线、蒸巧馍馍、烙巧果子、生巧芽以及用面塑、剪纸、彩绣等做成的装饰品等是乞巧风俗的延伸。②七姑祠:又叫七姑庙,在赣州龙湖井巷东段,相传是为祭祀唐代虔州刺史李渤之女而建。

清·黄虞(3首)

【作者简介】

黄虞,1654-1709年,字耕山,号渔舫,拔贡士。父黄一爵于清初时曾率乡兵平粤乱有功,受封官而不就,以耕读教子为乐。黄虞年少时想到家世农田,非自励于学无以发身,于是奋发攻读,箪灯夜诵，常通宵达旦而不知觉。心慕范文正公（范仲淹），以之自任。才志闻于乡里，后相交于南昌吴门张大受，志相得，被引见于韩元少（别字慕庐，累官礼部尚书，以文章名世），荐入太学，却因病未能参加会试。归乡后，教授于里邑，从学者数十百人。由于黄虞的倡导和身教，信丰文化落后的状况有所改观，文学之士脱颖而出。黄虞"少遇高人，授以天文地理之学"，自小致力于研究理学，尊朱而贬陆，为学亦尊朱而黜陆，诗、易之学则得于老父为多。一生著有《墨耕堂集》《地理统宗选》《明五大家钞》《明四大家钞》。乾隆元年（1736）以孙世成赠承德郎礼部主事。黄虞诗文颇具浩然之气，纵情家乡山水，于山水之间显其胸襟、气概，得其文而抒其志。归乡教授之时"所至必率门人子弟穷岩壑之胜，或夜深，从者色倦，而君长啸星月中，益浩然自得"。

来星阁落成

【题注】来星阁，在县东七里。明天启乙丑（1625）知县蔡自强重建，与邑人会觞咏其上曰香山社。康熙三十八至四十八年（1699–1709）信丰知县张执中《重修来星阁碑记》写道："邑治北沿江而下有来星阁，面山临水，孤耸如星，因名焉"，"基创明神宗之癸丑（1613）而成于熹宗乙丑（1625），邑令蔡公自强者也。"顺治"戊子（1648）毁于兵废"。康熙壬午（1682）知县张执中追复旧址，累石为台，高六尺，建崇阁于上，桃江比注，为中流一柱。

　　　　新阁巍巍高岸巅，迥凌桃浪架翚骞[①]。
　　　　鼍鳌正向南河[②]躍，詹铎[③]平临北斗悬。
　　　　拂袖欲鞭秦帝石[④]，横眸直瞰楚江[⑤]天。
　　　　腾空好捉青莲月[⑥]，摘得丹枝向水燃。

【注解】

①迥:jiǒng,同"迥",高。翚骞:翚,huī,五彩山雉(锦鸡)。《诗·小雅·斯干》:"如鸟斯革,如翚斯飞。"郑玄笺:"翚者,鸟之奇异者也。"骞:qiān,《广雅》:"骞,飞也。"②甍:méng,房屋,屋脊,屋脊之巅。甍鳌,屋脊上的鳌形装饰物。南河:南河三星,在天汉之南,是春季星空的代表星座。③簷铎:yán duó,即檐马,也名"铁马""风铎",是现代风铃的前身,起源于古代的占风铎,主要用于占卜,也有用它判断风向的。④秦帝石:秦始皇统一六国后巡行各地时所立记功刻石。据《史记·秦始皇本纪》载,共有峄山、泰山、琅琊、芝罘、东观、碣石和会稽等七石,内容均赞颂秦始皇的统一事业。相传为李斯所书,为小篆字体。⑤楚江:即长江。春秋时楚国发祥于长江流域的湖北、湖南,之后东进,至战国相继灭了长江流域各国,占据了整个长江流域,故古人亦称长江为楚江。这里的"楚江天"指古时的楚国。⑥青莲月:青色莲花一般青白分明的月亮。

乌漾滩

【题注】乌漾滩,在信丰县城西北约15公里的桃江里,俗称五羊滩。昔时河道陡窄,礁石嶙峋,急流汹涌,险于航行。20世纪50年代,礁石被炸,水势变得平缓。

铁石乱峰屯,高低束水门。
翠屏双嶂夹,雪浪一沟奔。
不看飞涛壮,谁知异景存。
舟虚元利涉①,险易信乾坤②。

【注解】

①元利涉：元，原本；涉，渡过。元利涉，原本为利而渡。②乾坤：乾、坤均为八卦之一，此代八卦。此诗前4句描写乌漾滩之险峻：铁石乱峰屯集于河床，高高低低束缚着水流；河两岸翠屏夹嶂，一河急流奔涌掀起层层雪白的浪花。5、6句评述这里的飞涛很大很猛，是别处少有的"异景"。末两句写舟船空虚是为利而渡，滩很险峻让人容易相信八卦。全诗以雄峻的笔力对乌漾滩的雄奇奥异之景描绘极为真切，用词有力而传神，显现了作者于山水之间得浩然之气的品性。

赣江

彭水通湖汉①，章流合贡津。
编排鸠木客②，怖浪祷江神。
市闹龙船鼓，山逢赣巨人③。
从来称秀异，云壑好投纶④。

虽非天险地，锁钥控双关。
粤马时逾峤，闽帆直趣⑤湾。
江烟磷火湿，城藓血痕斑。
愁说干戈际，方欣耕牧闲。

【注解】

①彭水：即桃江。黄世成《桃江说》："余考邑中桃江即古之梦水，梦水即古之彭水也。……《汉书》注云：'南壄有彭水，东入湖汉。'"湖汉：古水名。《汉书·地理志》所载湖汉水，指今赣江

干流及其上源贡水;《水经注》所载湖汉水亦指今赣江上源的贡水。②鸠:jiū,聚。《尔雅·释诂》:"鸠,聚也。"木客:传说中的深山精怪,实则可能是久居深山的人,因与世隔绝,故古人多有此附会。《太平御览》卷八八四引晋·邓德明《南康记》:"木客,头面语声亦不全异人,但手脚爪如钩利,高岩绝峰然后居之。"③赣巨人:据《禹贡》《山海经》《左传》及郭璞《山海经注》等文献记载,赣巨人为赣南最早的居民,也称"赣虞人",有关赣巨人的传说一直被蒙上一层神秘色彩。另据方苞《黄耕山墓表》记黄虞云:"尝游鸦山,途遇老人,异之,与语,留旬余,终不道姓名,后每自称诗、易之学得于老父为多。"大概也与此有关,足见黄虞追慕幽深的意趣。④投纶:垂钓。《列子·汤问》:"投纶沉钩,手无轻重,物莫能乱。"⑤趣:《说文》"趣,疾也。"通"趋":趋向,奔向。

  本诗简短几句把赣江的源流、样貌气势、地理位置及周边的人文环境描写得极清楚,同时寄寓了作者的趣意及感慨:"市闹龙船鼓,山逢赣巨人;从来称秀异,云壑好投纶",表现了作者追慕幽深神秘,寄意山水的志趣。而"江烟磷火湿,城藓血痕斑;愁说干戈际,方欣耕牧闲"又对曾有的战乱扰乱人民的耕居,带给人民痛苦极有感慨,深为痛斥;而对欣欣向荣的耕牧之图极尽喜爱之情,愿景安享耕读为乐的生活。

清·张瀚（14首）

【作者简介】

张瀚，字濑如，号北屏，北京大兴人，赣县知县。从诗句"何堪两邑符"看，他曾兼职主管信丰县务，故康熙五十八年（1719）主持编修了《信丰县志》。

岁暮由信丰回赣县道中作

仆仆频行役①，长途岁已残②。
云深山路暗，雪逼笋舆③寒。
不厌风霜苦，尝怀抚字④难。
殷勤谢父老，为我进朝餐。

自愧才疏拙，何堪两邑符⑤。
只图矢⑥勤慎，或可免追呼。
耕凿⑦遍村落，朝昏逐道途。
看他民力好，瘠土未荒芜。

【注解】

①行役：xíng yì,旧指因公务而出外跋涉。《诗·魏风·陟岵》："嗟！予子行役，夙夜无已。"②岁已残：剩下的年岁已不多。③笋舆：sǔn yú，舆泛指马车。笋舆即竹舆，指竹轿子。王安石《台城寺侧独行》诗："独往独来山下路，笋舆看得绿阴成。"④抚字：谓对百姓的安抚体恤。⑤符：古代朝廷传达命令或征调兵将用的凭证,此指印章。"两邑符"，

两县的印章,即掌控两县的权力。⑥矢:shǐ,通"施",施行。《诗·大雅·江汉》:"矢其文德,洽此四国。"⑦耕凿:gēng záo,耕田凿井。语出古诗《击壤歌》:"日出而作,日入而息,凿井而饮,耕田而食,帝力于我何有哉?"后常用"耕凿"形容人民辛勤劳动,生活安定。这里是后义。

桃江八景诗

【题注】这是张瀚为康熙五十八年《信丰县志》题写的配画"信丰八景"诗,诗后字"己亥秋大兴张瀚题"。己亥,系公元1719年,即康熙五十八年。

花园早春

李白桃红逐暚风①,春光占断上元②中。
虔南景物由来早,好趁晴郊放玉骢③。

【注解】

①暚风:暚,nuǎn,亦作暖,温也。②上元:指正月十五。唐代以一、七、十月之十五日分称上元、中元、下元,上元祭天官,中元祭地官,下元祭水官。③玉骢:即玉花骢,泛指骏马。

竹桥夕照

一带衔山落日伍①,石梁横影淡烟迷。
归来樵牧何妨晚,隐隐歌声渡水西。

【注解】

①伍:dī,古同"低"。

东禅晓钟

昏黄月落影参横,日日钟声向晓清①。
我路寻诗来白社②,岸东望去水云平。

【注解】

①向晓清:临近拂晓清脆响亮。②白社:洛阳一巷名,在今洛阳东。《晋书·隐逸传》:"董京字威辇,不知何郡人也。初与陇西计吏俱至洛阳,被发而行,逍遥吟咏,常宿白社中。"后以白社指隐士居所。

西湖月夜

荡漾湖光萧瑟秋,银澹①斜影淡烟收。
何须忠火燃犀照②,澄澈鱼龙静水浮。

【注解】

①银澹:银色的水波。②忠火:忠通"中",适中。燃犀照:点燃犀牛角来照看。有一历史典故:东晋时期,温峤来到牛渚矶,见水深不可测,传说水中有许多水怪。温峤便点燃犀牛角来照看,看见水下灯火通明,水怪奇形怪状,有乘马车的,有穿红衣的。温峤晚上梦见一人恶意责怪不该用犀牛角火照。第二天因牙痛拔牙而中风,回到镇上不到十天就死了。后遂以"燃犀"等比喻能明察事物,洞察奸邪。(《异苑》卷七)

五团仙迹

怪石蹲歌①果碧流,数参天地几径秋。
何年蓬峦还飞去,岸草汀花情旧游。

【注解】

①蹲歌：蹲，蹲踞，一般指临下而蹲坐状。蹲歌，怪石蹲踞水中，使水流发出如歌般的声响。

七里滩声

水石喧豗①雪作堆，长年喷薄若奔雷。
轻舟宛转随流下，仿佛瞿塘滟滪②来。

【注解】

①喧豗：xuān huī，形容发出轰响，也指轰响声。②瞿塘滟滪：瞿塘峡雄踞长江三峡西之首，亦称夔峡，西起白帝城，东至巫山大溪镇，以其雄伟壮观而著称。滟滪，yàn yù，即滟滪堆，指水中的大石块、大石堆。李白《长干行》诗："十六君远行，瞿塘滟滪堆。"宋·王谠《唐语林·补遗四》："大抵峡路峻急，故曰：'朝离白帝，暮宿江陵。'四月、五月尤险，故曰：'滟滪大如马，瞿唐不可下；滟滪大如牛，瞿唐不可留；滟滪大如襆，瞿唐不可触。'"

谷山积翠

拔地摩空摠不齐①，如螺如黛影偏迷。
何时峰顶频搔首，望去齐州九点低②。

【注解】

①摩空：接于天际。摠：zǒng，同"总"。②齐州九点：齐州，指中国。俯视九州，小如烟点。唐·李贺《梦天》诗："遥望齐州九点烟，一泓海水杯中泻。"

桃水拖蓝

莹莹潆潆似湲①油,渚蒲岸柳争相浮。
轻风吹起鞾纹韧②,惯向春波闻鸭欧。

【注解】

①湲:yuán,水流声。②鞾纹韧:xuē wén rèn,鞾纹,亦写作鞾文、靴纹。本义指靴皮的花纹,引申形容细波微浪。苏轼《游金山寺》诗:"微风万顷鞾文细,断霞半空鱼尾赤。"韧,同"韧",柔软。鞾纹韧:细波微浪非常柔软。

游南山作

石磴迂回上,清阴①望不分。
林深长蔽日,山僻欲生云。
劫火余残寺,荒碑访古坟②。
纵观来绝顶,群岫乱斜曛。

【注解】

①清阴:谓天气阴凉。②荒碑访古坟:在荒碑处寻找、拜谒古人的(吕汲)坟茔。

谒吕汲公墓

【题注】吕汲,名大防。《宋史·吕大防传》:"大防字微仲,蓝田人。皇祐初,擢进士第。元祐二年(1087),拜尚书右丞,进中书侍郎,封汲郡公。""绍圣四年(1097),遂贬舒州团练副使,安置循州。至虔州信丰而病,遂薨,年七十一。"吕汲逝世后,安葬

在信丰南山金文寺右。【乾隆十六年《信丰县志》把此诗列于张瀚名下】

>万里南荒窜①，孤忠逐旅魂②。
>君恩已归葬，此地墓犹存。
>断碣莓苔合，空山狐兔蹲，
>春风寒食③近，吾欲奠椒罇④。

【注解】

①窜 cuàn，放逐。南荒窜：被放逐到南方荒野之地。②旅魂：客死他乡者的阴魂。③寒食，即寒食节,亦称"禁烟节""冷节""百五节"。在农历冬至后105日、清明节前一或二日。这一日，禁烟火，只吃冷食，故叫作"寒食节"。后世逐渐增加祭扫、踏青、秋千、蹴鞠、牵勾、斗卵等风俗。寒食节绵延两千余年，曾被称为民间第一大祭日。④椒罇:jiāo zūn。椒，椒酱酒。罇，类似酒壶的酒器。中间可点火对器中的酒加热。这句的意思是：我想用酒壶提着椒酒祭奠吕汲公。

午日信署小集同叶素我林严次裴诸君子次秋林韵

【题注】午日：指端午，即农历五月初五日。信署：信丰官署。小集：小型聚会。

>又看令节聚山城，且喜今朝案牍消。
>当午名流环席上，隔帘榴火①透窗明。
>难胜蕉叶杯空把②，各写蛮笺兴转生③。
>饮罢倚栏看日落，微风吹出暮云轻。

【注解】

①榴火：形容石榴花红艳似火。②【作者自注】"余不善饮"。③【作者自注】"时诸君子当席命韵"。

桃江留别

半载琴堂叠唱酬，漫言山水足够留。
惭无惠爱群黎遍，最美桑麻四境稠。
云树望中灵麓岫①，秋风江上木兰舟②。
怀人不尽依依意，明月桃江寄旧游。

【注解】

①麓岫：lù xiù，麓，山脚下；岫，山。灵麓岫，指漫山遍野充满生气。②木兰舟：用木兰树造的船。南朝·梁·任昉《述异记》卷下："木兰洲在浔阳江中，多木兰树。昔吴王阖闾植木兰于此，用构宫殿也。七里洲中，有鲁般刻木兰为舟，舟至今在洲中。诗家云木兰舟，出于此。"后常用为船的美称，并非实指木兰木所制。

舟泊乌漾滩同叶秋林看月

【题注】乌漾滩，在桃江由信丰出赣县处。叶秋林，人名。

一片桃江月，同君静夜看。
光分山影乱，凉透露草团。
渔火隐汀渚①，波声响石滩。
凉风起天末，自觉葛衣单②。

【注解】

①汀渚,拼音是 tīng zhǔ,水中小洲或水边平地。唐·高适《自淇涉黄河途中作》诗之二:"清晨泛中流,羽族满汀渚。"②葛衣:用葛布制成的夏衣。《韩非子·五蠹》:"冬日麑裘,夏日葛衣。"

清·严煐(2首)

【作者简介】

严煐,号养斋。浙江嘉兴人。

游南山寺

清和景物佳,驾言①南山游。
出郭向晴郊,和风吹麦秋。
山路转荦确②,野鸟鸣钩辀③。
花宫藏竹树,深僻径自幽。
钟鱼寂无闻,云烟任去留。
当门揖老衲,瀹茗④效酢酬。
惜哉布金地,榛莽荒林丘。

【注解】

①驾言:驾,乘车;言,语助词。驾言,指代出游,出行。《诗·邶风·泉水》:"驾言出游,以写我忧。"②荦确:luò què,怪石嶙峋貌。韩愈《山石》诗:"山石荦确行径微,黄昏到寺蝙蝠飞。"③钩辀:

gōu zhōu，本指鹧鸪鸣声。欧阳修《送梅秀才归宣城》诗："罢亚霜前稻，钩辀竹上禽。"亦做象声词。形容某些鸟的声音。④瀰（mǐ）茗：瀰，水满。瀰茗，即大碗喝茶。

午日集信丰官舍次叶秋林韵

葵榴今又放江城，况复佳时风日清。
座上绿樽①招客集，楼前翠岫列窗明。
浴兰悬艾②情依旧，痛饮狂歌兴自生。
莫惜天涯羁旅久，乡心③都向醉中轻。

【注解】

①绿樽：亦作"绿尊"，酒杯，这里代酒。②浴兰悬艾：端午的习俗。《初学记》卷四岁时部下转《大戴礼》曰：五月五日，蓄兰为沐浴。《楚辞》曰：浴兰汤兮沐芳蕙。宗怀《荆楚记》曰：五月五日，荆楚人并蹋百草，采艾以为人，悬门户上，以攘毒气。③乡心：xiāng xīn，思念家乡的心情。唐·刘长卿《新年作》诗："乡心新岁切，天畔独潸然。"

清·叶方时（12首）

【作者简介】

叶方时，南昌人，明经（明、清时贡生的别称）。

送张北屏明府兼摄信丰

【题注】兼摄,谓本职外同时代理其他职务。叶方时送张北屏来信丰兼职代理令尹(知县)。

京畿才具美无霍①,盛业应知继曲江②。
政本循良元气聚,人安养息俗风庞③。
但将邑事如家事,不问邻邦是我邦。
试看民情拨乱迩④,遮舆⑤道上喜争扛。

【注解】

①霍:huò,《康熙字典》注:《字彙補》与雙(双)同。②应知继曲江:是说张北屏应当继续任曲江知府。由此推断,他任曲江知府同时代理信丰知县。③庞:《说文》,"庞,高屋也。"本义高屋。这里指民俗民风淳厚,且人多面广。④迩:ěr,《说文》,"迩,近也。"本义近。拨乱迩:即最近(很快)能拨乱反正。⑤遮舆:遮,同"庶",shù,众多。遮舆,即众多轿子。"道上争喜扛",是说张北屏来信丰履职若能向上面所说的,就会出现沿路众多轿子喜洋洋地争着抬的景象。

同北屏明府家秋林赴信丰

【题注】题意是同张北屏家人张秋林一同前往信丰。

一时心目喜双清①,郭外青山面面迎。
碧玉筛风②笋有节,黄金布地麦初成。
太平景象丰年兆,襦袴讴歌③两境争。
天付闲人多物色④,虔南虔北看花行⑤。

【注解】

①双清：思想及行事皆无尘俗气。杜甫《屏迹》诗之二："杖藜从自首，心迹喜双清。"仇兆鳌注引杨守阯曰："心迹双清，言无尘俗气也。"②碧玉筛风：碧玉，实为碧竹；筛风：竹子摇曳卷起清风。③襦袴讴歌：即襦袴歌。襦袴，rú kù，短衣和裤子。襦袴歌，指对官吏惠民德政的称颂。典出《后汉书》卷三十一《廉范传》：廉范做蜀郡太守，废除禁止百姓夜间点灯做事的制度，老百姓用《五绔歌》来歌颂他的功绩，后遂用"襦袴歌"作为称颂地方官吏施行善政之词。④物色：风物；景色。⑤作者注：信丰在岭之南。

赴信丰度牛轭岭

【题注】牛轭岭在哪里，《信丰县志》没有记载。

崇卑①路不定，平地复升天。
听水千寻②涧，牵云万仞③巅。
仙霞入想像，梅岭会诗篇④。
牛轭真名胜，天留待我传。

【注解】

①崇卑：亦作"崇庳"。高低，高下。韩愈《进学解》："商财贿之有亡，计班资之崇庳。"②寻：中国古代一种长度单位，八尺为一寻。《说文》："度人之两臂为寻，八尺也。"这是说"寻"相当于一个人两臂张开的长度。③仞：rèn，也是古代长度单位。《说文》："仞，伸臂一寻。"也是人伸开两臂的长度，与"寻"相同。不过对于"仞"到底有多长，古书上说法不一，有说八尺者，也有说七尺者。有人认为"仞"字从"人"，是由于"仞"所表示的是一人高；

也有人认为一人加一把护身刀剑的长度就是"仞"。④作者注：二地予经历处。

立夏呈北屏明府

【题注】作者于立夏日写给知县张北屏的诗。

谢豹啼残叫郭公①，春风吹尽换薰风。
庭前箨解②皆成竹，道上花飞任转蓬③。
煮酒青梅④人莫识，云成苍狗⑤画难工。
何时同鼓登临舆⑥，览秀城楼望不穷。

【注解】

①谢豹：鸟名。即子规。亦名杜宇、杜鹃。《禽经》："嶲周，子规也，啼必北向。江介曰子规，蜀右曰杜宇。"晋·张华注："啼苦则倒悬於树，自呼曰谢豹。"郭公：布谷鸟的别称。布谷鸣声如呼"郭公"，故称。《禽经》："郭公，鸟名，即布谷也。"徐珂《清稗类钞·动物·布谷》："布谷，一名鸤鸠，又名郭公，绝类杜鹃，而体较大。"②箨：tuò，竹笋外层一片一片的皮，即笋壳。箨解：笋壳脱落。③转蓬：随风飘转的蓬草。比喻飘零无定：一生漂泊，犹如转蓬。④煮酒青梅：三国时，董承约会刘备等立盟除曹。刘恐曹生疑，每天浇水种菜。曹闻知后，以青梅煮酒邀刘宴饮，议论天下英雄。当曹说"天下英雄，唯使君与操耳"，刘闻之大惊失箸。时雷雨大作，刘以胆小、怕雷掩饰而使曹操释疑，并请征剿袁术，借以脱身。⑤云成苍狗：即白云苍狗。"白云"指白色云朵，"苍狗"指黑色的狗。白云与苍狗本是两种毫不相干的事物，但世情冷暖和舆论却能使他们发生关联和使之变化无常。语出杜甫《可叹》诗："天上浮云似白衣，斯

须改变如苍狗。古往今来共一时,人生万事无不有。"⑥登临:登山临水。亦泛指游览。舆:车中装载东西的部分,后泛指车。"何时"句的意思是:什么时候一同驱动登临(览秀亭)的车。

和北屏明府桃江八景诗

花园早春

春来绣甸①偏和风,嫩绿新红满苑中。
料得行吟元刺使②,天街首岁踏花骢③。

竹桥夕照

落照归鸦一望低,暮云笼树远村迷。
三三两两凭桥立,仿佛游人在竹西。

东禅晓钟

听得钟声一水横,唤回残梦五更清。
道人心地当如日,浩气何须至旦平。

西湖夜月

最好西湖月正秋,湖光月色一起收。
使君④同泛湖心月,皓月清湖万古浮。

五团仙迹

五羊五石总仙流,化石骑羊岁几秋。
粤北虔南真密迹,相贻⑤美景待人游。

七里滩声

水激谁将乱石堆,惊天水石响如雷。
两边山色撩人目,疑向严滩七里来。

谷山积翠

翠若浇山山不齐,山山树色望中迷。
陟山⑥山顶闲凭眺,无数高山尽在低。

桃水拖蓝

浩江新涨看如油,上下蓝光一色浮。
个里扁舟人易渡,勾留为此几回头。

【注解】

①绣甸:甸,郊外、田野。锦绣似的田野。②行吟元刺使:边行走边吟唱唐·王维送朋友去西北边疆时作的诗《送元二使安西》,"渭城朝雨浥轻尘,客舍青青柳色新。劝君更尽一杯酒,西出阳关无故人。"元二:姓元,排行第二,作者的朋友。安西:指唐代安西都护府,在今新疆库车附近。③天街:暗引了韩愈《早春》诗,"天街小雨润如酥,草色遥看近却无。最是一年春好处,绝胜烟柳满皇都。"天街:京都大道。花骢:huā cōng,即五花马。杜甫《骢马行》:"邓公马癖人共知,初得花骢大宛种。"④使君:汉代称呼太守刺史,汉以后用做对州郡长官的尊称,可以通俗的理解为先生。⑤相贻:贻,赠给;留下。相贻,相互赠给。⑥陟(zhì)山:登上高山。

清·叶丹（17首）

【作者简介】

叶丹，安徽歙县人。从诗作看，他和张瀚关系密切。

信丰道上四首

荦确①分歧路，山巅与水涯。
千峰转不尽，九折险何夸。
残腊②未经雪，夭桃已放花。
炎方③风景异，早觉见春华。

一岭逼青汉④，行来疑步虚。
岩腰架僧舍，树杪出蓝舆⑤。
鸟道丛篁里，猿声落日初。
看他负戴者，登顿自徐徐。

巨石劈幽峡，奔泉响急流。
潺湲频入耳，清碧几经眸。
野碓⑥春云缓，村烟带雨稠。
泥途行不得，林际又鸣鸠。

人家深崦里，向背护疏篱。
矮屋重茅缚，危桥一木支。
田园应自乐，妇子各相携。
独愧风尘客⑦，星星念鬓丝⑧。

【注解】

①荦确：luò què，亦作"荦埆"，怪石嶙峋貌。②残臘：cán là，即残腊，指农历年底。唐·李频《湘口送友人》诗："零落梅花过残腊，故园归去又新年。"③炎方：泛指南方炎热地区。④青汉：天汉，高空。⑤杪：miǎo，树梢。蓝舆：竹轿。⑥碓：duì，指水碓，又称机碓、水捣器、翻车碓、斗碓或鼓碓，是脚踏碓机械化的结果。其动力机械是一个大的立式水轮，轮上装有若干板叶，转轴上装有一些彼此错开的拨板，用来拨动碓杆。每个碓用柱子架起一根木杆，杆的一端装一块圆锥形石头。下面的石臼里放上准备加工的稻谷，流水冲击水轮使它转动，轴上的拨板臼拨动碓杆的梢，使碓头一起一落地舂米。野碓，指野外的水碓。⑦风尘客：在外漂泊，历经沧桑的人。⑧念鬓丝：鬓丝，即鬓发，此比喻岁月、人生。念鬓丝，意为念想岁月，思考人生。

桃江春泛同次裴素我

【题注】春天和裴素我一同在桃江上泛舟。

桃江江水清且涟，桃江缭绕山城边。
两岸楼台分向背，千峰螺黛映晴川。
春风吹起波如縠①，荡漾还同鸭头绿②。
榕阴柳暗三月天，纷纷水嬉来江曲。
载得茗椀共琴樽③，一棹轻摇破波痕。
不向人家停桂桨④，爱随鸥鹭泊云根。
岸草汀花堪领略，酒琖⑤诗筒意随各。
才呼银鹿⑥瓮初倾，葡桃香透分杯杓。
痛饮高歌日几回，生涯烂醉莫疑猜。

兴来几恨题笺短，吟就何劳击钵催。
看渐水面轻烟起，残阳落处含山紫。
欸乃一声归路昏，新月依微照江沚⑦。
人生良会安能期，三万六千⑧去何驰！
况复聚散不可知，我辈行乐须及时。

【注解】

①縠：hú，绉纱一类的丝织品。②鸭头绿：即绿色。王琦注，"师古《急就篇》注：'春草、鸡翘、凫翁，皆谓染采而色似之，若今染家言鸭头绿、翠毛碧云。'"《全元散曲·满庭芳》："鸭头绿一江浪花，鱼尾红几缕残霞。"③椀：wǎn，木碗，同"碗"。茗椀，即茶椀。琴樽：qín zūn，琴与酒樽。亦作"琴尊""琴罇"，为文士悠闲生活的用具。南朝·齐·谢朓《和宋记室省中》："无叹阻琴樽，相从伊水侧。"唐·陈子昂诗《群公集毕氏林亭》："默语谁相识，琴罇寄此窗。"④桂枻：桂木做的桨。⑤琖：zhǎn，小杯。⑥银鹿：唐颜真卿的家僮名。唐·李肇《唐国史补》卷上："颜鲁公之在蔡州，再从侄岘家僮银鹿始终随之。"后用以代称仆人。明·张煌言《仆还》诗："自是无银鹿，犹胜形影单。"⑦江沚：jiāng zhǐ，江中小洲。⑧三万六千：指人的一生。人生不过三万六千天。李白诗云："百年三万六千日，一日须倾三百杯。"亦作"三万六千场"。辛弃疾《鹊桥仙·贺余察院生日》："好将三万六千场，自今日，从头数起。"

初夏客信丰漫兴四首

才送春归麦又秋，日长官阁话朋俦①。
明朝载酒看山去，好趁东江作胜游。

瘦筇②何处拨晴云，一迳南山竹树分。
望里累聚荒冢遍，行人偏说吕公坟。

把翠曾传窗槛好，跳珠那见石泉奇。
当年亭阁今何在，长短空余几阕词③。

一曲桃江连绕碧流，家家傍岸结低楼。
无端连夜黄梅雨，时有滩声到枕头。

【注解】

①朋俦（chóu）：朋辈；伴侣。②瘦筇（qióng）：手杖。筇竹，节高干细，可作手杖，故称"瘦筇"。筇，也写作"邛"。贾岛《延寿里精舍寓居》诗："双履与谁逐，一寻青瘦筇。"③【作者自注】："署中旧传有把翠阁跳珠亭见定赵介之词。"

游南山金文寺复登山顶眺览得一百八十字

南野虔之南，重山势连络，千叠万叠峰，选胜足安托①。
曰维有南山，绵亘近附郭，暇日发清兴，藤条手自握。
行行约里许，一迳入幽壑，时当孟夏初，绿荫围如幕。
硗田②茂禾黍，长林喧鼠雀，荒僻人踪灭，欹斜佛屋著③。
香积侵苔藓，钟鱼④听寥落，老衲频指点，兵火遭残缺。
想当兴国时，栋宇自宏扩，小憩坐移时，茶罢兴复作。
扪萝寻石磴，藤刺胃巾⑤角，侧路登山脊，心胸忽开拓。
山城亦蜿蜒，井里何杂错，俯视桃枝江，环绕如带缚。
四顾列群峰，芙蓉清如削，何时御天风，恣游驾鸾鹤⑥。

【注解】

①选胜：寻游名胜之地。安托：安排托付。②硗田：硗，qiāo，本义土地坚硬而瘠薄。《说文》："硗，磐石也。字亦作墝。"《康熙字典》注：又《集韵》，同垚，山田。此指山田。③欹斜：qī xié，倾斜、歪斜。出自汉·陆贾《新语·怀虑》："管仲辅桓公，诎节事君，专心一意，身无境外之交，心无欹斜之虑，正其国如制天下。"著：显现。④钟鱼：寺院撞钟之木，因制成鲸鱼形，故称。亦借指钟、钟声。宋·金宗道《宝嵓僧舍》诗："寂寂钟鱼柏满轩，午风轻飚煮茶烟。"此为钟声。⑤罥（juàn）巾：捕捉鸟兽的网。⑥恣游：纵情游览。鸾鹤：鸾与鹤。相传为仙人所乘。

信署雨中同严次裴家素我小饮得溜字

空庭日初长，积雨响檐溜。阶除苔藓侵，屋角雷电閧。
官舍如村舍，岑寂闲白昼。幸有知己聚，同心如兰臭①。
感时作雄谈，论世嗟雌伏。薄暮索开瓮，扑鼻香渐透。
嘉蔬劚竹胎②，至味胜良肉。痛饮频举杯，狂奴态仍旧。
吾侪自脱略③，莫为尘网宥④。醉罢卧方床，枕上句初就。

【注解】

①兰臭：lán xiù，《易·系辞上》："同心之言，其臭如兰。"孔颖达疏："谓二人同齐其心，吐发言语，氤氲臭气，香馥如兰也。"后因以"兰臭"指情投意合。②劚竹胎：劚，zhú，用砍刀、斧等工具砍削。竹胎：又名梦荪，藏于竹荪蛋中心，不断吸收营养供自己发育，成熟后撑破竹胎盘长大形成竹荪，营养丰富，口感嫩脆。泡涨后炒、炖、焖皆可。③脱略：放任；不拘束。④尘网宥：尘网

即人世。把人世看作束缚人的罗网。宥，yòu，宽容，饶恕，原谅。莫为尘网宥，即不要宽容束缚人的人间罗网。

午日署中集饮分韵索张明府北屏先生和

每逢胜日破愁城，况复香醪倒瓮清。
乡思不教彩缕①系，醉眸偏向海榴②明。
两年官阁推宾主，一笑罇罍③斗友生。
忽蓦风来山雨过，晚凉犹觉葛衣轻。

【注解】
①彩缕：彩色丝线。此喻各种思绪。②海榴：即石榴。因来自海外，又名海石榴。古代诗文中多指石榴花。③罇罍：zūn léi，泛指酒器。亦指饮酒。

信署呈北屏先生四首

【题注】这是叶丹在信丰县署写给张瀚的4首诗。

作客年年兴倍生，故人来署日相迎。
雨论新旧交原好，话到寒温酒数倾。
傍榻窗提风竹乱，开罇筵傍月华明。
先生为政清兼简，赢得余闲结客情。

久说桑麻雨露稠，赣江桃水见清流①。
轻年人慕潘怀县②，惠政名传元道州③。
金鉴千秋堪继述，铜符覉綰自优游④。
长才肆应偏多暇，插架牙签作唱酬⑤。

日日论心官阁偏,天涯忘却滞南虔。
马同飘泊贫非病⑥,张绪⑦风流吏是仙。
茗椀炉香消白昼,调琴饲鹤伴清妍。
昨朝相约寻诗去,九十九峰何处巅。

青簾白舫绕江城,闻道神君返旗旌⑧。
夹岸筵开箫鼓送,攀辕人拥绣衣行⑨。
由来士庶心难得,自古循良誉不轻。
我亦一帆同解缆,山风滩月最关情。

【注解】

①【作者注】谓兼摄信丰篆(印章)。②潘怀县:借指贤能俊美的县令。晋代潘岳(247—300,后人称潘安,西晋文学家)先为河阳令,后转怀县令,勤于政事,县中满种桃李,传为美谈。杜甫《九日杨奉先会白水崔明府》诗:"今日潘怀县,同时陆浚仪。坐开桑落酒,来把菊花枝。"③元道州:指唐代道家学者元结。元结(723—772),字次山,号漫叟、聱叟、浪士、漫郎。原籍河南(今河南洛阳),后迁鲁山(今河南鲁山县),天宝六年(747)应举落第后,归隐商余山,研修道家思想。天宝十二年(753)进士及第。安禄山反,曾率族人避难猗玗洞(今湖北大冶境内)。乾元二年(759),任山南东道节度使史翙幕参谋,招募义兵,抗击史思明叛军,保全十五城。代宗时,任道州刺史(故称他元道州),政绩颇丰。约大历七年(约772年)入朝,后卒于长安。④铜符:即铜符吏,指郡县长官或相应的官职。霍绾:huò wǎn,控制;掌握。⑤【作者注】先生时选邑志手不释卷。⑥"马同"句:意思是要安贫乐道。典出《庄子·让王》,"孔子弟子原宪居鲁而贫,子贡轩车大马而见之。原宪华冠縰

履,杖藜而应门。子贡曰:'嘻!先生何病?'原宪应之曰:'宪闻之:无财谓之贫,学而不能行谓之病。今宪贫也,非病也。'子贡逡巡而有愧色。"见《庄子·让王》。后因以"贫非病"作安贫乐道之典。⑦张绪:南齐官吏,"风流自赏"的名士。武帝萧颐植蜀柳于灵和殿前,说:"此柳风流可爱,似张绪当年。"张绪谈吐风雅,博学多才,善谈玄学,精通《周易》,为玄学一代宗师。张绪在世68年,死后追谥"简子",以表彰其保持美德坚守一生的风流人生。他俯仰不愧天地,风流万世流芳,时人感叹"如绪之风流者,岂不谓之名臣!"⑧【作者注】时先生卸信丰事归赣。⑨【作者注】时士庶以先生清正绣万民衣沿江设席攀送,强先生穿衣,献酒。老幼观者如堵。

舟泊乌漾滩同北屏先生看月次韵

停舟依短岸,把酒月同看。
倒影入波碎,寒光隔树团。
烟轻分①远岫,风静响危滩。
相对联吟②好,今宵兴不单。

【注解】

①分:同"纷",纷绕。②联吟:犹联句。两人或多人共作一诗。本诗"同北屏先生看月次韵",即步韵写诗。

清·陈言吉

【作者简介】

陈言吉，南昌人，解元（乡试第一名），内阁中书。

赠黄耕山有序

【作者自序】 余僻处西山之西，闻耕山①先生大名久矣。继读长公方水②试牍，为之击节称赏，但不知即属乔梓③也。适至桃江，得阅学使刘介菴先生虔州博学宏词试卷，三黄高录，赋追汉魏，诗轶宋唐，更服次公雨田④笔力古健，如知学使看山才之目⑤非阿好也⑥。因赋巴词⑦，用誌仰止。

【自序注】 ①耕山，黄虞的字。②方水，黄文汾的原名。③乔梓：乔木高，梓木低，比喻父位尊，子位下，因称父子为"乔梓"。黄虞和黄文汾、黄文澍是父子。④雨田，黄文澍的字。⑤看山才之目：宋代禅宗大师青原行思提出参禅的三重境界：参禅之初，看山是山，看水是水；禅有悟时，看山不是山，看水不是水；禅中彻悟，看山仍然山，看水仍然是水。⑥非阿好也：不是阿弥陀佛吗？净土法门的修学从持念阿弥陀佛名号入手，加上修习福慧善根，自在往生极乐世界的法门，使众生得到无上功德。《阿弥陀经》云：人要信、愿、行三者结合才能往生极乐世界。⑦巴词：巴结式的文词，作者自谦。

桃江山水郁而古，蜿蜒磅礴互吞吐。
清淑蟠结①几千穗，蒸为云物孕霖雨。
江夏②才子原无双，我昔闻声首已颒③。

学穷二酉富三都④,壁垒森然肃为伍。
海上钓鳌意气雄,金台浮名视如土。⑤
归来三径足松菊,趋庭宁肯问何堵。
珠泉万斛轵与辙,明允老气横秋浦。⑥
太史暗索得沈宋,眉山之评照庭户。⑦
嗟哦西江丁阳九,庐陵南丰叹绝缕。⑧
望君乔梓振宗盟,树帜中原扬旗鼓。
予虽邢蓼奉盘匜⑨,欣从周旋螳臂努。
豫章自昔推涪翁⑩,复先辉映追芳矩。

【注解】

①清淑:清和。宋·范成大《邵阳口路粗恶积雨余泞难行》诗:"不知清淑气,果复曾郁积。"蟠结:聚集。范成大《清江台在临江郡囷西冈上张安国题榜》诗:"南来富寿冈,形胜此蟠结。"②江夏:"夏,中国之人也。"(《说文》)泛指中国。江夏本指长江以南,这里指江西。③頫:fǔ,同"俯"。《说文》:"頫,低头也。"低头,面向下,表示佩服得五体投地。④学穷二酉:学识穷尽二酉。二酉,指大酉山、小酉山,用以形容读书甚多、学识渊博。语出《太平御览》卷四九引南朝·宋·盛弘之《荆州记》:"小酉山上石穴中有书千卷,相传秦人于此而学,因留之。"《郡县志》:"大酉山有洞,名大酉。小酉山在酉溪口,山下有石穴,中有书千卷,旧云秦人避地隐学于此。自酉溪北行十余里,与大酉山相连,故曰二酉。"相传当年秦始皇"焚书坑儒"时,朝廷博士官伏胜冒着生命危险,从咸阳偷运出书简千余卷,辗转跋涉,藏于二酉洞中,使先秦文化典籍得以流传后世。成语"学富五车,书通二酉"即出于此。三都:有多种记

载,《左传》定公十二年(前498):"仲由为季氏所宰,将堕三都。"晋·杜预注:"三都,费、郈、成也。"东汉称雒阳(洛阳)为东都,长安(西安)为西都,宛为南都,合称"三都"。晋·左思作《三都赋》,指三国时的蜀都成都、吴都建业、魏都邺城为"三都"。按"二酉"出自晋代推演,这里的"三都"应与《三都赋》相同。⑤海上钓鳌:传说古代渤海东面有五座山,常随波涛浮动。天帝命15只巨鳌用头顶着,山才固定不动。龙伯国有一人由于出门要经过这五座山,觉得十分不方便,得知其是用鳌头顶着,就用鱼饵将鳌钓起,一连钓了6只鳌,于是其中两座山就沉入大海。这个典故比喻豪放的胸襟和远大的抱负。金台:黄金台的省称,比喻延揽士人之处。⑥明允:明察而诚信。老气:老练,沉着稳重。秋浦:指《秋浦歌十七首》,是李白的组诗,创作于唐玄宗天宝年间作者再游秋浦(今安徽贵池西)时。全诗从不同角度歌咏秋浦的山川风物和民俗风情,同时在歌咏中或隐或现流露出忧国伤时和身世悲凉之叹。"珠泉"二句意思是:黄虞父子像苏轼、苏辙、李白那样文思泉涌,沉稳老练。⑦沈宋:初唐宫廷诗人沈佺期、宋之问的合称。他们创作的五七言近体诗标志着五七言律体趋于定型,被称为"沈宋体",内容多为奉和应制、侍从游宴,形式上对仗工整、平仄谐调、词采精丽。眉山之评:指苏轼的政治性文章,因其籍贯四川眉山,故时人谓之苏眉山。⑧丁阳九:丁,遭遇、碰到的意思。阳九:道家称天厄为阳九,地亏为百六。由此引出指灾荒年景和厄运。曹植《王仲宣诔》:"会遭阳九,炎光中蒙。世祖拨乱,爰建时雍。"⑨盘匜:pán yí,古代盥洗器皿盘与匜的并称。盘以承水,匜以注水。《战国策·赵策三》:"夫吴王之剑,肉试则断牛马,金试则截盘匜。"⑩涪(fú)翁:即黄庭坚(1045—1105),字鲁直,号山谷道人,晚号涪翁,洪州分宁（今江西修水县）人。北宋知名诗人、江西诗派祖师，与苏轼齐名，世称"苏黄"。书法亦别树一帜，为宋四家之一。英宗治平四年(1067)进士。历官叶县尉、北京国子监教授、校书郎、著作佐郎、秘书丞、涪州别驾、黔州安置等。他笃信佛教，亦慕道教，事亲颇孝，虽居官，却为亲洗涤便器，为二十四孝之一。著有《山谷词》。

清·朱凤英

【作者简介】

朱凤英，南昌人，进士，给事中（职掌抄发题本、审核奏章的七品官），后官云南迤西道。

秋日寄赠黄云畦前辈

【题注】 黄云畦，即黄文汾。

江练劈开天一线，晴雷怒划驰金电。
结茅丛桂隐岩阿，名可得闻身勿见。
忆昔初蜚黉序①声，万象缕刻纤毫呈。
圆光道子②龙眠昼，绘骏将军霹雳惊。
元气为炉意为冶，经营惨淡疑天成。
碧涛刺手鲸牙拔③，盥漱银河星斗横④。
章水鸿名三十载，飞翰膺荐延公卿。
晚躡天根探月窟，心参河洛诣元精。

著书缄锁不肯出,幅巾藜杖形神清。
我从近昔访虔南,钟灵毓秀何班班。
易堂魏子多著述,庐陵风格气眉山。⑤
伯季同时皆荦荦,骈丽诗歌各擅一。
敦学天人邱老精⑥,词旨苍凉姚叟苗。
清响难嗣数十年,作者惟公实比肩。
名材岂合老泉石⑦,匠郢咨嗟久弃捐。
奇文奥字揽云章,令子来瞻上国光。
咨询道履尚矍铄,气接霄汉身昂藏。
香山九十九峰青,龙岭珠光照夜荧。
石莲仙草何芳馨,玉瑊桃花荐醁醽⑧。
逍遥岩壑无畦町⑨,编简得授心安宁。
崆峒山高滩水停,乘舟上下如流星。
岭南飞鹤长修翎,煦公⑩冰玉凌著冥。
愿为元鹤长修翎,秋过炎天赤日停。

【注解】

①黉序:hóng xù,古代的学校。②圆光道子:指吴道子画圆光。吴道子,唐代著名画家,唐玄宗时任内教博士,改名道玄,世称画圣,其绘画技法对后世影响很大,尤其擅长画佛教和道教人物。五代张僧繇著《名画录》云:"吴道子尝画佛,留其圆光,当大会中,对万众举手一挥,圆中运规,观者莫不惊呼。"③鲸牙拔:拔鲸鱼的牙齿,比喻做有很大难度的事。④盥漱:guàn shù,洗漱。此句说在银河洗漱搅动星斗,比喻名气影响之大。⑤易堂魏子:即易堂九子,宁都历史上最负盛名的一个文学社团,为"宁都三魏"(魏禧与兄

魏际瑞、弟魏礼)、彭士望(南昌人)、林时益(南昌人)、李腾蛟(宁都人)、邱维屏(宁都人)、彭任(宁都人)、曾灿(宁都人),均为清初善诗文者,魏禧成就最大,是清初"散文三大家"之一,著有《魏叔子文集》,代表作为《大铁椎传》。庐陵风格:即庐陵文化。庐陵文化是中国古代文化的重要组成部分,是赣文化的重要支柱。它指以庐陵古治属为核心,辐射涵盖今吉安市十余县(区)及周边市区的区域性文化,源于七千年前的青铜文化,以"三千进士冠华夏,文章节义堆花香"而著称于世。庐陵府历史上考取进士三千(天下第一)和状元二十一(天下第二)。更有甚者,明朝建文二年(1400)庚辰科共取进士110人中,状元胡靖(即胡广)、榜眼王艮、探花李贯都是江西吉安府人。明永乐二年(1404)甲申科共取进士472人,状元曾棨、榜眼周述、探花周孟简,二甲第一名杨相、第二名宋子环、第三名王训、第四名王直,都是吉安府人,囊括了前七名。这种"团体双连冠"现象在中国科举史上绝无仅有。吉安民间有"一门六进士,隔河两宰相""五里三状元,九子十知州,十里九布政,百步两尚书""父子探花状元,叔侄榜眼探花"等歌谣和美传。明《永乐大典》中即有"天下多举子,朝中半江西,翰林多吉安"的记载。⑥敦学:勤勉学习。天人:指仙人、神人。⑦泉石:指山水。⑧醁醽:lù líng,美酒名。南朝·宋·刘道荟《晋起居注》:"〔穆帝〕升平二年,正月朔,朝会,是日赐众客醁醽酒。"⑨畦町:qí tǐng,田垄;田界。亦泛指田园。⑩煦公:即恩公。

清·张嘉理

【作者简介】

张嘉理，江苏吴江市人。

石畦重过潋署喜而赋赠

【题注】石畦，黄文澍的号。潋署，即兴国县衙，因为衙府设在潋江镇。

从来名下本无虚，何幸垂青慰索居①。
雪案②共裁游子赋，寒灯分校古人书。
文章不待江山助，兵火偏怜故旧余。
残缺吴编思借楚，长虹桥畔望停车③。

【注解】

①索居：独居一方。《礼记·檀弓上》："吾离群而索居，亦已久矣。"汉·郑玄注："群，谓同门朋友也；索，犹散也。"②雪案：原指映雪读书时的几案，后泛指书桌。明·袁宏道《双寺逢本上人》诗："雪案堆《庄子》，花函出内家。"③车：读jū。【作者自注】吾先亦有修志之举，故云。

清·朱国兰

【作者简介】

朱国兰,浙江新安人。

夏五信城喜晤石畦

【题注】 夏至后阴历逢五为伏,其三伏叫"夏五"。题目意思是:作者夏至后第三个逢五日那天在信丰城会晤黄文澍。

桃江来二仲①,风雨系吾思。
论古书千卷,怀人酒一卮。
翩翩无俗韵,落落须绮姿②。
叔度风流邈③,于今睹羽仪④。

【注解】

①二仲:指汉代羊仲、裘仲。出自汉·赵岐《三辅决录》:"蒋诩字元卿,舍中三迳,唯羊仲、裘仲从之游。二仲皆推廉逃名。"后用以泛指廉洁隐退之士。此指来了两位廉洁隐士,即指黄文澍和与他同来见朱国兰的人。②落落:坦率、开朗的样子。形容言谈举止自然大方。须:本是,本来。例如《三刻拍案惊奇》:"他须没个亲人,料没甚大官司。"绮(qǐ),《说文》:"绮,文缯也。"本义细绫,有花纹的丝织品。引申出华丽、精美。绮姿:精丽多姿。③叔度:汉代黄宪,字叔度。黄叔度品学超群,尤以气量广远著称。康有为《赠陈镇南编修兄》:"叔度自远量,曼容(汉·邴丹的字)善知足。"此句是说叔度品学风度值得赞赏却已很遥远了。④羽仪:《易·渐》

云,"鸿渐于陆,其羽可用为仪。"北朝·北周·孔颖达疏:"处高而能不以位自累,则其羽可用为物之仪表,可贵可法也。"后以"羽仪"比喻居高位而有才德,被人尊重或堪为楷模。

清·燕澄源(3首)

【作者简介】

燕澄源,九江人。

崇正书院春夜独坐

【题注】崇正书院,前身为王文成祠,在信丰县城儒学右,明正德年间(1506—1521),于1517—1520年任信丰知县的洗克为祭祀虔州巡抚王守仁(王阳明)而建,后改为训导署,清道光三年(1823)建为书院。

梧桐满院作春阴,皎月当空漏欲沈①。
夜气凉于秋雨过,书声细似草虫吟。
三生结习耽酒杯②,万斛羁愁寄绮琴③。
回首故乡山色里,林泉毕竟负初心④。

【注解】

①漏:本系古代滴水计时的仪器漏壶的简称,引申为"下泄"。沈,同"沉",往下落。②三生结习:三生,佛家所说的三世转生,即前生、今生和来生,此为前世今生,实为"长久以来"。结习,积久形成

而难改的习惯,即"积习"。耽:dān,沉溺,入迷。③万斛羁愁:万斛(wàn hú),极言容量之多。古代以十斗为一斛,南宋末年改为五斗。羁愁:(jī chóu),亦作"羇愁",旅人的愁思。南朝·齐·江孝嗣《北戍琅琊城》诗:"薄暮苦羁愁,终朝伤旅食。"绮琴:古代琴名"绿绮琴"的缩写。史载:神农氏造琴,所以协和天下人性,为至和之主。齐桓公有鸣琴曰号钟,楚庄有鸣琴曰绕梁,中世司马相如有琴曰绿绮,蔡邕有琴曰焦尾,皆名器也。晋·张载《拟四愁诗》:"佳人遗我绿绮琴,何以赠之双南金。"④初心:即本意,指做某件事最初的心愿、最初的原因。大乘佛教主要经典《大方广佛华严经》云:"不忘初心,方得始终。"

春日桃江舟次

【题注】春日,立春之日。舟次,即船上。

又趁春风理画桡①,莺声唤醒酒初消。
山花几树藏村店,野竹千竿隔市桥②。
浅渚沙明鱼影漾,长堤路尽马蹄骄③。
桃源便是人间世,且向④溪湾泊一宵。

【注解】

①画桡:huà ráo,有画饰的船桨。②市桥:街市(公共场所)和桥。③骄:《说文》云,"骄,马高六尺为骄,《诗》曰:'我马唯骄'"。引申为泛指雄壮。④向:去;往。

王文成①祠

【题注】信丰王文成祠,系明正德年间知县洗克(1517—1520任)

为祭祀（sì）虔抚王守仁（王阳明）而建，是崇正书院的前身。

宸游②处处乐流连，独障南荒万里边。
群小共知怀赵日③，有苗才识戴尧天④。

功堪济世方为用，道在明心不是禅⑤。
寄语蜉蝣⑥莫轻撼，武乡侯⑦后几人传。

【注解】

①王文成：即王守仁（1472—1529），浙江绍兴府余姚县（今属宁波）人，因曾筑室于会稽山阳明洞自号阳明子，学者称之阳明先生。明弘治十二年（1499）进士，历任刑部主事、贵州龙场驿丞、庐陵知县、右佥都御史、南赣巡抚、两广总督等职，晚年官至南京兵部尚书、都察院左都御史。因平定宸濠之乱军功而被封为新建伯，隆庆年间追赠新建侯，谥文成，故后人又称王文成公。②宸游：帝王之巡游。宸（chén），本义屋檐，后指帝王住的宫殿，引申为王位、帝王的代称。③怀赵：怀念宋朝，比喻怀念、留恋过去。④有苗：有，词头，无义；苗，尧、舜、禹时代我国南方较强大的部族。戴：尊奉，推崇，拥护。尧天：《论语·泰伯》云，"巍巍乎，唯天为大，唯尧则之"。谓尧能法天而行教化。后以"尧天"称颂帝王盛德和太平盛世。⑤明心：使心思清明纯正。禅：chán，佛教的坐禅、静思。此句是说：王阳明的"心学"之道在于使人心清明纯正而不是静思坐禅。⑥蜉蝣：fú yóu，一种生存期极短的昆虫。比喻浅薄狂妄的人。⑦武乡侯：诸葛亮在世时的爵位。蜀建兴元年，刘备白帝城托孤诸葛亮。刘禅封诸葛亮为武乡侯，领益州牧。死后谥号忠武侯。后人常称诸葛亮为武侯。这里把王文成祠比作诸葛亮的武侯祠。

清·哈澄

【作者简介】

哈澄,成都人,赣州通判。

牛轭岭题壁

风紧云寒欲暮秋,乱山深处忽登楼。
客心孤迥①无人见,灯背窥窗月一钩。

【注解】

①客心:旅人之情,游子之思。唐·韩翃《和高平朱参军思归作》:"一雁南飞动客心,思归何待秋风起。"迥:jiǒng,表示程度深。孤迥,即深感孤独。

清·朱淳

【作者简介】

朱淳,南昌人。从其诗的内容看,他与信丰名士黄虞及其儿子很熟且关系好。

前题

【题解】本诗采用的是古乐府诗的格式。前题:谓此前已写过同题目的诗。由乾隆十六年《信丰县志》收录。本诗中心写黄虞父子三人"磊落英多更拔萃"的品性。

茂先①博物修虞志，兔苑②群英接踵至。
就中江夏称三黄③，君之磊落英多更拔萃。
叔度④汪汪千顷波，力能扛鼎挽大河。
掌中粟米毕公事，龙跳虎卧发浩歌，发浩歌。
投赠多石鼓⑤，岣嵝堪摩挲⑥。
意气时欲凌山阿，飞崖绝壁登陂陁⑦。
为言家园有真乐，图画一幅耽吟哦。
眼前纷纷奚足数，置身直欲高千古。
眉山⑧佳话旧标题，颍滨⑨才名舌欲吐。
读书四乐味考亭⑩，光风霁月桃江坞。
底事告人知者难，心口喃喃自相语。
鹤言石啸⑪非所期，树帜范坛⑫建旗鼓。
会须华札给上方，岂徒抱膝吟梁父⑬。

【注解】

①茂先：指西晋文学家张华（232—300），字茂先，范阳方城（今河北涿州）人。历任中书令、尚书、司空等职，以"博物洽闻"著称于世，著有《张司空集》（后人辑）、《博物志》。《晋书·张华传》："（张华）雅爱书籍，身死之日，家无余财，惟有文史溢于机箧，尝徙居，载书三十乘。"此为把黄虞比作张华。②兔苑：兔子是聪明的动物，民间故事中常扮演机智胜利的角色。兔苑比喻聪明人会聚之处。③三黄：即黄虞和黄文汾、黄文澍父子三人。④叔度：汉朝黄宪字。黄叔度品学超群，尤以气量广远著称，史称"叔度汪汪若千顷陂，

澄之不清,淆之不浊,不可量也"。初举孝廉,又辟公府,友人劝其仕,宪亦不拒之,暂到京师而还,竟无所就。康有为《赠陈镇南编修兄》:"叔度自远量,曼容(汉代邴丹字)善知足。"⑤石鼓:又称陈仓石鼓,中国九大镇国之宝之一,康有为誉之为"中华第一古物"。公元627年发现于陈仓境内的陈仓山(今宝鸡市石鼓山)。石鼓共10只,高2尺,直径1尺多,形象鼓而上细下粗顶微圆(实为碣状),花岗岩材质,每个重约1吨,每个鼓上面都凿刻"石鼓文"(大篆),记述秦始皇统一前一段为后人所不知的历史,现藏于北京故宫博物院石鼓馆。唐·韩愈著有《石鼓歌》。"投赠"句的意思是,三黄诗文多似石鼓文。⑥岣嵝:gǒu lǒu,本义山巅,又指中国湖南省衡山的七十二峰之一,高1300米。在湖南省衡阳市北,为衡山主峰,故衡山又名岣嵝山。古代传说,禹曾在此得金简玉书。北朝·北魏·郦道元《水经注·湘水》:"芙蓉峰……《山经》谓之岣嵝,为南岳也。"南岳衡山岣嵝峰原刻有岣嵝碑,相传此碑为颂扬夏禹遗迹,亦被称为"禹碑""禹王碑""大禹功德碑"。摩挲:mó suō,用手抚摸。这里是揣摩,仔细琢磨的意思。此句意思是:三黄诗文很值得琢磨品味。⑦陂陀:pō tuó,亦作"陂陀"。言参差峥嵘貌。⑧眉山:苏轼的代称。苏轼为四川眉山人,故称。⑨颍滨:苏辙号颍滨遗老。苏辙(1039—1112),字子由,一字同叔,晚号颍滨遗老,眉州眉山(今属四川)人,苏轼弟弟,北宋文学家、诗人、宰相,"唐宋八大家"之一。⑩读书四乐:即四时读书乐。宋·朱熹写了春夏秋冬4首《四时读书乐》诗。味考亭:意思是品味考亭学派的理学。这是以朱熹为代表的理学学派。朱熹父朱松生前选定福建建阳考亭为居住地。熹承父志,自绍熙三年(1192)至庆元六年(1200)定居于此并建考亭书院讲学,故名。朱熹居考亭所撰著作有《周易参同契考异》《太极通书解》《周易本义》《易学启蒙》《诗集传》《书集传》《仪礼经传通解》《通鉴纲目》《韩文考异》等,其思想体系趋于成熟,对中国后期封建社会产生广泛而深远的影响。⑪鹤言石啸:鹤言即鹤语。"鹤乃飞,徘徊空中而言曰:'有鸟有鸟丁令威,去家千年今始归。城郭如故人民非,何不学仙冢垒垒。'遂高上冲天。"后以"鹤语"指劝人学仙。又谓鹤寿长而多知往事。石啸:有"石破天惊"意,喻文字议论的出奇而惊人。⑫葩:《说文》云,"华也"。华,"花"的古字。葩坛即花坛,此指文坛。⑬吟梁父:即梁父吟,又名梁甫吟,原汉乐府的曲名,传乃诸葛亮所作。喻功业未成而怀匡正时政的志向。

清·黄彬（3首）

【作者简介】

黄彬,字经邦,号蓁溪,领康熙甲午科乡荐,清康熙五十三年（1714）甲午科进士,康熙五十八年（1719）参与编纂《信丰县志》,雍正元年（1723）拣选知县。博通经文,究心理学,工诗,古文词有《蓁溪诗集》《制艺稿》,旁通星历、地理、数学。孝友端方,为诸生时庑偶,以文章受知于邑令,然卒不往谒,及公车北上归,不与外事,与弟黄杉建书舍讲学,耻务浮名。邑令黄之徵、刘锡瓒慕其品谊,甚敬佩之,每恨相见之难,比于空谷足音。年七十,邑令叶建封敦请为乡饮大宾,观者群羡。

来星阁落成

【题注】来星阁，在信丰县东七里，明天启五年（1625），知县蔡自强重建。

画阁凌云起，群峰萃五星①。
蓝波开玉鉴②，翠嶂列云屏。
地峻天垂盖，窗虚月满亭。
春风来燕贺③，川岳永钟灵④。

【注解】

①五星：古指水星、金星、火星、木星、土星。这五颗星最初分别叫辰星、太白、荧惑、岁星、镇星，叫金木水火土，是把地上的五元素配上天上的五颗行星而产生的。②玉鉴：镜子的美称。③燕贺：燕雀因大厦落成有栖身之所而互相庆贺。后多用作祝贺新屋落成。《淮南子·说林训》："汤沐具而虮虱相吊，大厦成而燕雀相贺，忧乐别也。"④钟灵：指山川秀美。钟：凝聚，集中。钟灵，意为聚合天地之灵气。

刘婆井

【题注】刘婆井，在信丰竹桥河里许。相传宋神宗时，僧慧应因母刘氏病渴，卓锡而泉涌出，故名。据说井侧有刘婆墓。

刺山飞锡①几经年，一掬澄波涤俗缘。
夜气清分仙掌露②，春云浮动墨池烟③。
味甘不觉婆心苦，源远还疑地脉穿。
传说僧伽④多幻迹，空余明月映寒泉。

【注解】

①刺山:旧传甘肃敦煌东南130里有悬泉水,出龙勒山腹。汉将李广利大宛还,士众渴乏,引佩刀刺山,飞泉涌出。飞锡:谓僧人执锡杖飞空。又指僧人游方。②仙掌露:《史记·孝武本纪》记载,汉武帝为求仙,在建章宫神明台上造铜仙人,舒掌捧铜盘玉杯,以承接天上的仙露,后称承露金人为仙掌。唐·颜师古注,"《三辅故事》云:建章宫承露盘高二十丈,大七围,以铜为之,上有仙人掌承露,和玉屑饮之"。③墨池烟:墨池,江西临川民间传说系东晋大书法家王羲之洗笔砚处。北宋散文家、政治家曾巩仰慕王羲之名,庆历八年(1048)九月专程到临川凭吊墨池遗迹,州学教授王盛请他为"墨池"作记,曾巩根据王羲之轶事写下散文《墨池记》,阐释"成就并非天成,要靠刻苦学习"的道理,勉励学者勤奋学习。烟:烟景,美丽的景色。④僧伽:sēng jiā,梵语译音,意为大众。原指出家佛教徒4人以上组成的团体,后单个和尚也称"僧伽",简称为僧。

梅花村

隔水栽花自一村,寒英①远照月黄昏。
曾随腊雪开庾岭,不逐春花衔狄门②。
玉树亭亭环蔀屋③,爨烟④漠漠拂水魂。
流芳正喜蓝波迥⑤,短櫂相寻泛酒罇⑥。

【注解】

①寒英:寒天的花。指梅花。唐·柳宗元《早梅》诗:"寒英坐销落,何用慰远客。"②狄:dí,本指古代北方少数民族。这里指从北方迁徙而来的客家人。衔狄门:与客家人家前后相接。③蔀

屋：bù wū，草席盖顶之屋。泛指贫家幽暗简陋之屋。④爨烟：cuàn yān，炊烟。⑤迥：同"迥"，"远"的意思。⑥短櫂(zhào)：亦作"短棹"。本指划船用的小桨。宋·朱敦儒《好事近·渔父》："短棹钓船轻，江上晚烟笼碧。"亦指小船。唐·戴叔伦《泛舟》诗："孤尊秋露滑，短櫂晚烟迷。"此为小船。相寻：接连不断找寻。泛：漂浮。酒樽：古代人温酒或盛酒的器皿。酒樽一般为圆形，直壁，有盖，腹较深，有兽衔环耳，下有三足。此句字面意思是小船接连不断地为寻找酒樽而漂浮，实为形容到梅花村寻访的人很多。

清·潘汝炯

【作者简介】
潘汝炯，字石舟，浙江山阴人，乾隆三十年（1765）拔贡，乾隆三十五至三十九年（1770—1774）任信丰知县。

登览秀亭

【题注】览秀亭，即四望亭，在信丰县西南。因城为台，上翼以亭。宋嘉定三年（1210）县令万亿建。后废。

屏舆①登山城，山色莽回互②。
览秀亭已荒，遗址缅③犹故。
绵武④表层峦，余峰左右护。
釜覆兼笏排⑤，鸱⑥蹲忽虎步。

滩声自南来，直下七里渡。
乱石鼓危湍，毋乃冯夷[7]怒。
城中万人家，耕作皆安堵[8]。
邑号小金陵，所蕲贞百度[9]。
登临师偓佺[10]，莫叹风尘误。
落叶满桃江，暝色寒鸦赴。
遥望郁孤台，苍苍隔烟雾。

【注解】

①屏舆：舆，本义车厢，后泛指车。屏舆，停下车子。②莽回互：莽，莽苍，山色空旷无际。③缅：遥想。④绵武：绵，连续不断；武，足迹。⑤釜：fǔ，本义古炊器。敛口圆底，或有二耳，其置于灶，上置甑以蒸煮。笏：hù，古代大臣上朝拿着的手板，用玉、象牙或竹片制成，上面可以记事。"釜覆"句描写从览秀亭所见的山形山势：有的像釜覆（锅盖着），有的像笏排（板子排列）。⑥鸱：chī，一种凶猛的鸟，鹞子，又名鸱鹰、老鹰、鸢鹰。古书上多指鸱鹰。⑦毋乃：wú nǎi，莫非，岂非。冯夷：指河伯，古代汉族神话中的黄河水神。原名冯夷，也作"冰夷"。《抱朴子·释鬼篇》里说他过河时淹死了，被天帝任命为河伯，管理河川。据《九歌·河伯》描写，河伯是位风流潇洒的花花公子："鱼鳞屋兮龙堂，紫贝阙兮朱宫，灵何为兮水红。"⑧安堵：安定，安居。⑨蕲：qí，古同"祈"，祈求、志向。贞："卜问也。"（《说文》）占卜，问卦。"百度"一词源于辛弃疾《青玉案·元夕》"众里寻他千百度"句，象征对所祈求的执着追求。⑩偓佺：wò quán，《集解》云，"偓佺，仙人名也。"我国古代采药鼻祖。

清·刘笃胜

【作者简介】

刘笃胜,四川璧山人。清嘉庆十五至十七年(1810—1812)任信丰知县。

信丰官廨赋久雨

【题注】官廨(xiè),即官署,官吏办公的房舍。知县刘笃胜在其办公室赋诗描写信丰久雨。

> 细雨飘飞若散丝,淋漓满幅破书痴①。
> 将开碧汉乘槎路②,欲与青山洗黛眉。
> 淡荡③桃江迷晚眺,苍茫村灶湿晨炊。
> 何如扫却长天雾,明镜当空照不疲。

【注解】

①幅:覆盖。破:超出。"破书痴"意思是超出书呆子的想象。
②碧汉:碧天、银汉的合称,即天空。槎:chá,用竹木编成的筏。
③淡荡:水迂回缓流貌。

清·萧师谔

【作者简介】萧师谔,字岣嵋,号纲山,江西会昌人。康熙戊戌年（1718）进士，湖南攸县知县。

东龛

【题注】龛（kān），供奉佛像或神位的石室或小阁。东龛，指信丰水东坊的江东庙。该庙现已不存在。本诗选自乾隆十六年《信丰县志》。

> 令公岩迹未曾湮①，况有文章托后尘②。
> 钴鉧到今人是柳③，桃源一去地非秦④。
> 石缘瘦削凋青发，水自涟漪濯锦鳞。
> 不尽徘徊今古意，半山斜日照游人。

【注解】

①令公：古代对中书令的尊称。唐末武将多加中书令衔，"令公"之称极滥。岩迹：对纬度、山川、方名、器数等的研究。湮：yān，埋没，淹灭。②后尘：行进时后面扬起的尘土。比喻在他人之后。③"钴鉧"句：意思是让钴鉧潭的名气流传至今的人是柳宗元。柳宗元被贬官到湖南永州，写了系列散文《永州八记》，《钴鉧潭西小丘记》是其中第三篇。该文利用托物言志、融情于景等手法，将柳宗元被贬永州的愤慨与兹丘的遭遇融会在一起，静静的描绘中有一种生命的力量。④"桃源"句：意思是从桃源离去，也已不是秦时了。《桃花源记》里写道："见渔人，乃大惊，问所从来。……自云先世避秦时乱，率妻子邑人来此绝境，不复出焉，遂与外人间隔。"

清·俞世沛

【作者简介】

　　俞世沛，字尧荐，信丰人。志书云："喜为诗古文词，无他嗜好，唯读书是务。幼以疾灭左手诸指，不能攫书，家又极贫，米盐不充，而好学自若，最为渊博。有质以疑义及求其文者，秉笔挥洒，略无吝惜，亶亶（dǎn dǎn，厚道，忠实）不辍。"尽管才学超群，名闻遐迩，科举却不顺，直至清雍正十年（1732），六十余岁始举于乡。著有《放泉集》（20卷）。

芙蓉岩

　　【题注】芙蓉岩，即仙济岩，位于信丰县城西10公里处谷山南麓、正平庙背村。因岩崖上长有芙蓉树，初名芙蓉岩。明代成化年间（1465—1487），县府在此建佛寺，把岩下75米长的月牙形天然巨窟隔成14间，分设佛殿神龛，有大雄宝殿、观世音佛堂、弥勒佛堂、仙娘堂等，成为佛家胜地，朝者络绎，香火鼎盛。清康熙五十五年（1716）重修，改名仙济岩。

　　　　瀑界①天山碧，溪回路忽分。
　　　　秋声两岸叶，暮色万里云。
　　　　野鹤同僧静，闲花浣②俗氛。
　　　　耦耕应有待，清兴发微曛。③

【注解】

①瀑界：瀑流毗连。②浣：洗涤。俗氛：指尘俗之气或庸俗气

氛。③耦耕：耦（ǒu），相合、和谐。曛（xūn），同"醺"，醉。本诗前六句描写芙蓉岩况貌、秋景和画面：瀑流，碧山，曲溪，小路，秋风中的树声，暮色里的晴云，一同静寂的野鹤和僧人，洗涤尘俗的花卉——好一个平和淡远、逸雅清致的佛界圣地。末两句写感悟：期待在这里和谐耕作（修身养性），那将清静兴奋得犹如微微酒醉。

清·黄文汾（4首）

【作者简介】

黄文汾，字岷雪，号云畦（原名坊，字方水），岁贡士。学无不贯，堪称精湛，尤擅长宋明理学中朱熹、张载两派的理论，旁通天文地理之奥。曾被荐入都，坚持不去，雍正十年（1732）应壬子岁贡，选为训导，又不就。在乡里著书讲学，以文淑后进，其广博的知识、俊雅的文名，深受学子们爱戴、仰慕。"其时，士大夫家居讲学渐摩之盛，列郡之内，不但百里一贤，前后郁郁相望；士束发受学，亲见先生长者之容貌，而跃闻其说，其礼义之心勃然而生于中，熏蒸陶冶不可以已。"足见其讲学之风采。清顺治康熙年间，与吴之章、张尚瑗、黄文澍、邱成和等九人合修《赣州府志》，时称"贞堂九子"。后以子世成封承德郎礼部主客司主事。著有《奇字考》《制艺稿》《云畦诗文集》。

香山寺

【题注】香山寺，在信丰安西香山。建自唐以前。寺在山顶之曲，山高二十余里，五六月间，僧或衣锦絮，飞雾时罩殿宇，上有祖师阁，望邑治如斗。

穿云行鸟道，拾屐①步禅堂。
日转松梢上，阴移涧水旁。
微风生远壑，清磬②出高墙。
欲把诸峰数③，谁能九九详④。

【注解】

①屐：鞋子的一种，通常指木底的，或有齿或无齿，也有草制与帛制的。②清磬：清脆悠扬的磬声。③数：shǔ，述说。④九九详：九九，指香山有九十九峰。详，非常清楚，让人明白。

本诗虽取于家乡之景，却生出文士大家之心。前4句有唐宋山水诗的气质，特别是"日转松梢上，阴移涧水旁"与王维的"明月松间照，清泉石上流"有异曲同工之妙。

寒食日溯乌漾滩

【题注】寒食节这天从乌漾滩逆流而上。

满江鸣战鼓，匹练①走悬滩。
石上流泉易，人间行路难。
涨来三岗迟②，凿忆五丁残③。
不避垂堂④戒，危途食正寒。

【注解】

①匹练：本义成匹的长幅白绢，此为比喻水从山崖倾泻而下的

壮观景象。②三岗：三，在此并非实数，而是虚数，意为众多。"涨来"句的意思是：江水猛涨时人们逃到众多岗地上。③"凿忆"句：凿（záo），开凿，打通。这句说想起往昔欲把该滩的怪石凿开，许多强壮的男丁都致残伤。④垂堂：本义靠近堂屋檐下。因檐瓦坠落可能伤人，故用以喻危险境地。《汉书·爰盎传》："千金之子不垂堂，百金之子不骑衡（衡：本义绑在牛角上的横木。骑衡：比喻做危险的事）。"唐·颜师古注："垂堂，谓坐堂外边，恐坠堕也。"

铁石岩

【题注】旧志记载：铁石岩，在县南六十里，巅有二门，中可容数百人；又有石井、龙岩石，龙穿过见爪。岁旱祷之，声似鼓，水微涸，鸣金则长潦。石龙右爪俗呼"倒吊观音"，下临桃江。

铸剑飞腾山岳裂，此石不炼稜利质①。
水府龙宫戏游鱼，鲛人沐肿羞白日②。
笑语冈伾灵晦冥③，步怯岩幽窥正密。
攀援爪折三五余，击潭恐怒老蛟叱。
波平碧绿静无纹，倒影杳霭黯崒嵂。
忽有老人倚悬崖，青牛④饲草不相失。
问之不答笑不起，疑聋袒腹扪虮虱。
侧身下洞过谒庙，神色苍古鳞甲出。
金童侍立犹白皙，玉女手纤眸点漆。
折足鼎欹⑤南北东，败皮鼓⑥分五六七。
门外枫人⑦半倚墙，檐间瓦雀争投室。
羊马⑧渡头风正疾，现穴尽卷云奔逸。

霹雳横空来原野,神鞭欻吸⑨水精粟。

怒石啸然欲着人,归径虫吟声唧唧。

【注解】

①稜利质:稜(léng),《前汉·李广传》云,"威稜憺乎邻国"。《註》李奇曰:"神灵之威曰稜。"这句是说,此石无需修炼就有神灵气质。②鲛人:鱼尾人身,谓人鱼之灵异者。中国古代典籍中记载的鲛人即西方神话中的人鱼,它们长出的鲛绡,入水不湿;它们哭泣的时候,眼泪会化为珍珠。晋·干宝《搜神记》卷十二:"南海之外,有鲛人,水居如鱼,不废织绩,其眼泣,则能出珠。"沐胛:传说中的水怪名。"鲛人"句说,铁石岩洞里的鲛人、沐胛羞怯地露出白色的牙齿。③閟侐:bì xù。《诗·鲁颂》:"閟宫有侐。"閟,神也;侐,寂也,静也。晦冥:阴沉。"閟侐灵晦冥"是说,此岩之神灵寂静、阴沉。④青牛:指上古瑞兽"兕",相传"状如牛,苍黑,板角。逢天下盛,而现世出"。(意思就是说:兕形状像水牛,皮毛青黑色,头顶额心正中长有一根冲天牛角。只有天下即将兴盛,才会出来现世。)此处则指老人放牧的家牛。⑤折足鼎欹:折足,翻转脚。鼎,坚强挺立。欹(qī),倾斜,歪向一边。⑥败皮鼓:状洞内石头石壁如破旧的鼓。⑦枫人:老枫树。语出晋·嵇含《南方草木状·枫人》:"五岭之间多枫木,岁久则生瘤瘿,一夕遇暴雷骤雨,其树赘暗长三五尺,谓之枫人。越巫取之作术,有通神之验。"清·陆烜《梅谷偶笔》:"岭南枫木之老者或生瘿瘤,遇雷雨暴长一枝如人形,谓之'枫人'。"⑧羊马:地名,在今大塘埠镇南面。⑨欻吸:chuā xī,迅疾貌。《文选·江淹〈杂体诗·效王微〉》云:"寂历百草晦,欻吸鹍鸡悲。"唐·李善注:"欻吸,疾貌。"

赠凤西谢学博

【题注】赠学博谢凤西。学博,唐代府郡置经学博士,掌以五经教授学生。后泛称学官为学博。

莫逆相交四十秋,忆君棘试①写南州。
荆波庙②侧携樽酒,孺子亭③边数钓舟。
森玉今看珠树立④,合丹皆比谪仙俦⑤。
庐陵归去留光霁⑥,愧我虚生只白头。

【注解】

①棘试:古代科举时的棘院考试。棘院,科举的试院,为防止传递作弊,围墙上遍插荆棘枝,使人不能攀越。故称"棘院"。②荆波庙:古代一位名叫荆波的贤人死后,人们为纪念他而建的庙,称荆波庙,在南昌"荆波宛在"巷。③孺子亭:在南昌西湖畔,原为东汉南州高士徐稚垂钓处。④森玉:森严的考场。玉,成语"玉尺量才"的缩减。玉尺量才,指考试。珠树:原指神话传说中的仙树,后引申喻俊才。⑤合丹:调制丹药。谪仙:高官降职并调至边远地方任职。俦(chóu),同伴,伴侣。⑥光霁:成语"光风霁月"的缩写,形容雨过天晴时万物明净的景象。此喻谢凤西在庐陵留下良好印象和影响。

清·黄文澍（18首）

【作者简介】

　　黄文澍，字雨田，号石畦，文汾弟弟，副贡。质朴鲁而笃志力学，幼即志于身心性命之道，终年闭门博览群书，其学识渊博，治学严谨，对经史、地理、医学、文学诗词无不涉猎，尤精于经史、地理。常曰："读书当知律身卫道，仅仅文词末矣！"著述很多，有《经解》（五卷）、《经义杂著》（一卷）、《厚载志》《敬义录》《童子问》《圣学渊源》《禹贡集览》等，还有《左传杜林续注》《桃谷志》《石畦集》《地理志》《医宗辑略》《久大堂家礼经解》等。《厚载志》《禹贡集览》为当时士林传诵一时。"中国书网"载有其1644年的《石畦集》（十二卷）、《敬义录》《童子问》和《桃谷山房稿》（七卷）。

重九登南山

【题注】重九，即重阳日。南山，在信丰县城南一里，与览秀亭相对，左枕花村，右襟桃梦，登麓远眺，可尽信丰一邑之胜。

清瓷已对菊花菲，乘兴还来上翠微①。
山影入天穷碧汉②，雁声横浦极烟霏。
美人寂寂怀空谷，华发鬖鬖③倚落晖。
最是登临增怅望，寒砧④风急递林扉。

【注解】

　　①清瓷：清雅的瓷器，文人雅士赏玩之物。翠微：青翠掩映的山腰深处。②碧汉：碧天银汉的合称，即天空。③鬖鬖：sān sān，

头发下垂貌。④砧：本指捶或砸东西时垫在底下的器物，这里形容寒气砸来。

　　本诗首联写登南山缘起：正把玩着瓷器等古玩，发现菊花开得很茂盛，于是乘兴登南山。颔联描写山上所见：远看山影耸入碧蓝的天空，鸿雁鸣叫着横飞过水边的雾气。颈联、尾联登山所感：以美人的寂寞起兴，引出自己的惆怅——登上南山，本应欣喜，然而花白的头发在落日的余晖中垂散，寒风袭来急速地穿过树林，登到南山平添了我早生华发、寂寥落寞的惆怅。

登览秀亭

楚云越峤①接苍凉，万宰城头②照夕阳。
南雁几时归北塞，东流何日赴西荒③。
征车莫为昆邪④泣，词赋谁工得意扬。
寂寞戍楼鸟足长⑤，消沉隐约见飞黄⑥。

【注解】

　　①峤：qiáo，泛指高而陡峭的山峰。②【作者自注】城为宋邑令万亿所筑。③西荒：西方荒远之地。相传古代京畿之外划分为侯、甸、绥、要、荒，称五服。服，五百里。荒服最遥远。④昆邪：指昆邪王降汉。汉武帝元狩二年（前121），霍去病破陇西，俘虏昆邪王子及其相国、都尉。匈奴单于欲杀昆邪王。昆邪王和休屠王等遂降汉，共四万余人，号称十万。汉武帝封昆邪王万户，为漯阴侯。陇西、北地、朔方、云中、代五郡设五属国纳其部众。汉从此遂占有河间地，其地设酒泉郡。⑤戍楼：戍（shù），指边境，"戍楼"本指边塞防御建筑，可指城楼，此即此意。鸟足长，足够鸟长大腾

飞。⑥飞黄：亦名"乘黄"。传说为八骏中的神马，背有角，善飞驰，是马中之王。古文有云："飞黄，乘黄也，出西方，状如狐，背上有角，寿千岁。"亦有古手抄本记载为一种神兽。"初，帝狩东山，文武皆随，未时，大风忽起，人马皆惊，见密林中异兽腾空，声若惊雷，其通体金黄，类虎而生双翼，翼未动而自停虚空，威之所至，不敢久视，帝诘之，百官皆不能答，公独奏曰：虎生双翼者，此飞黄也，神兽也，见之国昌。帝还，禁东山，设祭。"成语"飞黄腾达"即出于此。

览秀亭为南宋时信丰知县万亿所建，其时长江以北被匈奴占领，作者由登亭而联想到当年知县万亿期望收复北方国土的爱国情怀。

九日登武龙山最高亭

【题注】九日即重阳日。武龙山，在信丰县城东约3公里处，为船往下航之关锁。古时山顶有寺庙，已废。山下北边是桃江之棱角滩。

古有高亭在县东，龙山此地又同名。
江声直向夕阳里，秋色遥分天汉①中。
云断雁来沙碛②远，月留人醉菊花丛。
狂歌记得当年③事，尤喜今无落帽风④。

【注解】
①天汉：天上银河。②沙碛：江中沙堆。③当年：往年，诗人青年时。④落帽风：能吹落帽子的大风。

本诗首联写武龙山最高亭所在地以及山名。颔联、颈联描写秋天夕阳时分登亭所见：桃江之水带着涛声奔向夕阳里，澄碧的秋色里可分辨出遥远的银河；从云天飞来的大雁落在江中沙滩上，一轮明月把人留在菊花丛中自我陶醉。尾联写在亭中狂歌，在歌声与和风（不落帽）中兴奋地记起往事。

东龛

苍崖忽破曙光开，涧底人行绕绿苔。
樵语①隐闻天上出，白云时见足边来。
剑分万仞②非顽铁，鬣起千年有迅雷③。
相对徘徊忘薄暮，霜林斜日满荒台。

【注解】

①樵语：打柴人说的话。②万仞：古代名剑。郭于章《剑记》："西晋寮有旌阳令许逊者，得道于豫章山，江中有蛟为患，旌阳没水投剑斩之，后不知所在，项渔人网得一石匣，鸣击之声数十里，唐朝道王为洪州否刺史，破之得剑一双，视其铭，一有许旌阳字，一有万仞字。"③鬣起千年：鬣（liè），马、狮子等颈上的长毛。"鬣起"句是说：千年迅雷激荡形成了鬣毛飘飞状。

过惶恐滩吊文信国

【题注】文天祥千古名句"惶恐滩头说惶恐，零丁洋里叹零丁"说的"惶恐滩"，位于江西万安县境内，是千里赣江十八滩的最后一个锁口。此处江水湍急，暗礁林立，令人望而生畏。文信国，即文天祥（1236—1283），初名云孙，字宋瑞，一字履善，自号文山、浮休道人。江西吉州庐陵（今吉安市青原区富田镇）人，宋末政治家、文学家，爱国诗人，抗元名臣，民族英雄。宝祐四年（1256）状元，官至右丞相。至元十九年（1282）十二月初九，在柴市（今北京东城区府学胡同西口）从容就义。封信国公。著有《文山诗集》《指南录》《指南后录》《正气歌》等。

  赣石从兹上蹇嵯①，孤臣千古道陂陀②。
  黄冠③故里同孤竹，过客投诗似汨罗。
  涛撼星辰旋地轴，濑④鸣鹳鹤彻大河。
  要知一死何曾欠，我欲招魂雨一蓑。

【注解】
①赣石：指赣江。此说源于唐·孟浩然《下赣石》诗，其开头："赣石三百里，沿洄千嶂间。沸声常活活，洊势亦潺潺。"蹇：jiǎn，蹇滞，不顺利；嵯，险峻。②孤臣：孤陋无知的臣子。《文选·张衡·东京赋》："由介以西戎孤臣，而悝穆公于宫室。"三国·吴·薛综注："孤臣，孤陋之臣也。"陂陀：pō tuó，亦作"陂阤"，倾斜不平貌。③黄冠：古代指箬帽之类，蜡祭时戴之。《礼记·郊特牲》："黄衣黄冠而祭，息田夫也。野夫黄冠；黄冠，草服也。"北朝·北周·孔颖达疏："黄冠是季秋之后草色之服。"后借指农夫野老之服。④濑：湍急的水。

五月初三夜泊龙下张公庙

【题解】龙下，地名，原属信丰管辖，后划入全南县。

  庙食蛟龙气，枯楂①倚野航。
  天暝青嶂合，江没太阳荒②。
  令节③思儿女，轻鸥羡颉颃④。
  滩声何太急，永夜吼雷硠⑤。

【注解】

①枯查：亦作枯槎，指竹木筏或木船。②太阳荒：阳光没有了。③令节：犹佳节。④颉颃：xié háng，指鸟上下翻飞。《诗·邶风·燕燕》："燕燕于飞，颉之颃之。"⑤硠：láng，水石撞击声。

坐鹞公山

【题注】鹞（yào）公：雀鹰的俗称。古名"鹞子""笼脱"，今通称"鹞鹰""鹞子"。鹞公山，形似鹞鹰的山，指信丰哪座山，无从考据。

空山独占寺，入夏绝清凉。
问酒无邨市①，弹琴有夕阳。
僧孟②归鸟道，牧笛下羊肠。
每拟出山路，愁看日正黄③。

【注解】

①邨（cūn）市：邨同"村"。无邨市，即村里没有卖。②孟：勉力，指劝勉、鼓励。③日正黄：言日呈黄色，即将要下山了。

晚泊崇先月光围

【题注】崇先即崇仙，月光围系崇仙临桃江的一个地方。

晚江犹寂寞，坐撚鬓毛颁①。
帆落夕阳下，天旋捩柂②间。
相看新月迥，独对此身闲。
破闷还需酒，空怀半掬悭③。

【注解】

①撚：niǎn，同"捻"。颁：bān，同"斑"，花白。②掠柂：liè duò，即"掠舵"，亦作"掠柂"。拨转船舵，指行船。③掬悭：jū qiān，掬，双手捧起；悭，穷困。掬悭，把穷困捧起置之一边。宋·杨万里《张尉惠诗和韵谢之三首》之一："老去才情半掬悭，不愁不退岂愁前。清风明月无拘管，与子分张更一年。"

和刘明府来星阁饯别赣县张明府

【题注】信丰刘（治国）知县写了"在来星阁设宴送别赣县张知县"的乐府体诗。此为作者的唱和（hè）之作。

车从晓发桃江涘①，秋风漾漾吹衡芷②。
使君③送客和翩翩，山城童叟还相视。
杰阁④高高载酒临，骊歌⑤别管入遥岑。
使君惜别见古人，丈夫行役⑥何足论。
相期许国为一身，问官和道岂无言。
把酒聊复尽一觞，宾主相看俱异乡。
天涯何处寻知己，登高临水长相望。
河梁行李客已去，遥帆明灭在斜阳。
银河耿耿长天泻，古树荒台飞鸟下。
千秋总是劳劳者⑦。

【注解】

①涘：sì，水边。②衡芷：héng zhǐ，本义杜衡和白芷。常用以比喻美德或高尚的志向。《楚辞·刘向〈九叹·逢纷〉》："怀兰蕙与衡芷兮，行中壄而散之。"汉·王逸注："言己怀忠信之德，执芬香

之志,远行中野,散而弃之,伤不见用也。"此处用的本义。③使君:汉代称呼太守刺史,汉以后用做对州郡长官的尊称,可以通俗地理解为先生。④杰阁:高阁。唐·韩愈诗《记梦》:"隆楼杰阁磊嵬高,天风飘飘吹我过。"⑤骊歌:本义是告别时唱的歌。先秦有一首逸诗名为《骊驹》:"骊驹在门,仆夫具存;骊驹在路,仆夫整驾。"客人临别歌《骊驹》,后人因而将告别之歌称之为"骊歌"。李白《灞陵行送别》:"正当今夕断肠处,骊歌愁绝不忍听。"⑥行役:旧指因服兵役、劳役或公务而出外跋涉。《诗·魏风·陟岵》:"嗟!予子行役,夙夜无已。"也泛称行旅、出行。南朝·梁·柳恽《捣衣诗》:"行役滞风波,游人淹不归。"此指张明府因公外出。⑦劳劳者:使能劳(干)的人劳累。

游谷山

竹兜呕哑出嵺嶆①,环眺苍茫首自搔。
云卷峰头天势近,日开林脚地形高。
更攀薜荔②竞猿臂,直上崔嵬跨鹤尻③。
适志聊为偕惠远④,坐疑身世一鸿毛。

此日经过数巳三,老翁下阄⑤似曾参。
云端玉溜通香积,殿后峰尖上蔚蓝。
卓锡已惊蓬岛鹤,安禅应制毒龙⑥潭。
名山漫美僧多占,千载灵惭吾道南⑦。

【注解】

①嵺嶆:láo cáo,《集韵》:嵺嶆,山险也。《张协七命》:"嶰

谷㘰嶍张其前。"《讠主》：山深空貌。此是后义。②薜荔：bì lì，又名凉粉子、木莲等。攀援或匍匐灌木，叶两型，不结果枝节上生不定根，叶卵状心形。瘦果水洗可作凉粉，藤叶有药用。③尻：kāo，臀部、尾巴。《聊斋志异·狼三则》："身已半入，止露尻尾。"④惠远：即慧远大师（334—416），俗姓贾，东晋时人，居庐山，与刘遗民等同修净土，为净土宗之始祖。在庐山，他对佛教理论进行了深入研究，且有所发挥，使佛教和政治进一步结合起来，推动了佛教的发展。慧远不仅精研佛学，而且兼通经学和玄学，一身兼儒、佛、玄三家。慧远于晋安帝义熙十二年（416）卒于庐山东林寺，享年83岁。他的著作被整理为10卷50余篇，现存有《沙门不敬王者论》《明报应论》《三报论》《沙门袒服论》4篇论文，《庐山出修行方便禅统经序》《大智论钞序》《阿毗昙心序》《三当度论序》《念佛三昧诗集序》5篇序文，此外有书信14篇以及一些铭、赞、记、诗等。这里的"偕惠远"，意思为偕同僧人。⑤下闱（wéi）：进入某一范围，此指谷山僧寺。⑥毒龙：佛家比喻邪念妄想。王维《过香积寺》："薄暮空潭曲，安禅制毒龙。"⑦道南：典出历史名人杨时。杨时，字中立，号龟山，福建省三明市将乐县人，宋代著名理学家、教育家、文学家，师从"二程"（程颢、程颐），是"程门四大弟子"之一，曾留下"程门立雪"尊师重教的千古美谈。杨时拜程颢为师，学习勤奋，学成回归之日，向恩师告别，程颢目送他离去，对旁边人说："吾道南矣！"北宋元祐八年（1093），杨时二度到洛阳，再拜程颐为师，从而得到"二程理学"的所有真传。后来，他在江苏、浙江、江西、福建等地讲学授徒，弟子数千，成为"二程理学"南传发展的至关重要的人物，后人称之为"道南第一人"，应验了程颢的预言。这便是"道南"一词的来历。

次谷山道中

【题注】 次:次韵,亦叫步韵,系旧时古体诗词写作的一种方式,即按照原诗的韵和用韵的次序来和诗。本诗题意:和(有人写的)《谷山道中》诗。

彳亍①沿西溪,雾释岚光翠。
望山山不远,入山山未是。
上界空灵根②,浮玉③势无比。
茫茫问前修,古今几人至。
同为逆旅人④,已至还复去。

焉策东海鞭,孰挽五丁臂。
凿此玉芙蓉,力负不辞瘁。
应锥宝复开,再引仙灵继⑤。
篮笋哅苍黄⑥,逼仄尚复悸⑦。
如我臂化猿,攀跻有遐思。

【注解】

①彳亍:chì chù,慢步行走;形容小步慢走或时走时停的样子。②上界:旧指天上神仙居住的地方。灵根:修士的修行素质。空灵根:最稀有的灵根,是修仙界最顶尖的灵根资质,拥有最好的灵气适应性。③作者自注:石仓志谓谷山望之如浮仓玉。④逆旅人:逆旅,客舍、旅馆。亦指旅居,常用以喻人生匆遽短促;或指流浪、漂泊,居无定所。逆旅人:古代有个余音绕梁的故事,说的是有个善歌唱的女子韩娥向东到齐国去,途中缺少粮食,经过雍门,卖唱换取。经过旅店,旅店的人欺辱她。韩娥便用长音悲哭,整个街巷

的老人小孩听到后都悲伤忧愁，流泪相互看着，三天不吃饭。（韩娥）走了之后，（她）歌声的余音在房梁间缭绕，多日未绝，左右邻舍都认为她没有离开。韩娥回来，又放声歌唱，整个街巷的老人小孩都高兴得又蹦又跳，忘记了先前的悲伤。⑤作者自注：俗传岩有一窟出谷，僧嫌其小，凿而大之，宝遂塞，谷不复出。⑥篮笋：竹床，竹轿。咷：即"啕"，表示大声叫或哭喊。苍黄：本指青色和黄色。后用以喻事情变化反复。⑦作者自注：雪溪乘竹兜谓下视心怖。

次题仙济岩壁

高岩夹层穴，入云风不定。
紫菌①倚天多，黄叶剥地賸②。
悬崖作佛龛，轩豁据幽胜。
芙蓉灼灼开，沉坱③跡已整。
窈窕复阁施，玉溜丝竹听。
色如老铁肝，致若紫蛙莹。
仙人祐瑶草，石犬当踏云。
暦光④凌牛斗，陈荫翳蛟龙。
溟艳艳叶绿，仙姝绣衣罗。
石磴顾盼生，微妍巧倩澄。
秋疑叱此灵，宝开我今呼。
欲因村女插，仙花嫣嫣然。
拜祈孕已系，滴乳珠⑤更穿。
出云径还茭⑥，老生迂攀跻。
畏险磴我赏，退之辨重驭。

觉疑梦妖幻，恍惚迷山径。
俗伪言难据，行怪理莫凭。
秦桥⑦吹渔鼓，汉阁恣樵心⑧。
愿与诸同人，细将此事订。
莫效金泉愚，纪载事迁佞。⑨

【注解】

①紫菌：紫色细菌，一种光合细菌，多见于池沼地，呈红至褐色，大小和形态多种多样。②賸：shèng，同"剩"，剩余，很多。"剥地賸"言剥落满地。③沉坱（yǎng）：即尘埃、污秽。④厤光：厤，即"历"，此为"分明""清晰"，如历然在目。厤光，即清晰的光。⑤作者自注：妇女祈子者以线缚石乳，有水珠云即得男。⑥作者自注：岩顶有仙女坐化处，诸同人惧险，而诸女郎垒垒出岩上。茇：bá，同"跋"，登山涉水。⑦秦桥：相传秦始皇东游时驱石所造的石桥。晋·伏琛《三齐略记》："秦始皇于海中作石桥，海神为之竖柱。始皇求与相见。神曰：'我形丑，莫图我形，当与帝相见。'乃入海四十里，见海神，左右莫动手，工人潜以脚画其状。神怒曰：'帝负约，速去。'始皇转马还，前脚犹立，后脚随崩，仅得登岸。画者溺死于海，众山之石皆倾注，今犹岌岌东趣，疑即是也。"后用"秦桥"喻造桥有如神助。唐·李贺《古悠悠行》："海沙变成石，鱼沫吹秦桥。"⑧汉阁：指汉扬雄校书之天禄阁。唐·杜甫《夔府书怀四十韵》："文园终寂寞，汉阁自磷缁。"恣：zī，本义放纵，无拘束。方言有"舒服"义。此为方言义。恣樵心，意为让打柴人心里舒服。⑨金泉：犹指金钱。宋·苏轼《次韵王晋卿和烟江迭嶂图》："管弦去尽宾客散，惟有马埒编金泉。"清·赵克宜注："金泉，即金钱也。《周礼·地官·泉府》注：

泉或作钱。"迂佞：yū nìng，才智迂缓（不灵敏）。迂，迂缓，不直截了当；佞，才智。

次咏芙蓉岩

芙蓉倚碧空，烂漫云霞飐①。
林影如簾笼②，绰约冀丝蔪③。
绝艳当窗牖，枧④现翠眉染。
我拟凌波⑤人，冉冉出菡萏⑥。

【注解】

①飐：zhǎn，风吹物使其颤动；又为飘动的样子。②簾笼：lián lóng，亦作"帘笼""帘栊"，窗帘和窗牖，亦泛指门窗帘子。③蔪：jiān，渐渐长（zhǎng）长（cháng）的样子。④枧：jiǎn，同"笕"。引水的竹、木管子。⑤凌波：本指波涛，用以比喻美人步履轻盈。⑥菡萏：hàn dàn，古人称未开的荷花为菡萏，即花苞，亦指荷花。《诗·陈风·泽陂》："彼泽之陂，有蒲菡萏。"

次咏出谷岩

【题注】出谷岩，即传说的谷山曾出谷的岩洞。

昔传山下田，其谷实颖栗①。
致令群儿愚，遂云嵒出秫②。
北廪应天仓③，积膺芬且馝④。
我寻谷水源，云蒸甑腹失。
仙人烂青精⑤，呼之未肯出。

【注解】

①【作者自注：九域志南壁西产谷，独嘉故里，曰谷田水，曰谷水，因以名山。】颖栗：yǐng lì，谓禾穗繁硕。颖，长出芒的穗；栗，谷粒饱满坚实。语本《诗·大雅·生民》："实颖实栗。"毛传："颖，垂颖也。栗，其实栗栗然。"②喦：yán，同"岩"。秫：shù，《说文》云，"秫，稷之黏者也"。黏高粱，可做烧酒。有的地区指高粱。这里泛指谷。③【作者自注：石仓志邑西有谷山北有廪山因名信丰云。】④积廥（kuài）：亦写作"廥积"，指库藏的粮食或秫草。芬苾：fēn bì，芳香。语本《诗·周颂·载芟》："有苾其香，邦家之光。"毛传："苾，芬香也。"⑤青精：指青精饭。宋·陆游《星坐道室有感》诗："一钵青精便有余，世间万事总成疏。"钱仲联注："青精，青精饭，道家所食。"清《事物异名录·南烛草》："青精……又曰墨饭草，以其可以染黑饭也。故黑饭亦名青精。"

次咏丛桂岩

秋林已霪霏①，郁郁丛岩桂。
天香②月下飘，金粟洞中缀。
蟪蛄③啾啾鸣，崚嶒石磨砺。
淮南不见招④，睇眄⑤隔人世。

【注解】

①霪霏：霪，久雨；霏，飘扬。②天香：此指桂花香。宋·刘克庄《念奴娇·木犀》词："却是小山丛桂里，一夜天香飘坠。"③蟪蛄：huì gū，又名"知了"，蝉的一种。④淮南不见招：西汉时刘邦封英布为淮南王，置淮南国，后汉高祖刘邦之孙、淮南厉王刘长之子刘

安(前179—前122)为淮南王。他曾招宾客方术之士数千人,编写我国思想史上划时代的学术巨著《淮南子》。此句意思是说,《淮南子》里没有有关丛桂岩的记载。⑤睇睨:dì nì,斜视。

次咏刘婆井

【题注】康熙五十八年《信丰县志》题此诗《次咏罗汉井》。乾隆十六年县志用本题目。

宝月当唐诗①,圆极疑在汉②。
卓锡开玉泉,彼时天花散。
半空起夭矫③,界天④落珠烂。
石龙袒眉腹,玉女拥匜盥⑤。
蜿蜒到人间,曲曲回千干⑥。

【注解】

①作者自注:唐宝月禅师说法于此寺因名。②作者自注:圆极禅师于汉时驻锡于此,凿此泉。③夭矫:yāo jiǎo,形容姿态的伸展屈曲而有气势。④界天:即接天,极言其高。⑤匜盥:yí guàn,匜与盥,古代一种盛水洗手的器皿具。匜还可作盛酒的器具。⑥千干:井干楼,汉武帝时建。亦名"井干台"。《史记·孝武本纪》:"乃立神明台、井干楼,度五十余丈,辇道相属焉。"这里是"楼台"义。此句意思是:一曲曲回响于众多楼台。极言民众对开井的赞誉。

次咏鹦鹉石

点头证①有情,化为鹦鹉石。

　　　　记取多心经，非恋盂中粒。②
　　　　不向陇山飞，长此山头立。
　　　　我来对汝言，屐齿苍苔湿③。

【注解】

　　①讵：jù，岂，怎。表示反问。②心经：指阐述大乘佛教中空和般若思想的经典，全称摩诃般若波罗蜜多心经，略称般若心经、心经，唐玄奘译。该经在佛教三藏中的地位非常殊胜，相当于释迦牟尼佛的心脏，将内容庞大之般若经浓缩成为表现"般若皆空"精神之简洁经典。"色即是空，空即是色"一语即出自本经。盂：yú，《说文》："盂，饮器也。"本义是一种盛液体的器皿。亦指盛饭的器皿。佛教有"盂兰盆会"，是每逢农历七月十五日（中元节）佛教徒为超度祖先亡灵所举行的仪式。"记取"两句，把鹦鹉石比拟成虔诚的佛教信众，信奉《心经》，不贪不移。③苍苔：苍，深青色，深绿色。苔，隐花植物的一类，根、茎、叶的区别不明显，常在阴湿的地方生长。此为青色苔藓。末尾"屐齿"句说：我的木屐都被苍苔沾湿了。意思是我很虔诚地来到这里。

记游谷山及仙济岩

　　　　谷山高峙谷水下，北流城西一溪泻。
　　　　长春日静洞门深，玉浮苍碧古南野。
　　　　昔年北地尝为主（1），今日松门忽来也。
　　　　伻报蓬门一纸书，拜命疃庄手相把。①
　　　　高秋八月十有八，云间先生巳叱马②。
　　　　我行故迟杖无钱，随亦蹇步③劳腿踝。

老学樵夫作绿磴④,场中脚色从聊且。
惟喜谷麓见年丰,翻禾布野积如朵。
低云下山峰欲动,高泉出树晴雨洒。
佛头螺青剑削天,枫叶丹黄复如赭。
重来不见旧题诗,于今潘岳⑤长篇写。
夜坐谭禅听法鼓⑥,句句写生如大雅。
鞭箠各自具炉锤,造化随形赴陶冶。
樗师饶有远公致,公子翩翩酌玉斝⑦。
夜见灵光狁吟月,昼入太阴龙翻閜⑧。
我拟腾化入高寘⑨,王生携我杖不舍。
来此更觅岭头路,山僧亦此迷云逻。
崎岖攀跻出山根,恨咒不化鹤为跨。
仙济岩头紫气高,铁精炼就成佛夏。
千霄复阁开玉房,水作珠簾珉作瓦。⑩
越女乘风驾紫车(2),芳年二八腰媒妮⑪。
藤萝蒙茸绣裙花,秦帔汉髻飞琼蛇。
于今岩下艳芙蓉,想像朱颜绿鬟髀⑫。
目秀无穷求福人,长裙小步姑呼姐。
上岩几度作娇怯,下闻天上莺声哆(3)。
白鹤飞去不复还,蟠桃几熟青枝槎。
刘郎⑬昔入天台去,仙姝千岁今亦寡。
我到上方还复上,独上峰顶足如撬。
渺渺一望秋山空,徘徊无语默如哑。
仰首叫阊⑭开天宫,倏忽云烟偏山坷。
石苔紫翠多灵葩,攀折聊将两手扯。

归来三宿宝月林,三更月上转车輗⑮。
朝辞跃师取归路,竹杖逶迤下山埵⑯。
回首山顶云似银,撑立一瓣青莲朵。
隔溪有鹿呼人迹,洞天依旧云深璅⑰。

【作者自注】诗中有3处:(1)疃庄自谓昔为此山主人。(2)岩中祀仙女子系南雄乌迳叶氏女,聋而不言,年十六忽告辞父母,乘云至此坐化。(3)予辈方坐岩中,而诸女郎莲步轻促,缘石壁走岩顶,语声婉转,恍闻云中仙子音韵。

【注解】

①"伻报"句:伻(bēng),《尔雅·释诂》:"使也,又从也。"伻报,即使报。蓬门:用蓬草编成的门,借指贫苦人家。疃(tuǎn)庄:疃,村庄。陆游《入蜀记》:"自出城,即黄茅弥望,每十余里,有疃数家而已。"这里借代村庄里的人。②叱(chì)马:《说文》云,"叱,呵也。"叱喝。③蹇步:jiǎn bù,谓步履艰难。南朝·宋·谢瞻《张子房》诗:"四达虽平直,蹇步愧无良。"④绿蹬:蹬(dèng),本义"山路上的石台阶"。绿蹬在此意"用绿藤做登山鞋"。⑤潘岳:即潘安(247—300年),西晋著名文学家。潘安美姿仪,少以才名闻世,20岁时晋武帝躬耕籍田,他作赋以美其事,洒洒千言,辞藻优美,为众所嫉,遂十年不得升迁。30余岁出为河阳县令,令全县种桃花,遂有"河阳一县花"的典故。文学上潘安与陆机并称"潘江陆海",时有"陆才如海,潘才如江"之说。这里是作者借潘岳指代当时的文人。⑥法鼓:宣扬佛法,普度众生。法华经有"击大法鼓"和"法鼓常鸣"之言。⑦樗(chū)师:指战国时期的樗里疾。樗里疾(?—前300年),战国中期秦国宗室、将领,秦孝公庶子,秦惠文王异

母弟。因足智多谋,绰号"智囊",被后世堪舆家尊之为"樗里先师"。这里以樗里疾指代智者。玉荦(luò):《说文》云,"荦,驳牛也。"玉荦,指黄白色的牛角杯,这里指牛角杯里的酒。⑧"夜见"句:狖,yòu,古书上说的一种猴,黄黑色,尾巴很长。閜,xiǎ,裂开:"谽呀豁閜。"⑨高寘(zhì):指高处。⑩"千霄"句:玉房,闺房的美称。珉,mín,《说文》:"珉,石之美者。"亦作瑉、瑌。像玉的石头,一种美玉。⑪婑婀:wǒ nuǒ,娇媚柔美。⑫鬌:duǒ,同"䰂",下垂。⑬"刘郎":史上"刘郎"有多指:南朝宋武帝刘裕、汉武帝刘彻、汉高祖刘邦、三国刘备。此指东汉曾于天台山采药的刘晨。相传刘晨和阮肇入天台山采药,为仙女所邀,留半年,求归,抵家子孙已七世。唐·司空图《游仙》诗之二:"刘郎相约事难谐,雨散云飞自此乖。"⑭叫阍(hūn):旧时吏民因冤屈等原因向朝廷申诉。杜甫《奉留赠集贤院崔于二学士》诗:"昭代将垂老,途穷乃叫阍。"⑮輠:guǒ,车轮转动貌。⑯埵:duǒ,本义坚硬的土。⑰璅:suǒ,门缕。

清·俞嘉哲(3首)

【作者简介】

俞嘉哲,字帝潆,信丰人,康熙五十三年(1714)甲午科进士,湖南安仁县教谕。康熙五十八年《信丰县志》参辑者之一。

游香山

一望香山兴会赊①,轻风吹袂上巅崖。
层峦静息云中鹤,峭石喧翻日暮鸦。
径拂蒙茸②侵短杖,僧收落叶煮新茶。
同人绰③有凌云慨,俯瞰身疑蹑泰华④。

【注解】

①兴会赊:兴会,本意为偶有所感而产生的意趣。引申义为意趣;兴致。赊:多,繁多。兴会赊,即兴致繁多。②蒙茸(qì):覆盖。《左传·哀公三年》:"蒙茸公屋。"杜预注:"以濡物冒覆公屋也。"③绰:chuò,宽裕,有余。④蹑(niè)泰华:蹑,踏,登。泰,《易·泰》云,"象曰:天地交,泰。"王弼注:"泰者,物大通之时也。"蹑泰华,言踏在一方通泰光彩之处。

梅花村

【题注】赣县知县、康熙五十八年(1719)主持编修了《信丰县志》的张瀚在《梅花邨记》一文中写道:"从县治跨桥而东,由桃枝江岸一径,从修竹中曲折迂回而入,有一村焉,环村皆植梅……为邑隐君子戴君伯靖之所居也。"由此推断,梅花村在今桃江大桥东端"竹林居"小区处。

东郊探野色,幽径傍渔津①。
白夺霜天景,香含物外春。
生来冰玉骨②,爱伴草庐人。
逸兴③年年是,呼朋洗酌④频。

【注解】

①渔津：打鱼渡水处。②玉骨：梅花枝干的美称。③逸兴：超逸豪放的意思。④洗酌：洗杯斟酒，即喝酒。

和明府张澹仙先生招游红叶岸元韵

【题注】题目意思：和知县张澹先生诗《招游红叶岸》原韵。元韵即原韵，取元音之元，以示尊崇。

> 江城秋色落江东，乱点丹黄①映碧空。
> 风劲正看凋夏绿，霜摧翻欲斗春红。
> 无花照眼心偏醉，有径停履画未工②。
> 放棹③人如仙境去，桃源宛向市廛④通。

【注解】

①乱点丹黄：胡乱搭配红黄花卉，形容花卉盛开。②画未工：想画下来却工夫不足。③放棹：棹，zhào，划船的一种工具，形状像桨。放棹：意为乘船、行船。④市廛：shì chán，指店铺集中的市区。

清·黄洪生（2首）

【作者简介】

黄洪生，字词源，黄戴玄嫡孙，生员。康熙五十八年《信丰县志》参辑者之一。县志记载：世其家学为文，一本成弘规范，蜚声庠序。少遭家难，逆来顺受。岁丙辰（1676年）流贼寇城下，偕父挈家避乱，有为贼乡导者,与父俱陷贼营。洪生以智饵守者,得脱身。著有《静虚堂集》。

将军寨

【题注】旧志有"将军山"的记载:在县东九十里,岩壑蔽亏,旧传土人遇乱,避地其上,有将军显灵异退贼。因名。

地占长杨①势,营屯西柳②师。
万山环铁垒,一水绕汤池③。
树影高牙④动,滩声战马驰。
到今人已去,空剩草花孳⑤。

【注解】

①长(cháng)杨:连绵的杨柳。唐·温庭筠诗《太子西池》之二:"薄暮香尘起,长杨落照明。"②西柳:柳树的一种。③汤池:池水如沸汤而不可近。喻防守坚固。④高牙:大纛(dào),牙旗。《文选·潘岳〈关中诗〉》:"桓桓梁征,高牙乃建。"李善注:"牙,牙旗也。兵书曰:牙旗,将军之旗。"⑤孳:zī,滋生,繁殖。

照镜石

【题注】旧志云:照镜石,在县南一百里。形圆,迳二丈许,色莹白明净如镜。

可是轩辕①旧日游,菱花②铸就半山留。
影沉潭底鱼惊避,光灼林间鸟畏投。
暗去因埋云共雾,明来直射斗和牛③。

天然不用温台架④，日日长江⑤照客舟。

【注解】

①轩辕：xuān yuán，即黄帝（前2717-前2599），古华夏部落联盟首领，中国远古时代华夏民族共主，被尊为中华"人文初祖"。据说本姓公孙，后改姬姓，居轩辕之丘，号轩辕氏。史载因有土德之瑞，故号黄帝。黄帝以统一华夏部落与征服东夷、九黎族而统一中华的伟绩载入史册。②菱花：镜子。古代以铜为镜，映日则发光影如菱花，因名"菱花镜"。《善斋吉金录》有唐菱花镜拓本，形圆，花纹作兽形，旁有五言诗一首，首句"照日菱花出。"③牛与斗：即牵牛星和北斗星，指天空。④温台架：冷热适中的平台做支撑。⑤长江：长久地倒映桃江里。

清·黄文沅

【作者简介】

黄文沅，信丰人，著有《索轩集》。

下乌漾滩

【题注】乌漾滩，在信丰县城西北约15公里的桃江里，俗称五羊滩。昔时河道陡窄、礁石嶙峋、急流汹涌、险于航行。本诗"下"和后首"上"系动词而非方位词。

数来滩十八,一路锁桃江。
最险惟兹独,余者未可双。
雄风高驾浪,怒马下飞泷①。
船疾凭操舵,无劳②众力扛。

【注解】

①泷:lóng,急流的水。②无劳:不用劳累。

上乌漾滩

天险存乌漾,桃源巨壑封。
穿云舟一叶,凌雪浪千重。
欲看三槁拥①,先惊万石冲。
风波休道恶,涤荡快心胸。

【注解】

①槁:通"篙"(gāo),撑船的竿。三槁拥,三面船竿围着,形容许多人撑着船竿撑船逆水上乌漾滩。

清·傅璋

【作者简介】

傅璋,字士颖,信丰人,康熙五十年(1711)辛卯科武举人。

游松梵庵

客来精舍①里,花影一帘轻。
满院松涛响,诸天梵呗②清。
诗凭幽鸟和,茶谢老僧烹。
何日携良友,熏敲黑子枰③。

【注解】

①精舍:最初是指儒家讲学的学社,后来也指道士、僧人、玄士修行者修炼居住之所。《后汉书·党锢传·刘淑》:"淑少学明《五经》,遂隐居,立精舍讲授,诸生常数百人。"②梵呗:fàn bài,和尚念经的声音,中国佛教音乐原声的特称。③熏敲:熏通"曛",黄昏。枰:píng,棋盘。此句是说:在棋盘下棋(敲黑子)到黄昏。

清·刘锡瓒

【作者简介】

刘锡瓒,河南商丘人,例贡。康熙六十一年(1722)出任信丰县令。

留别贡士熊献周

鞅掌纷纷事抚循①,才疏上理未能臻。
六年报最无三异②,千里言归止一身。

玉斝③银缸消永夜，青山白水度芳辰。

临岐④握手无他嘱，表率还应化俗淳。

【注解】

①鞅掌：yāng zhǎng，谓职事纷扰繁忙。《诗·小雅·北山》："或栖迟偃仰，或王事鞅掌。"孔颖达疏："传以鞅掌为烦劳之状……今俗语以职烦为鞅掌。"抚循：安抚，慰问。《墨子·尚同中》："助之言谈者众，则其德音之所抚循者博矣。"②三异：原指汉中牟令鲁恭行德政而出现的三种奇迹。后泛指行德政。典出《后汉书卷二十五·卓鲁魏刘列传·鲁恭》："恭专以德化为理，不任刑罚。建初七年，郡国螟伤稼，犬牙缘界，不入中牟。河南尹袁安闻之，疑其不实，使仁恕掾肥亲往廉之。恭随行阡陌，俱坐桑下，有雉过，止其傍。傍有童儿，亲曰：「儿何不捕之？」儿言「雉方将雏」。亲瞿然而起，与恭诀曰：「所以来者，欲察君之政迹耳。今虫不犯境，此一异也；化及鸟兽，此二异也；竖子有仁心，此三异也。（今螟虫不犯中牟，这是一奇；德化及于鸟兽，这是二奇；连小孩都有仁心，这是三奇。）③玉斝（jiǎ）：最初是指玉制的酒器，后引申为酒杯的美称，也引申为美酒。此指美酒。④临岐：亦作"临歧"。本为面临歧路，后用为赠别之辞。

清·黄世成（11首）

【作者简介】

黄世成（1705—1776），字培山，号平菴，信丰新田人，27岁入郡庠研习经学古文，颖悟异常，深得督学李钟侨器重，并被礼聘作阅试。次年，考中拔贡被选送京城廷试。到达京城后，因尚慕方苞的学说而奔门受业。后在太学期间，得到大学士朱轼、祭酒孙嘉淦赏识，被期望为"他日社稷臣"。乾隆元年（1736）登二甲进士，官礼部主客司主事。不久，因母丧辞官返乡，以明经讲学为乐。与祖父虞、父文汾名噪郡县，誉满京都，被当时郡中文士推为"信丰黄氏三世"。有诗文集50卷，《经解》8卷，《偶札》4卷，《耳目志》2卷等，并协修过吉水、赣县、信丰等三县县志，但多已亡佚。所存诗文，多为描写故土风情及经说之属，读来亲切有味。

信丰风土

家住何乡图①，桃源赣上行；
西南山倚郭，东北水浮城；
户有唐朝籍，人皆中夏声②；
先明遗旧谚，呼作小南京。

滩石峥嵘怒，舟从鸟浴回。
三桥水面卧，千堞镜中来。
古墙粘天半，青山拥县隈③。
汉时南壄地，文物到今推。

山水明楼阁，烟岚映叠重。
玉交梅作壩，碧峙岭名松。
祖庙家家重，歌筵处处逢。
南村春事早，桃李发深冬。

桃梦③双流夹，人烟聚水东。
鱼盐缘粤集，木筏向吴通。
望郭知民信，闻山识地丰。④
从来俗直朴，惠化⑤易为功。

【注解】

①乡图：宋元时以"乡""图"为地方区划名，明清时改乡为都，改里为图。乾隆十六年《信丰县志》：宋元信丰县分五乡辖八图。明洪武十四年（1381）并为四十六图。②中夏：本义为华夏，中国。此指中原地区。此句说信丰人说的是中原地区的声音。③隈：wēi，本义山或水弯曲的地方，泛指弯曲处、曲深处。县隈，即县城城墙弯曲处，亦指城角。③桃梦：桃江和梦水，梦水即西江河。④【作者自注】邑有民信门及谷山廪山。⑤惠化：旧谓地方官为人所称道的政绩和教化。李白《赠徐安宜》诗："清风动百里，惠化闻京师。"

上桃江

一水多曲折，巨石边相凸。
风帆上急湍，挺篙看舵掖①。
天旋四山中，团绕如靛涅②。
遥峰忽开豁，烟光见明灭。

阴云屯朔吹③，天意正欲雪。
舟中拥火坐，寒涕下隆准④。
视彼弄舟人，立水骨欲折。
牵缆涩前行，谁怜指头结⑤。

【注解】

本诗写船夫和纤夫在桃江河里撑船、拉纤的艰辛。

①挼：扭转。②靛涅：青黑色。③屯朔吹：tún shuò chuī，屯，聚集；朔吹，指北风。④隆准：鼻梁。⑤指头结：指头屈曲。

本诗体式上属五言排律，全诗细致描写了船夫和纤夫在桃江河里撑船、拉纤的艰辛，表达出诗人对他们的深切同情。开头2句写桃江河河道曲折、巨石夹岸。3—10句具体描写撑船、拉纤的情景：扯起风帆往湍急的上游撑，船篙力挺船舵扭转，撑船人只觉得"天旋四山中"，眼前团绕着青黑色；忽然看见远处的山峰开朗了，那里有忽明忽灭的烟光。但是，阴云聚集北风吹来，天好像正要下雪，船夫躲进船舱里拥火而坐，冰冷的鼻涕沿鼻梁流下。末四句从诗人的视角写船夫、纤夫：看那些撑船人，立在水里骨头都像要折断了；纤夫拉着纤绳艰难前行，谁也不怜惜指头屈曲。

无题

【题注】 本诗附在《上桃江》诗之后，未书题目，"无题"二字系选注者所加。

吹将松叶添炉响，打得犁花①趁水流。
把酒自然成好景，可容高卧闭双眸。

【注解】

①犁花：农人犁铧翻开土地绽放的泥土之花。

从全诗意象意境看，本诗紧承上首《上桃江》。上首主要描写船夫与纤夫撑船、拉纤之艰辛，本首则写坐船人的休闲自在：把酒赏景，闭眸高卧。

赴望溪先生丧得家书及游明府东兼抄示署

藩司驿盐道李公、赣南道苏公檄时巡抚，阿公欲以经学荐敦，趣余，归感而成咏。①

上官真有爱才心，日夜徵书降故林②。
小艇江南帆未转，春风岭北梦徒深。
百年何意烦三聘③，一札诚然抵万金。
欲倩殷勤贤父母，为言无事滥华簪。④

寂寞寒窗编一经，芹言⑤讵敢献明庭。
职当畎亩⑥埋名姓，学愧岩廊补政刑⑦。
不谓飞甬⑧来下里，直将趣驾到居停。
回轮好向洪都谢，底舍还看山色青。

【注解】

①题下文字系作者自序。藩司：官名。明清时布政使的别称，主管一省民政与财务的官员。檄时：发征召文书时。荐敦：推荐督促（我）。趣：古同"促"，催促。趣余：催促我。②徵书：zhēng shū，征召或征调的文书。故林：故乡的树林。喻故乡或家园。③三聘：请了三次。典出汉代严光（字子陵，又名严遵，会稽余姚人）。严

光年轻时便很有名,与光武帝同在太学学习。光武帝即皇位,严光改换姓名隐居,不再出现。想到他的贤能,光武帝下令,照严光形貌全国查访。后齐国上报说:"有一位男子披着羊皮衣在水边钓鱼。"光武帝怀疑那就是严光,便备了小车和礼物,派人去请他。请了三次,严光才到(此谓"三聘"),安排在京师护卫军营住下,每天早晚供给酒食。④倩:qìng,借助。华簪:huá zān,华贵的冠簪。古人用簪把冠连缀在头发上。华簪为贵官所用,故常用以指显贵的官职。晋·陶潜《和郭主簿》之一:"此事真复乐,聊用忘华簪。"⑤芹言:"芹"本指芹菜。《列子·扬朱》篇载:有人向同乡富豪赞美芹菜好吃,富豪吃了反倒嘴肿闹肚子。后人以"芹"谦称所献之物菲薄。如:芹敬(微薄的礼物)。⑥畎亩:quǎn mǔ,田间,田野。⑦岩廊:典故名,指朝廷。典出《汉书·董仲舒列传》:虞舜常在宫殿的走廊里散步。后以"岩廊"指高峻的廊庑。后又借指朝廷。政刑:政令和刑罚。⑧飞甬(yǒng),谓疾行于甬道。

下滩

休愁乱石积江中,长碍行舟恼舵工。
但得长年称好手,滩声到处疾如风。

【注解】

下滩:写船下行。一、二句写不要为乱石积江中而愁,不要为乱石妨碍行舟而恼。三、四句写只要长年能称得上行船的好手,船到急流险滩处就会航行得"疾如风"。

上滩

曾说江湖行路难,风帆日日赴长安。
入山纵有蛇行路,何以江湖足崄湍。

【注解】

上滩:船上行,用以比喻人生。崄湍:崄,同"险";湍,急流的江水。一、二句以"江湖行路"(指仕途上求升迁)起兴,说仕途艰难,但有人日日一帆风顺去到长安(京都、朝廷)。三、四句用入山之险比喻不要为江湖(社会)险滩急流而畏惧。

忘归岩

崖厂①两曲奥,中洞含清晖。
悬溜泐旧题②,摩挲憺③忘归。
愿逐赤松侣④,聊将白足⑤依。
举手谢时人,蹑屦凌空飞。

【注解】

①崖厂:厂,hǎn,《说文》:"山石之崖,岩人可居。"《六书本义》:"厂,水崖高者。"崖厂,水边的崖石。②泐旧题:泐,lè,《说文》:"泐,水石之理也。"石头被水冲击而成的纹理。引申出"铭刻",用刻刀书写。如:泐石。泐旧题,即铭刻着原有的文字或图案。③摩挲:mó suō,用手抚摩。憺,dàn,恬静、安然的样子。④赤松侣:赤松,又称赤松子,中国古代神话里的仙人,相传是神农氏的雨师,后为道教所信奉。侣,结伴而行。⑤白足:指白足和尚,亦称白足禅师、白足法师,指后秦鸠摩罗什弟子昙始。典出南朝·梁·慧皎《高

僧传·神异下·昙始》："释昙始，关中人。自出家以后，多有异迹……始足白于面，虽跣涉泥水，未尝沾湿，天下咸称白足和尚。"

八境台

城枕寒流面翠微①，台前八境是耶非？
林间古屋连云暗，沙上行人趁渡归。
叠岭长横烟五点②，澄江不断练双飞③。
苏诗孔迹④难重访，空向秋风怅落晖。

【注解】
①翠微：泛指青山。②五：通"午"。烟五：交午，纵横交错。③澄：水静而清。练双飞：章江、贡江像两条银练向北飞去。④苏诗：指苏轼的诗《虔州八境图》八首。孔迹：指最早的孔庙，已消失。

白云阿

【题注】乾隆十六年《信丰县志》云：白云庵在县南一百二十里，林壑幽邃，神僧元贝所居，其肉身现存寺中。

何以白云阿①，杳霭②南山曲。
时见白云来，映此青林麓。
花发开无时，果熟鸟常知。
白云行不尽，幽处采山芝。

【注解】
① 云阿：云深处。指高山之上，深山之中。②杳霭：yǎo ǎi，幽深渺茫貌。

南山钓台

【题注】旧志云：南山寺"东北有钓鱼台，俗名弹子矶，下临桃江，中有沙洲"。旧有谶云："水打钓鱼台之洲，去了状元，来登山巅，一邑之胜概，皆在目中矣。"

名闻岩濑[①]迹应如，欲向投竿未结庐。
芦雁宿时秋月冷，骕云[②]移去暮山虚。
由来磻叟非垂钓[③]，岂效庄生独羡鱼[④]。
汩汩江声流不住，长鳞卷浪入夭渠[⑤]。

【注解】

①岩濑：犹山水。章炳麟诗《东夷》之四："按项出门去，恣情逐岩濑。"②骕云：骕，fēi，疾驰如兔的骏马，亦作"飞兔"。③磻叟非垂钓：典出《史记·齐太公世家》"磻溪独钓"：传说周文王准备去打猎，请卜者占卜。卜者告诉他说：在渭阳会有大收获，但获得的非龙非彲非虎非罴，而是一位辅佐大臣。后文王打猎，果然在渭水之阳磻溪遇见姜尚，文王与他交谈，发现他有王佐之才，便一同乘车归来，拜以为师。后遂以"磻溪独钓"指隐士将被起用的预兆。④庄子羡鱼：《庄子集释》卷六下《外篇·秋水》有则故事：战国时期哲学家庄子与惠子在濠水的桥梁上散步相遇，庄子见桥下碧波荡漾、清澈见底，水中的鱼儿快乐地游来游去，庄子说鱼很快乐，惠子问他不是鱼怎知鱼的快乐？庄子反问惠子怎么知道鱼不快乐呢？惠子无言以对，只有承认鱼儿很快乐。后用此典"濠上之乐"指悠闲舒适的情趣。⑤夭：茂盛。夭渠：草木茂盛的渠道。

赠江礼署宅相辞令归里

【题注】礼署，容台（行礼之台）的别称。宅相，外甥的代称。题意为：辞令被准许归老家，赠送给在礼署任职的外甥江某。

一年墨绶领延津①，即告归为自在身。
叩马竟须强项令，拂衣不作折腰人。
遗恩应继中郎碣②，保障犹苏③下泽民。
头白史云过婺姊④，云胡我出爱俱贪。

不恋天曹乐散仙，朝衫挂体忆归田。
惊防河决全酸枣⑤，恩免堤工减料钱。
候馆自嫌牛马走，当途谁重虎豼⑥眠。
蠡舟⑦从向沧波泛，第许相随学计然。

【注解】

①墨绶：结在印纽上的黑色丝带。以"墨绶"作为县官及其职权的象征。领延津：管辖治理延津（现属河南新乡）。②【作者注】蔡邕尝为酸枣令刘书作去思碑即今延津。③苏：被唤起，振奋；恢复正常的生命活动。④婺（wù）姊：亦称宝婺，即婺女星。常借指女神。也用为对妇女的美誉。⑤【作者注】时黄河决延城独全。⑥虎豼（pí）：亦称豼虎，喻勇士。⑦蠡（lí）舟：范蠡的故事。范蠡事越王勾践，既苦身戮力，与之深谋二十余年，竟灭吴，报会稽之耻，北渡兵于淮以临齐、晋，号令中国，以尊周室，勾践以霸，而范蠡称上将军。还返国，范蠡以为大名之下，难以久居，且勾践为人可与同患，难与处安，为书辞勾践曰："臣闻主忧臣劳，主辱臣死。昔者君王辱于会稽，所以不死，为此事也。今既以雪耻，臣请

从会稽之诛。"勾践曰:"孤将与子分国而有之。不然,将加诛于子。"范蠡曰:"君行令,臣行意。"乃装其轻宝珠玉,自与其私徒属乘舟浮海以行,终不返。化名姓鸱夷子皮,遨游于七十二峰之间。后定居于定陶(今山东菏泽市定陶区),其间三次经商成巨富,三散家财,自号陶朱公。世人誉之:"忠以为国;智以保身;商以致富,成名天下。"后代许多生意人皆供奉他的塑像,称之财神。

清·吴之章(5首)

【作者简介】

吴之章(1661—1738),字松若,号槎叟,江西寻乌人。少弃举子之业,年三十有七始见录为县学生。上官属兴国知县张尚瑗纂修《赣州府志》,张多引名流为助,之章与焉,且用力最多。时称参与纂修出类者九人曰"贞堂九子",之章被誉为"贞堂九子"之首。雍正十二年(1734),诏举博学鸿词,时之章年已老,久不应举矣。当路趣之至省会,顾不果荐。所著有《泛梗集》八卷。

留别黄养珀培山昆季

【题注】昆季:兄弟,长为昆,幼为季。此为作者写给黄养珀、黄培山(黄世成)兄弟的告别诗。

昔与太邱交,元方甫弱冠。[1]
呫呫已过人,重见富词翰。[2]

别来不数年，季方亦伟岸。
静穆如和风，吐词惊浩瀚。
余时登君堂，二难③侍几案。
对之鄙吝消④，隐隐暗称叹。
虽忝丈人行，实愧沟中断。
扪怀无一堪，白发光凌乱。
回首健儿时，岂屑骑欸段⑤。
宁知即羲驭⑥，快意不及按。
若翁无半百，花萼互绚烂。
昆季鲤庭趋⑦，渊源传一贯。
努力祖生鞭⑧，扬镳日未旰⑨。
余属通家谊，相视非河汉。
愿言拭老眼，云霄可伫看。

【注解】

①太丘：《世说新语》里有一则《太丘二子》的故事：宾客诣陈太丘（太丘长陈寔）宿，太丘使元方、季方炊。客与太丘论议，二人进火，俱委而窃听。炊忘著箄（bì，蒸饭的器具），饭落釜中。太丘问："炊何不馏（蒸饭）？"元方、季方长跪曰："大人与客语，乃俱窃听，炊忘著箄，饭今成糜（粥）。"太丘曰："尔颇有所识不？"对曰："仿佛志之。"二子俱说，更相易夺（互相修整遗漏），言无遗失。太丘曰："如此，但糜自可，何必饭也！"本诗用"太丘"典故，是说黄氏两兄弟像太丘二子一样自幼聪明机智。弱冠：古时男子20岁称弱冠。这时戴上以示成年的帽子，但体犹未壮，故称"弱"。这两句意思是：当年我和你们的父亲黄文汾交往时，黄养珀

刚刚20岁。②词翰：诗文、辞章。③二难：谓兄弟皆佳，难分高低。出自南朝《世说新语·德行》："〔陈群与陈忠〕各论其父功德，争之不能决，咨於太丘。太丘曰：'元方难为兄，季方难为弟。'"④鄙吝消：鄙吝全消。鄙吝，形容心胸狭窄。⑤欸叚：ai xia，马名。⑥羲驭：xī yù，太阳的代称。⑦鲤庭：为子受父训的典故。出自《论语注疏·季氏》："陈亢问于伯鱼曰：'子亦有异闻乎？'对曰：'未也。尝独立，鲤趋而过庭。曰：'学诗乎？'对曰：'未也。''不学诗，无以言。'鲤退而学诗。他日又独立，鲤趋而过庭。曰：'学礼乎？'对曰：'未也。''不学礼，无以立。'鲤退而学礼。闻斯二者。陈亢退而喜曰：'问一得三，闻诗，闻礼，又闻君子之远其子也。'"孔鲤"趋而过庭"，其父孔子教训他要学诗、学礼。⑧祖生鞭：是勉励人努力进取的典故。出自《晋书·刘琨列传》："琨少负志气，有纵横之才，善交胜己，而颇浮夸。与范阳祖逖为友，闻逖被用，与亲故书曰：'吾枕戈待旦，志枭逆虏，常恐祖生先吾著鞭。'其意气相期如此。在晋阳，常为胡骑所围数重，城中窘迫无计，琨乃乘月登楼清啸，贼闻之，皆凄然长叹。中夜奏胡笳，贼又流涕歔欷，有怀土之切。向晓复吹之，贼并弃围而走。"此典亦作"祖逖鞭"。⑨旰：gàn，晚，天色晚。成语"旰食宵衣"（天晚才吃饭，天未亮就穿衣起床），多用以称谀帝王勤于政事。

吕公墓

【原有题注】 宋相吕公大防墓在信丰县城南奉真观左山背。

乾隆十六年《信丰县志》云：奉真观在县西南一里，唐大中元年（847）建于青圃，后迁九日岗，宋开宝间（968—975）邑令李禅迁今所。董志云内有井出金鲫鱼。

苍山不断郁①愁氛，北宋名臣世共闻。
万里寒烟迷故国，千年衰草没荒坟。
日星难烛②贞奸隐，魑魅应知泾渭分。
元祐③罪人多俊人，孤忠④无党更怜君。

【注解】

①郁：yù，积聚。②烛：洞悉；清楚地知道。③元祐：1086—1094年，是宋哲宗赵煦的第一个年号。北宋用这个年号共9年。由于元祐年间是由反对新政的旧党当政，后来的党争中，"元祐"一名又被用来指称旧党及其成员。④孤忠：忠贞自持，不求于人的节操。此指忠贞自持的人。

竹桥晚眺同黄岷雪作

【题注】 同黄岷雪（黄文汾）一起晚眺竹桥而写的诗。

危桥堪纵目①，残照动波间。
烟锁东西岸，云生远近山。
溪头寒棹②泊，沙面野鸥闲。
不觉凭栏久，悠然客虑删③。

【注解】

①危桥：高耸之桥。纵目：放眼远望。②寒棹（zhào）：寒风中行驶的船。③客虑删：删，删除，消除，去掉。消除作客的顾虑。

下寒滩·信丰江

凄风苦雨正凭陵①,不谓滩仍十八称。
石齿乱疏江百道,浪花翻卷雪千层。
喧豗②似凿凶门出,迅驶如鞭列缺③腾。
无恙同舟方慰藉,前湾又听险相乘④。

【注解】

①凭陵:侵扰。《左传·襄公二十五年》:"今陈忘周之大德,蔑我大惠,弃我姻亲,介恃楚众,以凭陵我敝邑。"②喧豗:xuān huī,发出轰响,也指轰响声。③列缺:指闪电。列,通"裂",分裂;缺,指云的缝隙。电气从云中决裂而出,故称列缺。④相乘:乘,趁,意为侵袭。相乘:交互侵袭。

同金溪马夔飏信丰黄方水会昌赖沧峤舍弟湘皋登八镜台归饮郁孤台

乘兴相携友二三,随沽选胜岂辞贪①。
亭中爽气来天末②,槛外蛮烟③接岭南。
有客久怀和氏璧,无言不入晋人④谈。
须知此会殊非偶,莫惜斜阳万树含。

【注解】

①沽:买。多指买酒。选胜:寻游名胜之地。辞:借口。这句的意思是:随买酒方便而选名胜,岂能以贪酒饮为借口?②天末:天边,天际。杜甫诗《天末怀李白》:"凉风起天末,君子意如何。"③

蛮烟:指南方少数民族地区山林中的瘴气。宋·张咏诗《舟次辰阳》:"村连古洞蛮烟合,地落秋畲楚俗懽。"元·柯丹丘《荆钗记·团圆》:"为参万俟丞相,招赘不从,反生恶意,将吾拘系,奏官里,一时改调蛮烟地,要陷我身躯。"④晋人:《世说新语》里有则"晋人好利"——晋人好利夺取他人财物却被虚伪假善的官吏抢走的故事。作者借此讽刺社会中贪得无厌利欲熏心的"好利者"(晋人)以及以"坦荡"为名实则行"好利"之事的小人(官吏)。"有客"两句是说:几位好友饮酒郁孤台,从"和氏璧"到"晋人好利"故事等无所不谈。

清·饶维达(2首)

【作者简介】

饶维达,信丰人,与俞世沛同时有文名,却未及40岁而逝,令时人扼腕。著有诗《敬学堂集》四卷。

过楠木峡

峡气何萧森,峡水何清冽。
危石齿齿生,朔风冻不折。
亭午[①]片云飞,空中疑欲雪。
微雨拂面来,两脚忙成跌。
如何道阻长,行人不肯辍。
我欲问杨朱,歧路何曾绝。[②]

【注解】

①亭午：正午，中午。郦道元《三峡》："自非亭午夜分，不见曦月。"②杨朱：先秦哲学家，战国时魏国人，字子居，道家杨朱学派创始人。其见解散见于《庄子》《孟子》《韩非子》《吕氏春秋》等。杨朱生卒年代不详，但一定生活在墨子（公元前约479—前约381年）与孟子（公元前约371—前约289年）之间，因为墨子从未提到他，而孟子时代他已有与墨家同等的影响力。孟子有云："杨朱、墨翟之言盈天下，天下之言，不归于杨，即归墨。"（《孟子·滕文公下》）。成语"杨朱泣歧"出自《荀子·王霸》："杨朱哭衢途曰：'此夫过举蹞步（亦作"跬步，kuǐ bù，半步，跨一脚）而觉跌千里者夫！'哀哭之。"后常引作典故，用来表达对世道崎岖，担心误入歧途的感伤忧虑，或在歧路的离情别绪。亦作"杨朱哭"。此处用该典亦是表达此意。

下重滩

舟行如骏马，瞬息下重滩。
水鸟长依石，川云①冷入冠。
櫂②翻孤日落，波撼万峰寒。
不尽沧浪兴，长吟羡钓竿③。

【注解】

①川云：像流水般连续不断的云。②櫂：zhào，"棹"的繁体，本义为船用撑杆，引申义为长的船桨，泛指船桨。③羡钓竿：羡，希望自己也有。羡钓竿，意思是希望自己常能钓鱼，即过上宁静淡泊的生活。

清·万藻

【作者简介】

万藻,临川人,拔贡。

送黄培山归省亲

【题注】黄培山:即黄世成,字培山,号平菴。归省(xǐng)亲:一般指在取得某种成就后回家探望父母。

交道口难言,如君诚不愧。
非我敢援君①,实君不我弃。
忆昔感知己,厥岁②在丁未。
学使按江州,门墙我幸厕。③
与君同周旋,贤豪凡几辈。
聚散虽无常,连床风雨对。
共寻孔颜乐,商量朱陆异。④
君旋贡成均⑤,我犹逐末队。
秋闱别章江,落解同一涕。⑥
捧檄赴京华,喜君魁廷试。
未肯营薄禄,门执大贤贽⑦。
摩厉以须之,直掇燕台桂⑧。
长风悭南宫,暂辍九万翅。
新逢圣天子,曲江⑨进士赐。
夏阶觐天颜,春宫共尔位。

嗟予浪出游，窃快有所倚。
果不忘旧交，一见而歔欷。
求俸曾几何，倒橐每分惠。
割毡以相赠，解衣以相衣。
笔墨往日还，廉隅⑩时砥砺。
何处是他乡，四海皆兄弟。
孝思瘗君怀，归省骤援例。
畴不羡登仙，丈夫须得志。
遥知拜高堂，綵拖宫锦戏。
花萼更联芳，伯仲埙篪沸⑪。
二难漪凤毛，非复昔之稚。
欢笑开长筵，天伦至乐地。
独念远游人，将何以为计。
所幸司徒⑫公，好善而忘势。
齿芬肯荐剡⑬，归途装可治。
两袖惟清风，仅免悲濡滞。
祖道古所重，搜枯织离思。
相逢又相别，云树⑭萦梦寐。
飞鸿或遗音，双鲤也可寄。⑮
后会知有期，何必多感慨。
踌躇计未来，订君戊午岁。
东山岂久卧，帝里鸣珂佩。⑯
我勉骖祖鞭，青蝇希附骥。⑰
渴怀罔不倾，尊酒重把臂。
疏附而后先，休明同鼓吹。

【注解】

①援君:请你援助、帮助。②厥岁:其岁,那年。③学使:即学政,提督学政的简称,又叫督学使者。清中叶以后,派往各省,按期至所属各府、厅考试童生及生员。按:通"安",安置。江州:东晋置江州,辖境为江西大部,后南朝多次分割,使江州辖境变小;唐朝、宋朝的行政区划之一。一直到宋代、元代。江州亦指今江西省九江市,白居易《琵琶行》中的"江州司马青衫湿"的江州就是指这里,《水浒传》中"江州"也指此。门墙:指老师之门。厕:cì,参与。幸厕:谦辞,有幸参与、进入。④孔颜乐:用了典故"孔颜乐处"。《论语·述而》载:"子曰:'饭疏食,饮水,曲肱而枕之,乐亦在其中矣。'"《论语·雍也》载:"子曰:'贤哉,回也!一箪食,一瓢饮,在陋巷。人不堪其忧,回也不改其乐。贤哉,回也!'"这两段话表明,对孔子、颜回来说,快乐不在于物质享受,而在于对情操的追求。"孔颜乐处"是儒家知识分子安贫乐道、达观自信的处世态度与人生境界。朱陆异:指宋代两大理学家朱熹和陆象山关于认识论、方法论、宇宙观、历史观的异同。⑤贡成均:贡,贡生。科举时代,挑选府、州、县生员(秀才)中成绩或资格优异者,升入京师的国子监读书,称为贡生。清代有恩贡、拔贡、副贡、岁贡、优贡和例贡。成均:古之大学。《周礼·春官·大司乐》:"掌成均之法,以治建国之学政,而合国之子弟焉。"注引董仲舒云:"成均,五帝之学。"泛称官设的最高学府。贡成均,是说黄培山被挑选进入最高学府深造。⑥秋闱:闱,即考场。秋闱,明清时期科举三级考试中最低级别的考试。每三年的秋季在各省省城举行一次考试,即乡试。因为在秋天举行,故名"秋试""秋闱"。考中的称为"举人",取得参加会试的资格。落解:旧时考试落第回家。⑦

执：堵塞。贽（zhì），古代初次拜见尊长所送的礼物。"门执"句是说：家里堵塞以拜见大贤为名而送来礼物。⑧燕台：故址在今河北省易县东南。相传战国时燕昭王筑黄金台以招纳天下贤士，也称贤士台、招贤台。后作为君主或长官礼贤之典。掇桂：即折桂。折：摘取；桂：桂树的枝条。因桂树叶碧绿油润，桂树秋季开花，我国古代把秋季科举考试夺冠登科比喻成折桂。⑨曲江：在西安，兴于秦汉，盛于隋唐，2000多年前因水波曲折而得名，是中国历史上久负盛名的皇家园林。此借代朝廷。⑩廉隅：比喻端方不苟的行为、品性。⑪埙篪：xūn chí，埙、篪皆古代乐器，二者合奏时声音相应和。因常以"埙篪相须"比喻兄弟亲密和睦。⑫司徒：隋唐时期置太尉、司徒、司空为三公，正一品。其职到隋朝改为民部。唐朝为避李世民讳改称户部尚书。宋、元、明、清沿而未改。⑬齿芬：形容谈吐风雅。清·曹寅《秋饮》诗："故人粲齿芬，房栊閟幽蕙。"荐剡：jiàn yǎn，本指推荐人的文书。引申作推荐。⑭云树：云和树比喻朋友阔别远隔。明·高启《读周记室〈荆南集〉》诗："生别犹疑不再逢，楚天云树隔重重。"⑮飞鸿：指音信。韩愈《祭窦司业文》："自视雏鷇，望君飞鸿，四十余年，事如梦中。"双鲤：古时中国对书信的称谓。纸张出现以前，书信多写在白色丝绢上，为使传递过程中不致损毁，古人常把书信扎在两片竹木简中，简多刻成鱼形，故称。双鲤典故最早出自汉乐府诗《饮马长城窟行》："客从远方来，遗我双鲤鱼，呼儿烹鲤鱼。中有尺素书。长跪读素书，书中竟何如？上言加餐食，下言长相忆。"⑯东山：指隐居或游憩之地。典出《晋书·谢安传》：谢安早年曾辞官隐居会稽之东山，经朝廷屡次征聘，方从东山复出，官至司徒要职，成为东晋重臣。又，临安、金陵亦有东山，也曾是谢安的游憩之地，后因以"东山"为典。帝里：犹言帝都，京都。珂佩：kē pèi，珂制的佩饰。唐·顾况《洛阳陌》诗之二："珂佩逐鸣驺，王孙结伴游。""东山"两句意思是：岂能长久隐逸乡间，而要在京都鸣珂佩玉。⑰旃：zhān，本意是一种赤色的曲柄旗，假借作文言助词，是"之焉"的和音字。青蝇：苍蝇，比喻谗人。出自《诗经·小雅·青蝇》，这是一首劝诫当政者做恺悌君子别听信谗言的政治抒情诗。全诗三章，每章四句。第一章说君子不要听信谗言，第二章说谗言害国，第三章继续斥责谗言的祸害。通篇以营营青蝇为喻，比喻那些向当政者进谗的小人嘴脸，也包括对谗言的危害和根源的深刻揭示。

清·裘日修（6首）

【作者简介】

裘日修（1712—1773），字叔度，一字漫士，南昌新建人，清代名臣、文学家。乾隆四年（1739）进士，历任翰林院编修、吏部侍郎、军机处行走，礼、刑、工部尚书，加太子少傅，谥文达。曾奉命与鲁、豫、皖三省巡抚巡视黄河，划疏浚之策。奉敕编纂《热河志》《太学志》《密殿珠林》《石渠宝笈》《钱录》等。

送黄培山乞假旋里

【题注】乾隆元年（1736）黄培山（黄世成）登二甲进士，官礼部主客司主事。不久母亲去世，他乞假奔丧，返回故乡，此后未再赴外任官。

维容仪部冠诸曹①,内赐宫花称锦袍②。
归骑路旁争指点,五云③红衬马蹄高。

藉甚声华满帝京,承明犹待烦群英。④
天街宫种垂杨柳,只解萦青送客行。⑤

袖里笼鞭五色丝,北堂昼影系离思。
篱边归去盈尊酒,恰值黄花满地时。

八载论交意独真,风流儒雅见经纶。
清时⑥闻道需贤急,莫为林泉⑦久系身。

寂寞新秋净远晖,我来初值雁南飞。
故园须寄平安字,为道风尘未拂衣⑧。

一曲骊歌祖帐开⑨,故人相送倒金杯。
怜余卧病秋风里,虚向长干⑩首重回。

【注解】

①维:文言助词,用于句首或句中。容:雍容,仪态温文大方。仪部:对礼部主事及郎中的别称。诸曹:犹言各部。亦借指各部的官员。此句是说:黄世成的仪态温文超过礼部各部官员。②宫花:科举考试中选的士子在皇帝赐宴时所戴的花。绢类织物制作,戴在头上作饰物,宫廷里常作赏赐品。锦袍:为"锦袍仙"简称,原指李白。语本《新唐书·文艺传中·李白》:"白自知不为亲近所容……恳求还山,帝赐金放还。白浮游四方……著宫锦袍坐舟中,旁若无人。"此句句意:皇上赐予宫花称赞黄世成有李白之才。③五云:五色瑞云。多作吉祥的征兆。《南齐书·乐志》:"圣祖降,五云集。"

④【作者自注】甘大司马以鸿博荐不就。⑤天街：为隋唐京师长安城朱雀大街的别称（也有人认为是承天门街的简称），是通向帝王皇宫门的大街，韩愈诗《早春呈水部张十八员外》："天街小雨润如酥，草色遥看近却无。"萦青：萦回青山。⑥清时：清平之时；太平盛世。⑦林泉：本义指山林与泉石，引申指隐居之地。⑧风尘：尘世，纷扰的现实生活境界。唐·皇甫冉诗《送朱逸人》："虽在风尘里，陶潜身自闲。"亦指尘事，平庸的世俗之事。唐·戴叔伦诗《赠殷亮》："山中旧宅无人住，来往风尘共白头。""风尘未拂衣"是说世俗平庸之风没有侵染。⑨骊歌：告别的歌。先秦时有一首逸诗题为《骊驹》，是为客人离别时所唱的歌。骊歌即指代《骊驹》，后被用以泛指有关离别的诗歌或歌曲，如李白诗《灞陵行送别》："正当今夕断肠处，骊歌愁绝不忍听。"祖帐：古代送人远行，在郊外路旁为饯别而设的帷帐，亦指送行的酒筵。⑩长干：长干里，古建康（今南京）里巷名。李白《长干行》有："郎骑竹马来，绕床弄青梅。同居长干里，两小无嫌猜。"后以"青梅竹马""两小无猜"形容小儿女天真无邪，嬉戏之状；亦指儿时就相识的伴侣。

清·方率元

【作者简介】

　　方率元，桐城人，举鸿博（当时推举人才的一种举措，指学识渊博者不限秀才举人资格，不论已仕未仕，凡是督抚推荐的，都可到京城考试，考试后便可任官职）。

送黄培山南归省亲

拜命①三旬出帝畿,西风浙浙忆亲闱②。
七年花梦梅千麗③,九月鱼依赣水肥。
不藉廪糜充仲粟④,且裁宫锦作莱衣⑤。
舟车过处人争羡,叔度琼林赐宴归⑥。

郎官粉署⑦名初重,天子翘材馆⑧正开。
燕市轺车⑨人径去,桃江短棹剑归来。
堂前上寿谷山酒,膝下牵衣龙厩⑩媒。
莫笑羁楼恋京国⑪,征书早晚定相催。

【注解】

①拜命:受命。多指拜官任职。②亲闱:父母所居的内室,用以代称父母。宋·曾巩《洪州谢到任表》:"抚临便郡,获奉于亲闱;总制属城,实兼于故里。"③【作者自注】梅岭坝,信丰胜境。麗:lù,目明眼净。④廪糜:lǐn méi,廪,粮仓;糜,不黏的黍,糜黍,糜子面。仲,zhòng,在当中的;粟,谷子。"不藉"句的意思是:不把糜黍(粗粮)充谷子(精粮)。⑤莱衣:《艺文类聚》卷二十引《列女传》:"老莱子孝养二亲,行年七十,婴儿自娱,著五色采衣。"后因用"老莱衣"为孝养父母之词。杜甫诗《送韩十四江东觐省》:"兵戈不见老莱衣,叹息人间万事非。"⑥"叔度"句:叔度,即裴日修。琼林宴是为殿试后新科进士举行的宴会,始于宋代。宋太祖规定,在殿试后由皇帝宣布登科进士的名次,并赐宴庆贺。赐宴都是设在汴京(今开封)城西的皇家花园琼林苑举行,故该宴有"琼林宴"之称。⑦粉署:汉代尚书省以胡粉涂壁,故后世称尚书省为

"粉署",又称"粉省"。⑧翘材馆:简称"翘馆",典出《西京杂记》卷四。汉公孙弘为宰相,设翘材馆以罗致天下人才。后以"翘馆"谓招致才学贤德之士的馆舍。⑨轺车:yáo chē,一马驾之轻便车。《释名·释车》:"轺车,轺,遥也,远也;四向远望之车也。"即四面敞露之车。⑩龙厩(jiù):天子的马舍。⑪京国,即京城。

清·胡国楷（2首）

【作者简介】

胡国楷,浙江山阴人,礼部仪制司郎中。

次黄平葊假满就职见示原韵

【题注】见示:告诉我。步《黄平葊假满就职见示（诗）》原韵。

久识黄香独冠曹①,名藩师传谨邪蒿②。
摩挲石鼓名殊噪,燕箕灯毯第汇叨③。
青袚直时郎宿炯④,白云飞处子心劳。
当年早有雄文荐,不奏河东赋更高⑤。

予告鲁虚主客曹⑥,重来遥谢迳中蒿⑦。
共深粉署征茅喜⑧,乍挹汪陂丽泽叨⑨。
咏物句佳防纸贵,寻春车缓未薪劳⑩。
拜郊台下花如海,肯厌⑪新丰酒价高。

【注解】

①黄香：东汉官员，"二十四孝"中"扇枕温衾"故事主角。他9岁便知事亲之理，名播京师，称曰"天下无双，江夏黄香"。后任郎中、尚书郎、尚书左丞，又升任尚书令，任内勤于国事，一心为公，晓熟边防事务，调度军政有方，受到汉和帝的恩宠。曹：古代分科办事的官署。部曹，中国明、清两代各部司曹的通称，源于汉代曹史的简称，相当于郡守的总务长。此句把黄世成与黄香类比，称颂他在官府负有盛名。②邪蒿：多年生草本，生于山坡、灌丛、草原及疏林内。此句是说，名冠官署的黄世成亦誉满边远乡间（邪蒿）。③燕箕：一种鱼。《兴化县志》云："魟鱼头圆秃如燕，其身圆褊如簸箕，又曰燕魟鱼。"这里指鱼形的灯彩。灯毬：亦作"灯球"，球形的彩灯。④宿炯：sù jiǒng，宿，过夜；《说文》："炯，光也。"宿炯，宿至天亮。⑤河东：成语典故"河东狮吼"：北宋时，太常少卿、工部尚书陈希亮的儿子陈慥，狂放不羁，傲视世间，视荣华富贵为粪土，尽管是官宦之后，却不坐车，不戴官帽，隐居龙丘。元丰三年（1080），苏东坡因"乌台诗案"被贬到黄州任团练副使，不期遇上陈慥，两人遂成好友。陈慥在龙丘的房子宽敞华丽，养着一群歌妓，客人来了，就以歌舞宴客。而陈慥的妻子柳氏，性情暴躁凶妒，每当陈欢歌宴舞时，她就醋性大发，拿着木杖大喊大叫，用力椎（chuí）打墙壁，弄得陈慥很是尴尬。苏东坡就此写了一首诗取笑陈慥："龙丘居士亦可怜，谈空说有夜不眠。忽闻河东狮子吼，拄杖落手心茫然。""狮子吼"一语源于佛教，意指"如来正声"，比喻威严。"不奏"句意：不向"河东"（威严）奏告赋予更高。⑥"予告"句：鲁，任性、率真；虚，虚浮。主客曹：官署名。汉成帝时始置，后分南主客曹、北主客曹。唐宋时，隶属礼部，负责聘使、宴设、赐予等

事。此句意思：我告诫任性虚浮的官署。⑦迳中蒿：小路上的蒿草。喻民众百姓。⑧粉署：官署名。汉代尚书省以胡粉涂壁，故后世称为"粉署"。后杜甫任工部员外郎时有"馨香粉署妍"诗句，是以粉署为工部之代称。征茅：征召于茅舍。粉署征茅：从平民征召到官署。⑨汪陂：即汪波，犹言盈盈水波。丽泽：本义是两个沼泽相连。《易·兑》："丽泽兑，君子以朋友讲习。"朱熹曰："两泽相丽，互相滋益，朋友讲习，其象如此。"后比喻朋友互相切磋。⑩薪劳：负薪之劳。《三字经》里有"如负薪"一句，说的是：朱买臣家贫，卖薪自给，每日砍柴，置书树下而读。负薪回家时，就将书置于担头边走边读。武帝时得庄助之荐，拜中大夫，复拜会稽太守。所以"薪劳"又指贫困的生活处境。⑪肯厌：愿意满足。

送黄平菴归乡读礼

【题注】读礼：即居丧守丧。古人守丧在家，常读有关丧祭的礼书，因称为"读礼"。语出《礼记·曲礼下》："居丧未葬，读丧礼；既葬，读祭礼。"

> 黄君西江彦①，早岁贡成均②。
> 声名动当路，文采冠周宾。③
> 朱邸④特延聘，师严无贵人。
> 江都辨义利，越宁有三仁。⑤
> 遂令汉河间，风雅殊恂恂⑥。
> 于时开大科，非君孰扶轮⑦。
> 先达实推毂，石渠拟首抡。⑧
> 君曰未能信，趋避何逡巡⑨。

信丰吟

不愿躐等进，只爱恒途遵。⑩
信邑与曲江，连踏秋及春。
职授主客曹，云望章贡滨。
决然请归乡，寝门奉晨昏。
陔兰朝日和，囿葵夕月新。⑪
督耕还读书，所乐在天伦。
贱子顷承乏，步武属后尘。⑫
已慕叔度陂，莫接孝若茵。⑬
闻有高堂劝，禄养情欲申。
南宫践前职，乃得笑语亲。
聚首一载余，相赏淡而真。
忽传萱帷故，素车走辚辚。⑭
义本无可留，送君伤我神。
音尘日以远，鄙吝消无因。
努力慎自爱，长途节悲辛。
会看丰城剑，趵出延平津。⑮

【注解】

①西江彦：西江，此即江西，因江西在江南西面，故有此称。彦（yàn）：有才学的人，才德出众的人。②成均：原为古之大学。《周礼·春官·大司乐》："掌成均之法，以治建国之学政，而合国之子弟焉。"董仲舒云："成均，五帝之学。"后泛称官设的最高学府。此句说黄世成早年就成为最高学府的生员（学生）。③当路：掌握政权的人。鲁迅《花边文学·古人并不纯厚》："近来偶尔看见一部石印的《平斋文集》……那指斥当路的口气，就为今人所看不惯。"

宾:《仪礼·乡饮礼》注:"贤者为宾,其次为介,又其次为众宾。"周宾:全国。④朱邸(dǐ):原指汉朝时候诸侯王宅第,以朱红漆门,故称朱邸。后泛指贵官府第。⑤辨义利:分辨义和利。孔子首先提出义与利的区别,把追求义还是利作为划分君子和小人的标准。三仁:三位仁人,指殷代末年之微子、箕子、比干。出自《论语·微子》:"微子去之,箕子为之奴,比干谏而死。孔子曰:'殷有三仁焉。'"⑥恂恂:xún xún,恭谨温顺的样子。⑦大科:唐制取士之科,由皇帝自诏者曰制举,其科目随皇帝临时所定,如贤良方正、直言极谏等,宋人谓之大科。清代的制举如博学鸿词科亦称"大科"。扶轮:扶翼车轮。喻扶持某事项顺利成功。⑧推毂:tuī gǔ,本义推车前进,为古代帝王任命将帅时的隆重礼遇。引申出"推动""协助"义。石渠:指清代乾隆、嘉庆年间宫廷编纂的大型著录文献《石渠宝笈》,初编成书于乾隆十年(1745),共编四十四卷。著录清廷内府所藏历代书画藏品,分书画卷、轴、册九类。作为我国书画著录史上集大成者的旷古巨著,书中所著录的作品汇集了清皇室收藏最鼎盛时期的所有作品,负责编撰的人员均为当时的书画大家或权威研究专家。首抡:"抡,择也。"(《说文》)首抡即首批选拔。⑨逡巡:qūn xún,因为有所顾虑而徘徊不前或退却。⑩躐(liè)等:逾越等级,不按次序。《礼记·学记》:"幼者听而弗问,学不躐等也。"孔颖达疏:"逾越等差。"恒途:普通正常的途径。恒途遵:遵循普通的途径。⑪陔兰:gāi lán,《文选·束皙〈补亡诗〉》:"循彼南陔,言采其兰。"李善注:"采兰以自芬香也。循陔以采香草者,将以供养其父母。"后以"陔兰"敬称他人的子孙,意谓能孝养长辈。圃葵:即蒲葵,一种常绿乔木,生长在热带和亚热带地区,其嫩叶常用以编制葵扇,因而不少诗人咏诗赞它给人们"祛暑、送凉"。夕月:傍晚的月亮。

⑫顷承乏：顷，短时间。承乏，暂任某职的谦称，谓职位一时无适当人选，暂由自己充数。语出《左传·成公二年》："敢告不敏，摄官承乏。"步武：本义指距离很近。古以六尺为步，半步为武。引申为"跟着别人的脚步走"，比喻效法。例如"步武前贤"。⑬叔度陂：东汉著名贤士黄宪（75—122），字叔度，世贫贱，父为牛医，宪以学行见重于时。《后汉书·黄宪传》："叔度汪汪若千顷陂，澄之不清，淆之不浊，不可量也。"后以"叔度陂"喻人度量宽大。若茵：像青草茂密浓厚。⑭萱帷：即萱闱，亦作"萱帏"，犹萱堂，指母亲。素车：丧事所用之车。⑮"会看"两句：趵，bào，跳跃。延平津：唐·汪遵写了《延平津》诗："三尺晶荧[1]射斗牛[2]，岂随凡手报冤雠。延平[3]一旦为龙处[4]，看取风云布九州。"此诗以西晋时双剑化龙典故为题材，以宝剑比喻人才，表明有志报国、大显身手的强烈愿望。（注释：[1]三尺晶荧：指雷焕在丰城挖掘出的两口宝剑龙泉和太阿。[2]射斗牛：西晋丞相张华在任广武侯时见斗牛之间有紫气，请雷焕来解释，雷焕说："宝剑之精上彻于天耳。"张华问剑在何处？雷焕答在丰城。于是张华封雷焕为丰城县令，令其寻找。雷焕到县，掘狱屋基得一石函，中有双剑，并有刻题，一曰龙泉，二曰太阿，精芒炫目。当晚，再观斗牛，紫气俱消。[3]古代津渡名。晋时属延平县（今福建省南平市东南），故称。据《晋书·张华传》载：丰城令雷焕得龙泉、太阿两剑，以其一与张华。后华被诛，剑即失其所在。雷焕死，其子持剑行经延平津，剑忽跃出堕水。使人入水取之，但见两龙蟠萦，波浪惊沸，剑亦从此亡去。[4]为龙处：雷华下水寻找，不见剑，但见二龙蟠萦，水浪惊沸。）

清·黄诏

【作者简介】

黄诏，江西会昌人，拔贡。从《怀平菴弟》诗看，他与黄世成是同学关系。

怀平菴弟

笑别容台①不计春，天南归去为娱亲。
山间翠拥松鬙绿，岭畔风廻鹤性驯。
百粤梗楠②劳斫削，一门著作自精神。
怀来无限相思处，草长池塘入梦频。

都亭③忆别话喁喁，飘泊何缘得再逢。
惭说廿年仍潦倒，杳无尺素恕疏慵④。
丛兰想自春初长，乔木知从雨后秾。
向日钟离劳刻画，及今清韵转春容。⑤

【注解】

①容台：本义行礼之台。引申为礼署、礼部的别称。②梗楠：pián nán，亦写作"楩枏""楩柟"。本义黄楩木与楠木，皆大木。引申指大材，栋梁之材。③都亭：都邑中的传舍。秦法，十里一亭。郡县治所则置都亭。《史记·司马相如列传》："于是相如往，舍都亭。"④尺素：指书信。疏慵：shū yōng，亦作"疏慵"，"疏庸"。疏懒，懒散。⑤"向日"两句：向日，即往日，从前。钟离：疑指钟离权，即汉

钟离,八仙之一,中国民间及道教传说中的神仙,天下道教主流全真道祖师。春容:青春的容貌。

清·叶文熹(3首)

【作者简介】

叶文熹,广东省清远市中部阳山人。

赠桂涯游明府

【题注】诗赠时任信丰知县游桂涯。

> 大率儒而吏,诗书气味多。
> 慈真同父母,性每界清和①。
> 日丽照江锦,风香谷岭禾。
> 政声谁卓鲁②,此志已岩阿③。

【注解】

①界清和:界,界限。清和,性情清静平和。②卓鲁:汉代卓茂、鲁恭的并称。二人均以循吏(奉公守法的官吏)见称,后因以指贤能的官吏。("循吏"之名最早见于《史记·循吏列传》,后为《汉书》《后汉书》直至《清史稿》所承袭,成为正史中记述重农宣教、清正廉洁、所居民富、所去见思的州县级地方官的固定体例。)③岩阿:本来指山崖旁边凹下处。此处"阿"属后缀词,无义;岩是"岩石"。"此志"句说,意志像岩石一样刚强坚硬。

春日游狮子林

【题注】春日:立春之日。

爱作游方①客,看看狮子林。
人谁非幻境,我独抱微吟②。
古壄③无花意,春风滋草心。
百年曾几瞬,悔不入山深。

【注解】

①游方:指僧人为修行问道或化缘而云游四方。《西游记》第七四回:"想是跟你师父游方,到处儿学些法术。"②微吟:小声吟咏。③壄:是"野"的讹字(传抄中写错了的)。意为"郊外,村外"。

同日游大悲阁

逸兴莫能竟,山前更有山。
须知欢喜地,原在即离间。
野放成居涧①,人分佛阁香②。
时当煨芋③好,一醉驻春颜④。

【注解】

①野放:野外放生。涧:山间流水的沟。此句是说:野外放生之物居在山涧里。②佛阁:佛教建筑中供养佛陀的楼阁。此指信丰县城南的佛祖阁(又称先春阁,现叫佛子阁)。③煨芋:唐衡岳寺有僧,性懒而食残,自号懒残。李泌异之,夜半往见。时懒残拨火煨芋。见泌至,授半芋而曰:"勿多言,领取十年宰相。"后因以"煨芋"为典,多指方外之遇。(方外:世俗之外,旧时指神仙居住的地方。)

④驻春颜：留驻青春容颜。

清·黄天策（11首）

【作者简介】

黄天策，字一峰，黄洪生之子，乾隆五年（1740）拔贡，乾隆丙辰年（1736）举博学鸿词（朝廷临时设置的考试，由内外大臣举荐，不分已仕未仕，被录取者授以翰林官），官教谕（县学学官）。著有《九十九峰草》。

宝塔

【题注】 宝塔，信丰城大圣寺塔，位于北隅，为国家级文物保护单位。

飘零金粉劫烧寒，一气凌空蟜蠓端。①
春回轮低迷白鹤，秋螟铎静护京鳗。②
置搜足可穷睇眄，披拂应疑化羽翰。③
不信日边如涌出，人家孤影昼迷漫。④

【注解】

①金粉：花钿和铅粉，女子梳妆品，转指美人，含绮丽之意，此处为绮丽。劫烧寒：被酷热严寒威胁。蟜蠓：虫名，喜乱飞。汉代扬雄《甘泉赋》："历倒景而绝飞梁兮，浮蟜蠓而撇天。"首联形容宝塔高耸：凌空矗立，塔上金粉受酷热严寒威胁；穿透云霄，气

势直冲蔽天的蠛蠓。②轮低：轮，月轮，月亮。铎：古代的乐器，属于大铃的一种，铎静，大铃不响。京鳗：大鳗，应是塔内壁画。此联说，春天来了，凌空的宝塔让月亮显得低，使白鹤迷惑；秋天里螟虫寂静地卫护塔内的"京鳗"。③睇盼：四周流盼。羽翰：羽，鸟类的代称；翰，锦鸡。化羽翰，意为变成鸟一样飞。此联说，登上宝塔，四周流盼也没有穷尽；风拂动身上披的衣裳，就会怀疑自己化成了鸟。④此联是说，太阳出来的时候，家家户户的人争相来看、登宝塔。

吊吕汲公墓四首

山鬼①然疑路险难，当年怀古泪阑珊。
故封蚁鼠②神凄惨，遗匣蛟龙③事渺漫。
荒堞云沉宰树④暗，空山雨落墓门寒。
斜阳野寺萧萧晚，徙倚苍茫吊碧峦。

力与熙丰⑤激后尘，昂昂元宰负宣仁⑥。
反颜性谲深相陷，仵目恩衰枉后亲。
谪地递移千万里，还期虚付二三春。
莫论底事虔州去，要与青山重逐臣。

旅槥⑦空余付草莱，云横秦岭路难回。
鬼诛定指温公续⑧，客死应同元考⑨哀。
象杳景灵悲故事，名高端礼记渠魁⑩。
丰标独羡身孤挺，中立无曾植党来。

社饭宁忘涕泗垂,一番别用叹移时。
空教魑魅逢人喜,长恨灵魂失路悲。
秋月汶川森夜戍⑪,春渠永寿咭⑫流澌。
荒郊亦幸留遗迹,万古衣冠照版碑。

【注释】

①山鬼:屈原《九歌·山鬼》诗,是祭祀山鬼的祭歌,采用"山鬼"内心独白方式,塑造了一位美丽、率真、痴情的少女形象。全诗简单的情节:女主人公跟她的情人约定某天在一个地方相会,尽管道路艰难,她还是满怀喜悦赶到了,可是她的情人却没有如约前来;风雨来了,她痴心地等待着,忘记了回家,但情人终于没有来;天色晚了,她回到住所,在风雨交加、猿狖齐鸣中,倍感伤心、哀怨。本诗用此典,是反映前路的艰险。②蚁鼠:普通人大都不喜欢的动物,这里用来比喻卑微、阴毒、恶心、下流、狡猾的小人或者黑暗恶势力。③遗匣蛟龙:古代殡殓帝王之具。后亦指贵官的棺。《西京杂记》卷一:"汉帝送死,皆珠襦玉匣,匣形如铠甲,连以金缕。武帝匣上皆镂为蛟龙、鸾凤、龟麟之象,世谓为'蛟龙玉匣'。"亦省作"蛟龙匣"。此句意思:吕汲公猝死信丰,连获得"蛟龙匣"都很渺茫。④宰树:坟墓上的树。⑤熙丰:指王安石变法。宋神宗时期王安石发动的旨在改变北宋积贫积弱局面的一场社会改革运动。变法自熙宁二年(1069)开始,至元丰八年(1085)宋神宗去世结束,故亦称熙宁变法、熙丰变法。变法以发展生产,富国强兵,挽救宋朝政治危机为目的,以"理财""整军"为中心,涉及政治、经济、军事、社会、文化各个方面,是中国古代史上继商鞅变法之后又一次规模巨大的社会变革运动。变法一定程度上改变了北宋积贫积弱的局面,充实了政府财政,提高了国防力量,打击了封建地主阶级和大商人

非法渔利。但变法过程中由于部分举措的不合时宜和实际执行中的不良运作,也造成了百姓利益受到不同程度的损害(如保马法和青苗法)。⑥昂昂:出群,高洁。《楚辞·卜居》:"宁昂昂若千里之驹乎?将泛泛若水中之凫乎?"王逸注:"昂昂,志行高也。"元宰:即丞相。⑦旅榇:lǚ chèn,客死者的灵柩。⑧温公续:指北宋著名诗人陈师道作的吊念司马光的五言诗《丞相温公挽词三首》:以历史上著名宰相作比,赞美司马光是一代贤相,对司马光逝世表示深切哀悼;概括了司马光的一生,并对其功绩做出高度评价,结尾由哀挽死者转为勉励生者。用此典的意思是:希望能像赞颂、哀挽司马迁一样对于吕汲公。⑨元考:即元老,政界中年辈、资望很高的人。⑩渠魁:qú kuí,首领,头领。语出《书·胤征》:"歼厥渠魁,胁从罔治。"孔传:"渠,大。魁,帅也。"孔颖达疏:"'歼厥渠魁',谓灭其元首,故以渠为大,魁为帅,史传因此谓贼之首领为渠帅,本原出于此。"宋·陆游《董逃行》:"渠魁赫赫起临洮,僵尸自照脐中膏。"⑪汶森夜戌:汶,mén,昏暗不明;森,阴森;戌,十二时辰之一,即19时至21时。⑫聒:guō,同"聒"。声音嘈杂,吵闹。

刘婆井

井泥不救桑榆瘠①,神潢②朝随入环警。
菩萨霹雳下天空,一掬人传神异境。
我来解衣散烦蒸,尺咫澄鲜迥千顷。
临流漱饮手连杯,势急长鲸③奔壑猛。
山鲍村盎杂童媪,趾蹱交错欹幹④频。
洒然一勺沁肺肝,咯咯胸喉忘宿哽。
濠濮沧浪⑤趣寄深,风泷何殊暂时领。

腹满河干岂易猒⑥,髪濯汤谷堪共逞。
拟续禅经定等差,屠门⑦一过真何幸。
不及频频载构过,竹符止借居民秉。
思昔三昧适游戏,卓锡聊从娱暮景。
地祯乃复护精蓝⑧,寒泉永堪堂封⑨影。
潮汐年年递消长,古月无波自澄静。
甏⑩旁最美几人家,厨灶斜通入缶皿。
游人吊古恣清狂,竹桥夕照纷驰骋。
参寥罗汉或名泉,师可让善迹深屏。
泉涌舍侧直比烈,焦婆杨妃安足并。
苍碑灭没摹难全,琼月如元露叶冷。

【注解】

①瘖:shěng,瘦。②神瀵:shén fèn,传说中水名,其水香甜。出自《列子·汤问》:"终北国之中有山。山名壶领,状若甔甄(dān zhuì,瓦瓶)。顶有口,状若员环,名曰滋穴。有水涌出,名曰神瀵。臭过兰椒,味过醪醴。"③长鲸:cháng jīng,大鲸。《旧唐书·忠义传上·王义方》:"长鲸击水,天吴覆舟。"陆游《长歌行》:"人生不作安期生,醉入东海骑长鲸。"④攲幹:qī gán,攲,通"倚",斜倚,斜靠;幹,井上的栏杆。⑤濠濮(háo pú)沧浪:濠:濠水,在今安徽凤阳县东北。濮:濮水,源出河南封丘县,流入山东境内。沧浪:古水名,有汉水之别流、汉水之下流、夏水诸说。《书·禹贡》:"嶓冢导漾,东流为汉。又东为沧浪之水。""濠""濮"来自《庄子·秋水》中两则故事:一则是庄子与惠子在濠梁上观鱼。庄子与惠子游于濠梁之上。庄子曰:"鲦(tiáo)鱼出游从容,是鱼之乐也。"惠子曰:

"子非鱼,安知鱼之乐?"庄子曰:"子非我,安知我不知鱼之乐?"惠子曰:"我非子,固不知子矣;子固非鱼也,子之不知鱼之乐,全矣。"庄子曰:"请循其本。子曰'汝安知鱼乐'云者,既已知吾知之而问我,我知之濠上也。"二人的论辩充满对鱼乐境界的向往。另一则写庄子在濮水边钓鱼,楚王派使者来请他去做官。庄子钓于濮水,楚王使大夫二人往先焉,曰:"愿以境内累矣!"庄子持杆不顾,曰:"吾闻楚有神龟,死已三千岁矣,王巾笥(sì)而藏之庙堂之上。此龟者,宁其死为留骨而贵乎?宁其生而曳尾于涂中乎?"二大夫曰:"宁生而曳尾涂中。"庄子曰:"往矣!吾将曳尾于涂中。"庄子通过巧妙问答,表达自己的人生旨趣:不在庙堂,而在山林。曳尾于涂,方有无上快乐。这两则故事被《世说新语》糅合为"濠濮间想",表达人与自然亲和无间的情怀。沧浪:青苍色,多指水色。⑥猒:yàn,古同"厌"。⑦屠门:肉市。⑧祯:zhēn,吉祥。精蓝:佛寺;僧舍。精,精舍;蓝,阿兰若。⑨堂封:坟墓。语出《礼记·檀弓上》:"吾见封之若堂者矣。"郑玄注:"封,筑土为垄。堂,形四方而高。"此子夏述孔子论墓葬之言,故后以"堂封"指称坟墓。⑩甃:zhòu,本义以砖瓦砌的井壁,《说文》:"甃,井壁也。"引申为"井"。

照镜石赋

【题注】乾隆十六年《信丰县志》:"照镜石,在县南一百里。形圆,迳二丈许,色莹白明净如镜。"

二气毓园菱,划劈依山坞。①
鸿濛浑未开,颜色自太古。

圆旋谁规度，弧张俨承弣。②
圜巧出天甄③，凿痕泯鬼斧。
鹊飞岂半存，龙蟠欲双拄。
芙蓉闻著名，菱叶说传谱。
意是古寿光，七宝④会成聚。
龙护擅冶工，轩辕将铸鼓。
丹汞挹飞精，火齐⑤炼玄乳。
景曜夺天镜，圆灵法乾宇。
初试玄锡寒，微浣玉水妩。
英华集川嶽，宝怪镇山浒。
鸾凤妖襃盤，鸟兽仓皇瘦。
茫茫阅太虚，无言耀榛莽。
造化流不息，轴若手翻缕。
山中无甲乙，长历纪薝杜。
神物有替运，骤至迫莽卤。
乘化苦难争，力尽空自努。
光焰蚀风云，皓魄沉烟雨。
抱起千劫春，一朝步藻黼⑥。
水杞暗胎息⑦，金质变厥祖。
夹日碧光潜，烛水绛烟蔀⑧。
鼟匣十三重，海陵成鼟瓾。⑨
清辉还空虚，紫瑜疑见取。
负局无人来，荒岸为磨抚。
灵药宛飞去，仙翁久化羽。
至今林樾间，黯淡森荒堵。

恍惚嫦娥宫，魄死户坚劇[10]。
森森百尺僵，玉碗著泥土。
复似玉女盆，倒挂依岸岵[11]。
锈花带尘腥，魂返失珠斌[12]。
金错无余妍，银苎非旧嫭[13]。
承食故未便，覆卮弗为瞽[14]。
难邀海鸟鸣，不照山鸡舞。
将母袁彦伯[15]，照明疲屡觑。
我闻蜀妃茔，立石表封树。
伤心葬玉颜，来游感杜甫。
又闻月林国，百里鉴六腑。
飞仙留妙迹，鉴影起噢咻[16]。
兹山胡为哉，尘窟闇蜂午[17]。
迢迢野水余，我来鸣缓橹。
峰静雾初收，山空月微吐。
携屐期往还，行迹杂樵竖。
浩浩四天青，元气灏无主[18]。
苍朴质独完，颜配殊媚妩。
余衷古井泉，湛净涵昭旴[19]。
相对写胸怀，默照两情妁[20]。
悠悠万古心，质证堪仰俯。
空谷自岑寂，古意朴看怃[21]。
举酒动狂歌，骇浪生前浦。
佳趣惬幽探，余兴钱可贾。
寄语向山灵，葆真安朴鲁[22]。

【注解】

①二气:指阴、阳。《易·咸》:"柔上而刚下,二气感应以相与。"簃:yí,楼阁旁边的小屋。山坞(wù):指山坳,山间的平地。此联句意:阴阳之气滋润阁边小屋,山石在山坞里划劈成镜子的样子。②圆旋:本义回旋。此指照镜石之"镜"的圆玄。弧张:弧,机弩之类;张,罗网之属。弧张,一种捕鸟的网,鸟入网后,能自动将鸟罩住。此是写"镜"的弧度。承弣:承,托着;弣(fǔ),弓把中部。"俨承弣",很像弓箭把托着一样。③天甄:甄,本义制造陶器的转轮;引申为制造陶器,又引申为造就。天甄,大自然造就。④七宝:指七种珍宝,又称七珍。不同的经书所译的七宝不尽相同,一般意义上说的佛教七宝指砗磲、蓝砂石、绿松石、黄玛瑙、青金石、南红玛瑙、红珊瑚。⑤火齐:清火的药剂,齐,同"剂"。引申为所需的时间及火力。⑥藻黼:黼,fǔ,古代礼服上绣的半黑半白的花纹,喻华丽的辞藻。藻黼,指辞藻华美。⑦水杞:枸杞水,水烧开冲泡枸杞,取枸杞水饮用。胎息:道家源于仿生龟的息气功。《抱朴子·释滞》:"得胎息者,能不以口鼻嘘吸,如在胞胎之中。"是说不用口和鼻子呼吸,如在孕胎之中,即是胎息。实际上是通过意念诱导的一种高度柔和的腹式呼吸方法。⑧烛水:蜡烛灯在水里荡漾。绛烟:红色的烟霞。蔀(bù):蔀屋,草席盖顶之屋。泛指贫家幽暗简陋之屋。⑨甓匣十三重:唐·段成式《酉阳杂俎》:"元和(唐宪宗年号)末,海陵夏侯乙庭前生百合花,大于常数倍,异之,因发其下,得甓匣十三重,各匣一镜,第七者光不蚀,照日光环一丈,其余规铜而已。"甓,pì,砖。瓿,bù,古代一种小瓮,青铜或陶制,圆口,深腹,圈足,用以盛酒或水。⑩剫:duó,砍伐。⑪岵:hù,多草木的山。⑫玞珷:fǔ wǔ,亦作"珷玞",又作"碔砆",似玉的美石。语出西汉·王褒《四子讲德

论》:"故美玉蕴于碱砆。"⑬笮:zhǎ,古书上说的一种草,水生植物。银笮:银质的笮草状的装饰品。嫭:hù,美好。⑭覆卮:相传南朝山水诗人谢灵运辞官回乡后,隐居在浙江嵊州章镇姜山下。一次,他游到山顶上,"饮酒赋诗毕,覆卮(zhī,酒杯)于其上",山因而得名。南宋王十朋有诗云:"四海澄清气朗时,青云顶上采灵芝。登高须记山高处,醉得崖顶覆一卮。"瞽:gǔ,本义瞎眼。引为不达事理,没有见识。⑮母:此为"像"义。《康熙字典》注:"〈礼·内则〉煎醢加黍上,沃以膏,曰淳母。〈郑注〉母,读曰模。模,象也。"袁彦伯:即袁宏(约328—约376),字彦伯,东晋文学家、史学家。晋成帝咸和三年(328)出生于世族家庭,七世祖袁滂曾任东汉灵帝时的司徒,六世祖袁涣任过曹魏的郎中令,其后"袁氏子孙世有名位"。然而袁宏年少时,其父临汝令袁勖去世,家道因之中衰。袁宏咏史诗受到谢尚赏识,谢尚任安西将军、豫州刺史时,特聘他参议军事,从此踏上仕途。袁出任东阳太守时,谢安曾以一扇相赠,袁宏答谢道:"辄当奉扬仁风,慰彼黎庶。"后人因以"扬风仁政"来比喻为官清廉仁厚。桓温领兵北征时,令袁靠着马拟公文,一会儿他就写成了七张纸,而且做得很好。后人因以"倚马"或"倚马千言"比喻文思敏捷。⑯噢咻:ō xiū,亦作"噢休"。谓安抚、笼络、抚慰病痛。⑰闇:àn,晦暗,不亮。蜂午:亦作"蠭午",纷然并起貌。⑱元气:中国道家哲学术语,原指构成万物的原始物质。泛指宇宙自然之气。灏:hào,本义水势无边际,通"浩"。引申为广大、众多的意思。无主:谓无人关顾。⑲昭昽(wǔ):光亮,光明。⑳情姁(xǔ):姁,乐也。情姁,情绪快乐喜悦。㉑怃:wǔ,怅然失意的样子。㉒葆真:保持纯真的本性。葆,通"保"。《庄子·田子方》:"缘而葆真,清而容物。"朴鲁:朴实鲁钝。亦用作谦辞。

响石

【题注】 响石，在县南龙坪山，广丈余，高数丈，与人声相应答如响。

寂感无端妙化织，虚无荒怪碧云尖。
传闻世缅遗纵艳①，语笑人欣觑面厌。
漫想神灵通气核，固知空洞启霄铃。②
昇平歌祝山陬远，万岁应呼答间阊。③

确挈龙平山外山，谁将妙语发天悭。④
得来嗒尔浑忘象，答处窅然倍解颜。⑤
语默撋⑥超喧寂外，于喁宛在有无间。
天惊振袂横秋雨，鬼斵神工⑦耐冥顽。

嵁嵒⑧别岫跡空遗，响答争传似建溪。
六窍已夷忘浑沌，万吹随感发天倪。⑨
几番人静空青窅，无限云深古韵迷。
百五二音徵地籁，未应皇极随筌蹄。⑩

百尺烟霞接镜轮⑪，欢呼相答蔼纷纭。
云边语和疑天籁，野外声传诧谷神。
岩溯武康分大小，峰追宁德互嶙峋。
同声想见参差应，鸣扣无虚自大钧⑫。

【注解】

①缅：《康熙字典》注："〈楚语〉缅然引领南望。〈贾逵注〉缅，思貌也。"遗纵：系"遗踪"，留下的踪迹。②气核：qì hé，指山石。

语出晋·杨泉《物理论》:"石,气之核也。气之生石,犹人筋络之生爪牙也。"霄钤(qián):霄,霄汉,云霄和天河,指天空,古代喻朝廷;钤,威慑管束。③山陬(zōu):山隅。闾阎:lú yán,闾泛指门户,人家。中国古代以二十五家为闾。阎指里巷的门。闾阎,本义是里巷内外的门,里巷。引申指民间,平民。于谦《入京》诗:"绢帕麻菇与线香,本资民用反为殃;清风两袖朝天去,免得闾阎话短长。"④确荦(luò):分明,明显。天悭:悭,吝啬。天悭,老天吝啬。有成语"好事天悭",指好事情在进行中会遇到种种波折和麻烦。⑤嗒尔:dā ěr,犹嗒然。形容物我两忘。宋·苏舜钦《春睡》:"嗒尔暂能离世网,陶然直欲见天机。"窅然:yǎo rán,幽深遥远的样子。⑥揔:zǒng,古同"总"。⑦矞:yù,以锥穿物。鬼矞神工,和"鬼斧神工"意思相近。⑧嵌:kān,凸凹不平的山岩。嵒:yán,同"岩"。嵌(亦音zhàn)嵒:悬崖峭壁。⑨六窍:本是七窍,指头面部七个孔窍(眼二、耳二、鼻孔二、口)。《庄子·应帝王》:"人皆有七窍,以食、听、视、息。"六窍即眼、耳、鼻。天倪:tiān ní,自然的分际。出自《庄子·齐物论》:"何谓和之以天倪?"郭象注:"天倪者,自然之分也。"引申为天边。⑩百五:寒食日,在冬至后的一百零五天,故名。宋·程先《锁窗寒·有感》词:"叹嘉会难逢,少年几许?纷纷沸鼎,负了青阳百五。"皇极:帝王统治天下的准则,即所谓大中至正之道。筌蹄:quán tí,局限窠臼。亦作"筌蹏"。筌为捕鱼的竹器,蹄是拦兔的器具。《庄子·外物》:"筌者所以在鱼,得鱼而忘筌;蹄者所以在兔,得兔而忘蹄。"后以"筌蹄"比喻达到目的的手段或工具。⑪镜轮:比喻明月。唐·骆宾王《秋晨同淄川毛司马秋九咏·秋月》:"云披玉绳净,月满镜轮圆。"⑫大钧:指天或自然。晋·陶潜《神释》诗:"大钧无私力,万理自森著。"

又指古乐中的大调。《国语·周语下》:"大钧有镈无钟。"此为后义。

双城合璧

神州奠巨灵①,涉负②不遗力。
烟火来通津③,云霞萦对璧④。

【注解】

①巨灵:汉族神话传说中劈开华山的河神。干宝《搜神记》:"二华之山,本一山也,当河,河水过之,而曲行;河神巨灵,以手擘开其上,以足蹈离其下,中分为两。以利河流。今观手迹于华岳上,指掌之形具在;脚迹在首阳山下,至今犹存。"河水曲行,四处泛滥,世人疾苦不堪,惊动上天,天帝乃命巨灵神下凡,一夜之间搬走群山,解救万民。②涉负:涉险负重。③通津:打通八达之津渡。④对璧:即双璧。

竹谷风情

菁菁竹有筠①,摇曳出空碧。
挺然直节存,幽意许微识②。

【注解】

①菁菁:jīng jīng,形容草木繁茂。筠:yún,竹子的青皮。《礼记·礼器》:"其在人也,如竹箭之有筠也。"②微识:精妙标志。

东山晓钟

旦气斧斤余①,存者盖云渺②。

寂籁发天机，舜跖③判分晓。

【注解】

①旦气：清晨的空气。语出《孟子·告子上》："其日夜之所息，平旦之气。"朱熹集注："平旦之气，谓未与物接之时，清明之气也。"②云渺：高远貌。③舜跖：shùn zhí，虞舜和盗跖的并称，指圣人和恶人。《孟子·尽心上》："鸡鸣而起，孳孳为善者，舜之徒也；鸡鸣而起，孳孳为利者，跖之徒也。欲知舜与跖之分，无他，利与善之间也。"辛弃疾《洞仙歌·丁卯八月病中作》词："细思量，义利舜跖之分，孳孳者，等是鸡鸣而起。"

清·谢昌

【作者简介】

谢昌，江西乐安人，举人，清远卫（驻兵）经历，考授州同知。著有《然叶堂集》。

寄怀黄一峰

【题注】黄一峰，即黄天策。

岁暮游子归，遗我一端绮①。
中有故人书，发读泪盈纸。
相去千里余，爱我如邑里。
上言别离苦，中言闵怜厉。

下叹有余音，摧绝肝肠瘁。
岂无百身赎，未能一死继。
鲜民此偷活，妄使蓼莪废②。
九鼎③爱丝发，珍重故人字④。
人生知己难，一羹殊足矣。
岁月良不居，秋杪⑤冬涉旬。
昔为胶与漆，今为参与辰⑥。
行乐已及周，往事难重陈。
君趣一何甘，我趣一何辛。
同是风中花，我厕君独茵⑦。
荣名慎相宝，修此蟾兔轮⑧。
世贵策高足，车马耀里邻。
仲尼岂不圣，当负丧家嗔。
努力事华实，鉴我游惰民。

【注解】

①"遗我一端绮"：遗，wèi，送给，赠予。绮，qǐ，有花纹或图案的丝织品。出自东汉诗《古诗十九首·客从远方来》："客从远方来，遗我一端绮。相去万余里，故人心尚尔！"意思是，客人风尘仆仆送来"一端"（二丈）织有文彩的丝缎（"绮"），并告诉女主人公，这是她夫君特意从远方托他捎来的。女主人公不禁又惊又喜，喃喃而语曰："相去万余里，故人心尚尔！"②蓼莪：《蓼莪》，读 lù é，《诗经·小雅·谷风之什》中的一篇，似是悼念父母的祭歌。全诗六章，前四章每章四句，后二章每章八句。诗的第一章写父母生我养我的辛劳："蓼蓼者莪，匪莪伊蒿。哀哀父母，生我劬劳。"蓼蓼：长又

大的样子。莪：一种草，即莪蒿。匪：同"非"。伊：是。劬（qú）劳：劳累。译成现代语："看那莪蒿长得高，却非莪蒿是散蒿。可怜我的爹与娘,抚养我太辛劳！"③九鼎:本义是相传夏禹铸九鼎，象征九州，夏商周三代奉为象征国家政权的传国之宝。引申义为分量重。④故人字:故人，老朋友。字:古代男子成人，不便直呼其名。故另取一个与本名含义相关的别名，称之为字，以表其德。凡人相敬而呼，必称其表德之字。⑤杪：miǎo，本义树枝的细梢，引申指年月或四季的末尾。⑥参、辰：二星宿名，此出彼没，不同时出现。参星酉时（下午5-7时）出于西方，辰星卯时（早晨5-7时）时出于东方，故用以比喻互不相关或势不两立。⑦厕:同"侧"，旁边。茵：青草茂密。⑧蟾兔:chán tù，蟾蜍与玉兔。旧说两物为月中之精，因作月的代称。

清·温孝（2首）

【作者简介】

温孝，宁都人，著有《曲塘集》。

会城晤黄夫一峰

【题注】会城：省城。作者在省城和黄天策见面。

弹指流光岁易逝，交机①犹是十年情。
文章到底退三舍②，词赋居然作五丁③。

不有清河写爱弟,安知漉护是难兄。④

故人相见都无恙,肠断要离宿草⑤生。

【注解】

①交机:交友的机缘。②退三舍:即退避三舍。古时行军计程以三十里为一舍,主动退让九十里,比喻退让和回避,避免冲突。③五丁:本义指神话传说中的五个力士。此指疾苦,意为词赋写的是疾苦。《中藏经·卷中·论五丁状候第四十》:五丁者,皆由喜怒忧思,冲寒冒热,恣饮醇酒,多嗜甘肥,毒鱼醋酱,色欲过度之所为也。蓄其毒邪,浸渍脏腑,久不摅散,始变为丁。其名有五:一曰白丁,二曰赤丁,三曰黄丁,四曰黑丁,五曰青丁。④"不有"两句:清河:李商隐写了题为《清河》的诗:"舟小回仍数,楼危凭亦频。燕来从及社,蝶舞太侵晨。绛雪除烦后,霜梅取味新。年华无一事,只是自伤春。"佛语有云:"本来无一物,何处惹尘埃。"此诗表达的也是这样的思想。前六句(三联)描写的都是身边的美丽景象,看着一种种景象轮流更换,不免伤感:"年华无一事,只是自伤春。"漉(lù),《礼记·月令》:"渴也。"漉护:干渴时爱护、帮助。⑤宿草:隔年的草。《礼记·檀弓上》:"朋友之墓,有宿草而不哭焉。"孔颖达疏:"宿草,陈根也,草经一年则根陈也,朋友相为哭一期,草根陈乃不哭也。"后多用为悼亡之辞。【诗末作者自注】予因令弟仙偀二兄始与大兄定交,今二兄没已三年矣。

黄培山仪部丁内艰归里授徒南康喜值有赠

【题注】仪部,礼部主事及郎中的别称。丁内艰,即丁母忧,指母丧或祖母丧(父丧或祖父丧称丁外艰)。朝廷官员的父母去世,无论此人是何官职,从得知丧事那天起,必须回到祖籍守制(即守孝)27个月。其间不得婚嫁、应考、上任,现任官员需离任;吃、住、睡均在父母坟前,不喝酒、不洗澡、不剃头、不更衣,停止一切娱乐活动。本诗题意是:喜逢礼部主事黄世成因母亲去世归来守制在南康教授生徒而写此诗赠送给他。

  黄香声誉动长安,蕊榜①争将姓字看。
  书债三传酬独早②,鹏程万里到非难。
  中朝典制仪曹备,方策较雠③禁苑宽。
  勋业文章两焜耀,可知当代有欧韩④。

  章贡天昏陨婺星⑤,南辕⑥返后此传经。
  蓼莪门下诗应废,丝竹堂前乐且停。
  已分逃名甘凌落,可堪垂老欢飘零。
  故人邂逅蓉江上,忘隔云泥话草亭⑦。

【注解】

①蕊:ruǐ,同"蕊"。蕊榜,传说中道教学道升仙,列名蕊宫。后科举考试中揭晓名第的榜示称"蕊榜"。②【作者自注】尊父大尊甫翁为吾乡名宿,皆困场屋。③雠:同"雠",chóu,应答,应对。④欧韩:欧阳修、韩愈。此赞黄世成和他父亲是欧韩一样的才人。⑤婺星:星官名,即女宿,二十八宿之一。为北方第三宿,其星群组合状如箕,亦似"女"字,源于古代汉人对星辰的自然崇拜,古时妇女常用簸箕颠簸五谷,去弃糟粕留取精华,故女宿多吉。陨婺星:喻母亲去世。⑥南辕:指车辕向南。谓车向南行。⑦云泥:云在天,泥在地。比喻两物相去甚远,差异很大。草亭:明代王世贞(1526—

1590，文学家、史学家）家园中有一小亭，坐落丛树之中，四面花草铺地，匾额上书"乾坤一草亭"。八大山人曾画《乾坤一草亭图》。一个小草亭，为何扯上广袤无垠、神秘无比的乾坤？乾坤，说其大；小亭，言其小。乾坤中一草亭，反映出人的生命困境以及从困境中突围的路径，表现出一种深层的生命自信。

清·吴湘皋

【作者简介】

吴湘皋，会昌人，雍正癸卯年（1723）举人，曾任江苏溧水知县。后在会昌县城掌书院。

江宁送黄一峰膺荐入都

【题注】江宁，清朝初期统辖江苏、安徽、江西三行省的两江总督驻地，和江苏巡抚驻地姑苏同为江苏省省会。乾隆丙辰年（1736）黄天策被举博学鸿词（朝廷临时设置的考试，由内外大臣举荐，不分已仕未仕，被录取者授以翰林官）。此为作者给他的送行诗。

钦天才广黄金诏①，九十九峰踞上头。
手不落时非五凤②，目于何处是全牛③。
喜听沈宋分轩轾④，好整衣冠拜冕旒⑤。
我取长亭杨柳汁，宫袍染就送行舟。

烟花明处酒频斟，白鹭洲前一刻金。

春缆骤牵离别梦,云笺难写去留心。

据鞍似觉雄犹在,见猎依然喜不禁。

但恨身无傅天翼,随君飞入五云深。⑥

【注解】

①钦天:敬奉天子旨意。黄金诏:盖了用黄金刻的大印的诏书(即朝廷诏书)。②五凤:传说中的五种鸟名。《小学绀珠》卷十,五凤谓:"赤者朱雀、黄者鹓鶵、青者鸾、紫者鸳鸯、白者鹄。"③全牛:一头完整的牛。《庄子·养生主》:"臣之所好者道也,进乎技矣;始臣之解牛之时,所见无非牛者,三年之后,未尝见全牛也。"后用以喻技艺熟练,到了得心应手的境界。④沈宋:初唐诗人沈佺期和宋之问的合称。他们的五七言近体诗歌标志着中国五七言律体的定型。元稹《唐故工部员外郎杜君墓系铭序》指出:"沈宋之流,研练精切,稳顺声势,谓之为律诗。由是而后,文体之变极焉。"轩轾:xuān zhì,车前高后低为"轩",车前低后高为"轾",引申为高低、轻重、优劣。语出《诗·小雅·六月》:"戎车既安,如轾如轩。"沈宋分轩轾:说的是两人的一次赛诗——唐中宗景龙三年(709)正月晦日,中宗临幸昆明池,命群臣赋诗,从中选一篇佳作谱成新的御制曲。大家不敢怠慢,或吟或咏,下笔如飞,很快就有百余篇诗稿交上去。主持诗赛的才女上官婉儿端坐殿前彩楼上,负责评判,落选的诗会被飞掷下楼,一时纸落如飞,最后只剩下沈佺期和宋之问的诗没有下来,又过了一会儿,一张纸飘然而下,是沈佺期的诗,宋之问成为笑到最后的人。当时,沈佺期与宋之问齐名,对于这样的结果,沈佺期当然不服。上官婉儿当众评判说:"你们二人的诗功力相当,难分轩轾,然而你那首诗最后一句'微臣雕朽质,

羞睹豫章材'，词气已竭，就不如宋诗'不愁明月尽，自有夜珠来'，犹然绵绵不尽。"沈佺期听了"乃叹服"。⑤冕旒：miǎn liú，古代大夫以上的礼冠。顶有延，前有旒，故曰"冕旒"。天子之冕十二旒，诸侯九，上大夫七，下大夫五。又专指皇冠，借指皇帝、帝位。帝王戴的冕冠，其顶端有一块长形冕板，叫"延"。延通常是前圆后方，用以象征天圆地方。延的前后檐，垂有若干串珠玉，以彩线穿组，名曰"冕旒"。冕旒的多少和质料的差异，是区分贵贱尊卑的标志。⑥傅：靠近，迫近；依附，依凭。五云：青、白、赤、黑、黄五种云色。古人视云色占吉凶丰歉。《周礼·春官·保章氏》："以五云之物，辨吉凶、水旱降、丰荒之祲象（jìn xiàng，谓日边云气之色所显示的吉凶迹象）。"又指皇帝所在地，本诗即此义。

清·谈苑

【作者简介】
　　谈苑，江西新建人，举人。

九十九峰歌

　　章贡之滩流淙淙，东峙天竺南崆峒①。
　　过客一帆秋江渺，环山倒插水晶宫。
　　上有香山出其右，崷崒奔腾形蚴蟉②。
　　风云天半弄高寒，飞驻群峰九十九。

义仍尝梦得异香，家在山前即上方③。
先生坐领此中趣，磊砢④英多谁比量。
忽见瑶镌情矫矫⑤，如登九十九峰峭。
一声高唱入云霄，九十九峰齐欲小。
我来结伴过侨居，雅似澧兰与江萝⑥。
大儒胸次珠洒落，事功宁止文章为。
道德经猷⑦原一理，运际昌明赓⑧喜起。
海底珊瑚镜⑨网收，千秋一日良有以。
词坛直跞泰华豪⑩，群峰首肯一峰高。
转瞬扶摇风九万，崇朝霖雨沛氿瀳⑪。

【注解】

①崆峒：山洞，洞窟。明·徐弘祖《徐霞客游记·粤西游日记三》："蹬倚绝壁，壁石皆崆峒，木根穿隙缘窍。"借指仙山。唐·刘禹锡《寻汪道士不遇》："我来君闭户，应是向崆峒。"②崱屴：zè lì，高大峻险貌。崱屴奔腾：高大险峻的山起伏绵延。蚴蟉：yòu liáo，亦作"蚴虯""蚴虬"，蛟龙屈折行动貌。③上方：天上，上界。喻此地极好。④磊砢：lěi luǒ，亦作"磊坷""礧砢"。众多委积貌。又用以形容植物多节，亦喻人有奇特才能，引申形容仪态豪放洒脱。清·顾炎武《李克用墓》诗："旁有黄衣人，年少神磊砢。"本诗用的此意。⑤瑶镌情矫矫：瑶镌，一种玉的镌刻品。情矫矫：掩饰真情而故意违反常情。此处实指九十九峰中的一座。⑥澧兰：本指生于沅澧两岸的芳草，成语"沅芷（yuán zhǐ）澧兰"用以比喻高洁的人或事物。江萝：江边女萝类藤蔓。澧兰与江萝原都属植物，此用以比喻出身低微却人品高洁。⑦经猷：思想、道德、行为等标准的书，亦称宗

教中讲教义的书，或称某一方面事物的专著。猷：国计国策。⑧赓：gēng，连续，继续。⑨铗：tiě，同"铁"。⑩泰华：泰山与华山的并称。豪，同"好"，诗词家们称颂泰山、华山一样赞美香山。⑪沈寥：jué liáo，亦作"沈寥"，清朗空旷貌。《楚辞·九辩》："沈寥兮天高而气清。"王逸注："沈寥，旷荡空虚也。或曰，沈寥犹萧条。萧条，无云貌。"

清·黄占鳌

【作者简介】

黄占鳌，字心矩，号关齐，信丰游州人，清乾隆七年（1742）进士，乾隆十六年（1751）参与编纂《信丰县志》，广东博罗抚州府知县、教授。

游七里东华庵

【题注】乾隆十六年《信丰县志》云："东华庵在七里东华山麓，旧庵已圮（pǐ，倒塌），康熙壬辰（1712）署令马汉应重建。山有泉清洌，景亦幽静，学博熊光有记祀圣女灵应大著，祷者常不远数百里襁负（用布幅包裹小儿背负而来）而至。"

性癖少交游，颇爱寻岩谷。
纵步越河干，翘瞻彼旱麓。
穿径得招提①，东华额题屋。

谷山映苍翠，桃水洄冷渌②。
滩声听潺湲，花园送芳馥。
蔽日藉林阴，乘风盼帆舳。
煮茗有清泉，疑可仿甘菊。③
乍看只履形，诧是凫栖宿。④
地僻尘嚣远，偶尔随僧粥。
曰聊可与娱，不禁思瞀瞀⑤。
久为俗虑牵，悔不此诵读。
岂希鸾舆骖，爰处拟迈轴。
期后有硕人⑥，于斯养白鹿⑦。

【注解】

①招提：民间私造的寺院。宋应麟《杂识》："私造者为招提、若兰，杜枚所谓善台野邑是也。"源自梵文 caturdeśa，意译为四方（catur 是四，deśa 指场所、地方、国土等），指寺院。②冷渌：寂静清澈。③【作者自注】庵后有穴出泉可汲，人谓仙泉。④【作者自注】石有步印，凤有仙迹。⑤瞀瞀：mù mù，思念貌。文天祥《回吴直阁书》："望履非遥，临风瞀瞀。"⑥硕人：贤德之人。⑦养白鹿：比喻办书院。典出庐山白鹿洞书院。白鹿洞书院坐落于江西九江庐山五老峰南约十公里处的后屏山南麓，唐（618—907）时原为李渤兄弟隐居读书处。据文献记载，"渤养白鹿自娱，人称白鹿先生"。后来李渤任江州刺史，旧地重游，于此修楼建亭，引泉植花，遂成为一处游览胜地，取名白鹿洞。五代南唐昇元年间，在此建立了"庐山国学"。宋初（960—1127）扩建为书院，并正式定名为"白鹿洞书院"。白鹿洞书院是中国历史上第一所完备的书院，与岳麓、睢阳、石鼓并称"天下四

清·江宗淇（5首）

【作者简介】

江宗淇，信丰人，邑武庠（即武秀才）。康熙五十八年《信丰县志》"外志"有其名。

奉真仙观

晴烟缥缈接蓬莱，玉宇清虚别境开。
五色文鱼生古井，几行翠草杂新苔。[①]
天机触我关元[②]启，秋色移人诗兴来。
清磬一声山鸟寂，好通呼吸到灵台。

【注解】

①【作者注】观右古井产五色文鱼，砌下生翠云草。②关元：经穴名。出自《灵枢·寒热病》。别名三结交、丹田、大中极等。

谷山寺

【题注】谷山寺，在县西三十里半山中开一阿曲。唐建寺，兴废不一。寺广百余亩，殿宇崇闳，僧尝百人，岩曰芙蓉，草曰翠云，泉水直流，香积厨下。

已历穿风坳①，随瞻宝月池②。
门萝寻积翠，剪棘读残碑。
溜谷石何处，成桥僧住兹。
昔时人事杳，山寺仅留基。

【注解】
①【作者注】坳在山南。②【作者注】山前即宝月池。

登鹭鹚寨
【题注】【作者注】寨在杨坊。

因上鹭鹚寨，来过野鸭塘①。
松楸迷旧路，荆棘覆遗墙。
对面猫儿石，当心②燕子堂。
登临兴未已，归鸟噪斜阳。

【注解】
①【作者注】塘在寨下。②当心：当中。【作者注】（燕子）堂在寨上。

桃花幔
【题注】【作者注】（桃花幔）在水北坊土名山塘。幔：帐幕，帐幔。

载酒来看山外山，山行时听水潺潺。
幽禽①见惯如相识，怪石逢多也不顽。
簇簇屏开青嶂合，悠悠径绕白云闲。
天台路近烟痕锁，空有桃花入幔般②。

【注解】

①幽禽：鸣声幽雅的禽鸟。陆游《西村》诗："茂林风送幽禽语，坏壁苔侵醉墨痕。"②殷：多，丰富。

晓发乌漾滩抵赣郡作

杜宇①啼开花若然，森森绿树晓含烟。
云蒸山腹根牵石，水拂江心浪煮船。
沙际间逢三两渡，崖端时见几重泉。
一番春涨轻舟便，不待诗成到古虔。

【注解】

①杜宇：杜鹃鸟。本来杜宇是传说中的古蜀国开国国王。公元前1057年，杜宇参加了武王伐纣的战争，称帝于蜀，号曰望帝。晚年，洪水为患，蜀民不得安处，乃使其相鳖灵治水。鳖灵察地形，测水势，疏导宣泄，水患遂平，蜀民安处。杜宇感其治水之功，让帝位于鳖灵，自己退而隐居西山。传说死后化作鹃鸟。每年春耕时节，子鹃鸟鸣，蜀人闻之曰"我望帝魂也"，因呼鹃鸟为杜鹃。后因称杜鹃鸟为"杜宇"。

清·谢肇清（2首）

【作者简介】

信丰小江《案山谢氏族谱》载：谢肇清，字宪民，号渭渠，拔贡。乾隆三十一年（1766）延试二等拣选，以教谕职用，四年后授瑞州上高教谕。四十三年（1778）先任湖北当阳县知县,后为黄梅知县。四十九年（1784）赴礼部候,翌年委任福建汀州上杭知县,未及就任,病卒于福州。著有《周易辑要》。

谒双节祠

【题注】双节祠,在湖北荆门南薰门内,供奉宋代殉国将领吴源和他的殉节妻卢氏塑像。吴源,荆门人,南宋驻守荆门的统制。孝宗淳熙七年（1180年）金兵围攻襄阳城,朝廷降旨要吴源从荆门率兵去解围。当时荆门兵力薄弱,吴源有所犹豫,妻子卢氏赋诗鼓励他去,诗曰："羡君家世旧缨簪,百战常怀报主心。草檄有才追记室,筑台无路继淮阴。射雕紫塞秋阴黑,走马黄云夜雪深。白首丹衷知未变,归来双肘印悬金。"吴源于是奋然率军前往,但终因寡不敌众,全军覆没。妻子卢氏闻讯,上吊殉节。后人于南薰门内筑祠供祀吴源夫妇,名"双节祠"。谢肇清任职湖北当阳知县时到该祠祭拜。

> 元政不纲①贼氛恶,红巾②蔓延恣屠掠;
> 十城九空大尹③逃,童叟飞散如鸟鹊。
> 至元佥事捣贼巢,冒雨夜行动焯烁④;
> 菁簧囵堑亡命多,此外无闻展方略。
> 卓哉行简儒将风,创立保伍筹帷幕;
> 教民习射射贼巾,巾破血淋贼惊愕。
> 仓猝蜂起拥墩台,二谯楼上纷金柝⑤;
> 城垣以内获安全,城外苍赤遭缚攫。
> 李君震怒不顾身,身先士卒驱狐貉;

去城入山拯难民，惨遇伏莽起陵壑。
须臾众溃天昏冥，民主身殒万民哭；
先轸之元⑥尚如生，明日舁尸自山谷。
尚书议恤闻于朝，举君嗣子代司牧；
敬公枕戈报父仇，誓师浮桥怒飞瀑。
重收义旅戮鲸鲵，国恩家难铭心腹；
何期巾贼肆鸱张⑦，堵塞官路全军覆。
哀哉民主相继亡，百姓奔丧如殣殈⑧；
廉使请谥牒内台，节配九江九绮縠。⑨
吁嗟道梗不得申，邦人祠祀酬抚鞠；
翠影蓝光吊幽魂，泣泪永伤千古目。
纷纷印绶尽专城，谁似二公流芳馥。
数椽古庙对南山，双节超超神穆穆⑩。

【注解】

①元政不纲：不纲，典出《论语·述而》："子钓而不纲。"纲是网上端总绳，引申指大网，谓孔子不用大网横断流水以取鱼。又引申指纲纪，不纲即朝廷失去纲纪，政治混乱。②红巾：中国元末韩山童、刘福通、徐寿辉等领导的农民起义，爆发于元顺帝至正十一年（1351）的颍州，因起义军头裹红巾，故称"红巾军"。1355—1363年,刘福通在亳州（今安徽亳县）立韩林儿为"小明王"，国号"大宋"，年号"龙凤"。原属红巾军的朱元璋独树旗帜，1368年正月在南京称帝，建元洪武，国号大明。③大尹：明代称太守为大尹。④焯烁：chāo shuò，光彩闪烁貌。⑤金柝：jīn tuò，即刁斗，古代军中夜间报更用器。三足一柄，白天用以烧饭，夜晚用以打更。《乐府诗集·木兰诗》："朔气传金柝，寒光照铁衣。"⑥先轸之元：

先轸(?—前627年),春秋时期晋国名将、军事家。曾辅佐晋文公、晋襄公两位霸主,屡出奇策,并以中军主将的身份指挥城濮之战、崤之战,打败强大的楚国和秦国,成为中国历史上第一位同时拥有元帅头衔和元帅战绩的军事统帅。元:元气,即人的精神、精气。⑦鸮张:xiāo zhāng,鸮鸟张翅。比喻猖狂、嚣张。⑧殰殈:dú xù,指胎生和卵生动物未出生而死。⑨谥牒内台:谥,shì,将名号赠给死者,以表彰他一生的功业。谥牒,记载谥号的谱牒。内台:元代御史台(中国古代监察官署名称,又名宪台)的别称。绮縠:qǐ hú,绫绸绉纱之类,丝织品的总称。⑩超超:谓超然出尘。穆穆:端庄恭敬。

谒王文成祠

【题注】王文成祠,即明代王阳明祀祠,是明朝朝廷下旨由地方官府建造的为数不多的纪念当代人物的祀祠。王文成即王守仁,浙江绍兴府余姚县(今属宁波余姚)人,因曾筑室于会稽山阳明洞,自号阳明子,学者因而称之为阳明先生。曾任刑部主事、庐陵知县、南赣巡抚、两广总督、南京兵部尚书、都察院左都御史等,死后,皇帝谥号"文成",故后人又称其为"王文成公"。巡抚赣南汀漳期间,王守仁曾指挥官兵荡平集结象湖山于三省交界处的"漳寇",并从民情上疏请奏设平和县治于九峰河头,因"立祠以祀",平和始有"王文成公祠"。本诗系谢肇清被委任福建上杭知县(未上任)后,到王文成祠拜谒后所作。

未学入榛芜①,荡然失真性。
夫子提良知,知行蕲②并进。
拔本而塞源,高论侔声振。

抚虔扫妖氛，讲学砭心病。
实措奖刘潜③，骎骎悼俞庆④。
何黄衍薪传，虔学由斯盛。
善山谨发端，洛村⑤尊主敬。
推演轶钱王⑥，流风被吾信。
回军九连山，父老壶浆迎。
过化想当年，多士攀翘乘。
翠山蓝水间，旌钺⑦长辉映。
祠宇倚宫墙，肸蠁⑧隆报称。
我来奉瓣香，升阶希入圣。
闻见苦遮迷，盘针何由定。

【注解】

①榛芜：zhēn wú，本义草木丛杂，形容荒凉的景象。引申为自谦之词，比喻微贱，草昧。②蕲：qí，同"祈"，祈求。③刘潜：北宋学者，字仲方，曹州定陶人。少卓逸有大志，好为古文，以进士起家，为淄州军事推官。尝知蓬莱县，过郓州，方与曼卿饮，闻母暴疾，亟归。母死，潜一恸遂绝，其妻复抚潜大号而死。时人伤之，曰："子死于孝，妻死于义。"④骎骎：qīn qīn，本义形容马跑得很快，引为形容迅疾的样子。俞庆，明代信丰学人，曾师学王阳明心学，获乡试领头人，不幸英年早逝，王阳明为之哭丧。乾隆十六年《信丰县志》载："俞庆，字子有，笃志问学，泛观博取，反而约之身心，领正德庚午（1510）乡试，寻殁，王阳明哭之曰：'呜呼，庆也欲寡其过而未能，骎骎焉，有志而未能睹其成也。'"⑤洛：《春秋·说题辞》："洛之为言绎也。言水绎绎光耀也。"绎，《康熙字典》

注："《广韵》以戎切,祭名。《尔雅·释天》:绎,又祭也,商曰肜。"洛村,即村里祭祀。⑥钱王:唐末时期的钱镠(liú),追随唐将董昌,任都指挥使,参与镇压黄巢起义,893年任镇海军节度使,896年占据苏南和两浙(浙东、浙西),907年受后梁封为吴越王,自立国,定都钱塘。932年4月钱镠病重,将部下将领、官员召入寝宫,把印玺交给儿子钱元瓘,告诫说:"你要好好守住吴越,子子孙孙都应当事奉中国,即使中原改朝换代,也不能失礼,切勿忘记!"不久,钱镠病死在钱塘。钱镠死后谥号武肃王。因为他着力兴修水利,主持兴修"捍海石塘",民间又称他"海龙王"。⑦旄钺:máo yuè,白旄和黄钺。借指军权。语本《书·牧誓》:"王左杖黄钺,右秉白旄以麾。"⑧肸蠁:bì xiǎng,亦作"肸蠁",散布、弥漫。多指声响、气体的传播。引申为灵感通微。

清·魏攀龙

【作者简介】

魏攀龙,浙江嘉兴人,举人,乾隆四十六年(1781)出任信丰县令。

章门寄信丰熊献周年丈

【题注】章门:赣州的别称。其地汉时属豫章郡,故称。年丈,即年伯与父亲同年却更早出世。

学未能优荷主恩，一行作吏寄章门。
专城①任重肩难息，报国心殷手自扪。
循迹素惭称父母，宦囊②谁见享子孙。
风携两袖寻三径，质证鳌峰③直道存。

【注解】

①专城：原指任主宰一城的州牧、太守等地方长官。此指任信丰知县。②宦囊：huàn náng，因做官而得到的财物。汤显祖《还魂记·训女》："宦囊清苦，也不曾诗书误儒。"③质证：核实验证。鳌峰：指翰林院。

清·李芳华（7首）

【作者简介】

李芳华，信丰人，咸丰四年（1854）邑贡生，加提举衔。前署建昌府新城县教谕。同治九年（1870）续修《信丰县志》的七名协修之一。

乱后过听泉阁题壁

归来怕认故园门，屐踏莓苔①旧有痕。
一片荒烟谁作主，十年兵火②我消魂。
诗题破壁人俱寂，叶落空庭鸟独喧。
检点残篇看不足，暗风吹雨又黄昏。

【注解】

①莓苔，同"苔莓"，即青苔。②十年兵火：作者生活的年代发生了第二次鸦片战争，对内经历了十多年的太平天国运动。十年兵火指连年战乱。

黎川留别四首

【题注】黎川，江西抚州下辖县，地处江西中部偏东，是由赣入闽的东大门之一。

此番秉铎①到黎川，弹指流光已二年。
好鸟无言窥我熟，时花自舞为谁妍。
宦情老去如云淡，乡梦归来对月圆。
回忆秋闱经十战，不堪再着祖生鞭②。

老觉空添两鬓霜，曾无化雨溥胶庠③。
评文许我分高下，把酒同谁话短长。
敢道虚怀能下士，惟求克念免为狂。
诸君馈饯多情甚，霁月光风④讵敢当。

自安苜蓿⑤却繁华，赢得归装万卷赊。
游宦频年如作客，冷官此日始还家。
故园问偏平安竹，小阁看迟自在花。
以后联吟谁伴侣，空将离恨写天涯。

红榴花照夕阳天，千里归心重黯然。
事属鹿蕉⑥成梦幻，迹留鸿雪⑦总因缘。
东湖月落陈蕃⑧榻，南浦波迎米芾船⑨。

会待梅开逢驿使,一枝遥记五云⑩边。

【注解】

①秉铎:bǐng duó,指担任文教之官。②祖生鞭:晋朝时期,年轻有为的刘琨胸怀大志,想为国家出力,好友祖逖被选拔为官。他发誓要像祖逖那样为国分忧。后来他从司隶一直做到尚书郎。他曾经对亲友写信说:"吾枕戈待旦,志枭逆虏,常恐祖生先吾著鞭。"后遂用"祖生鞭"表示勉人努力进取的典故。亦作"祖逖鞭"。③溥:pǔ,广大,周遍。胶庠,jiāo xiáng,周代学校名。周时胶为大学,庠为小学,后世通称学校为"胶庠"。语本《礼记·王制》:"周人养国老于东胶,养庶老于虞庠。"④霁月光风:成语。本指雨过天晴时的明净景象。用以比喻人的品格高尚,胸襟开阔。也可指政治清明,社会的风气好。此处是诸君称道李芳华的人品高尚。⑤苜蓿:苜蓿属植物的通称,一种多年生开花植物。此句是说,自己安于做普通的植物。⑥鹿蕉:喻人间的得失荣辱。⑦鸿雪:鸿鸟在雪泥上留下的爪印。比喻陈迹。⑧陈蕃榻:陈蕃(?—168年),字仲举。东汉时期名臣。太尉李固上表荐举他,授议郎,再升为乐安太守。这时李膺任青州刺史,治政严,有威名。属城听了消息的都自己要求离去,陈蕃因为政绩清廉,一个人留下来。郡人周璆,洁身自爱,前后郡守招请,不肯去。只有陈蕃能够招他去。陈蕃非常尊敬他,特别为他安一张床,周璆走了,就把床悬起来。后以"陈蕃榻"喻礼待贤士。亦作"悬床"等。亦省作"陈榻"。⑨米芾船:米芾,北宋书法家,画家,书画理论家。"米芾船"又称"米家书画船",形容米芾家书画极多。宋代葛立方《韵语阳秋》卷十四:"米元章(米芾字)书画奇绝,从人借古本自临拓,临竟,并与临本、真本还其家,令自择其一,而其家不能辨也。以此得人古书画甚多……

山谷（黄庭坚）亦有戏赠云：'沧江静夜虹贯日,定是米家书画船。'"
⑩五云：青、白、赤、黑、黄五种云色。古人视云色占吉凶丰歉。《周礼·春官·保章氏》："以五云之物,辨吉凶、水旱降、丰荒之祲象。"亦指五色瑞云。多作吉祥的征兆。本诗指皇帝所在地。唐·王建《赠郭将军》诗："承恩新拜上将军,当值巡更近五云。"

哀道人岩

盘空①同壁立,下视俯群山。
丹灶今犹在,仙人去不还。
鹤林②松露滴,芝圃药苗斑。
未获延年术,无方可驻颜。

【注解】

①盘空：绕空；凌空。写道人岩凌空陡立。②鹤林：僧寺周围的树林。

宿香山寺

古寺白云封,飞来洞壑重。
上方①始讲法,下界②尚闻钟。
老树偏巢鹤,苍松欲卧龙。
山中群籁寂,月上最高峰。

【注解】

①上方：本指天上；上界。此为住持僧居住的内室,亦借指佛寺。②下界：人世间。

清·钱宫槐（2首）

【作者简介】

钱宫槐，信丰人，同治九年（1870）邑贡生，候选教谕。

登高华山

独上高华顶，乾坤指顾间。
白云携满袖，红叶落空山。
俯视群峰小，开怀百事闲。
烟霞时变幻，画本问谁娴①。

【注解】

①娴:xián,熟练。此句是说：要把登高华山所看到的美景画下来，谁的画技更娴熟？

游东禅寺

小僧留客煮新茶，久坐闲谈兴转赊①。
日暮诗成浑不觉，月钩初上紫薇花②。

【注解】

①赊:shē,长。②紫薇花：是一种适应性强被广泛种植的长寿观花树种，在中国已经有几千年的栽培史，唐朝时就盛植于长安宫廷之中，它的花语是好运、雄辩、女性。

清·郭化成

【作者简介】

郭化成，信丰人，邑廪生（县学里享受廪膳补助生活，须为应考的童生具结保证无身家不清及冒名顶替等弊）。

轸武小谷邑候

士民借寇未经年[①]，一疾沉疴遽永捐。
生执明廷三尺法，死无遗索一文钱。
不知化鹤归何日，空拟飞凫去作仙。
自古循良[②]应有后，遗书能读子孙贤。

碑镌民口泽流长，没世何曾一日忘。
明镜高悬朝判牒，青天默祷夜焚香。
他时合立乐公社[③]，此际新留召伯棠[④]。
欲返遗骸愁道远，凭谁赠赙[⑤]饰归装。

【注解】

①借寇：典故。寇，指汉朝寇恂，典出《后汉书》卷十六《邓寇列传·寇恂》。光武帝南征，寇恂跟随，直至颍川，盗贼见寇恂到来，全部投降，根本不用任寇恂为太守。光武所经之处，百姓们纷纷遮道请：“愿从陛下复借寇君一年。”光武帝只好命寇恂暂驻长社县，镇抚吏民，受纳余降。后遂以"借寇"表示地方上挽留官吏，含有对政绩的称美之意。经年：谓经过一年。未经年，即不满一年。②

循良:谓奉公守法的善良的官吏。③乐公社:让你快乐安息的地方。④召伯棠:又称召棠。典出《诗·召南·甘棠序》:"《甘棠》,美召伯也。召伯之教,明于南国。"孔颖达疏、朱熹集传并谓召伯巡行南土,布文王之政,曾舍于甘棠之下,因爱结于民心,故人爱其树,而不忍伤。后世因以"召棠"为颂扬官吏政绩的典实。⑤赠赙(fù):指赠送财物助丧家治丧。

清·王新龙(2首)

【作者简介】

王新龙,信丰人,邑岁贡生。

九日同黄君霁亭刘君鹤亭携儿辈登文明山夜归有作

名山登眺我犹堪,九月晴于三月三。
胸次未能如点也①,也偕童冠出城南。

龙山故事几经秋,九日风犹起未休。
我比孟嘉才不及,枉遭吹帽落峰头。②

岭路崎岖步敢轻,上如升险下如倾。
刘郎③去后心滋惑,白日人前脱屣行。

儿戏全忘放浪形④,归来我叹发星星⑤。
怕他不解登高惧,急唤灯前读孝经。

【注解】

①胸次：胸间；心里。亦指胸怀。如点：到这个点上，即心里还没有想过。②"我比"两句：用了孟嘉落帽的故事。孟嘉，东晋时大将军桓温的参军。"孟嘉落帽"典故，形容才子名士的风雅洒脱、才思敏捷。③刘郎：指同行的刘鹤亭。④放浪形：放浪，放荡；形，人的形体。指行动不受世俗礼节的束缚。⑤发星星：头上有了星星点点的白发。

登石人岭

怪石成人貌太奇，我来历尽劫灰①时。
含情欲问当年事，心老无言意可知。

【注解】

①劫灰：亦作"刦灰"。谓劫火的余灰。

清·孔毓炎

【作者简介】

孔毓炎，南雄人。孔子六十七代孙，清雍正时期庠生（xiáng shēng，即秀才。明清时期州县学称邑庠，秀才也叫"邑庠生"或"茂才"。秀才向官署呈文时自称庠生、生员等）。

油山耸翠

油山如画翠连天，树染青云草染烟。
百尺松杉倚屏列，一庭佳气荫阶前。

清·谢肇桢

【作者简介】

谢肇桢，信丰小江案山人，其他情况不详。一篇介绍"南昌采茶戏"的资料里有这样的文字："采茶戏起源于清代中叶，嘉庆年间江西信丰人谢肇桢的《南安吟·采茶歌》中有相关记载，其中'出看采茶也入魔'句，更是具体描绘了当时的观看盛况。"

南安吟十首（之四）

【作者自序】向读香山[①]秦中吟十首，直歌其事，周详明白，自创一体，古人无是也。然读卖炭翁盐商妇等作，亦直书其事而意自见，所谓言者无罪闻者戒。即工部新安吏垂老别等篇，嗣音其辞质而切，欲见之者易谕也。秋杪[②]，余卧病在家，偶阅县志，知信丰即古南安，叹今昔民情风土均殊，允宜劝诫，因歌其事，仿香山体[③]，标其题目序其意，随笔成篇，篇无定句，句无定字，命而《南安吟》。以下是从中选取的四首（题后括号里的数字是十首中的序号）。

【注解】①香山：即白居易（772—846），字乐天，号香山居士。②秋杪（miǎo），暮秋，秋末。③香山体：白居易《卖炭翁》《新安吏》等诗的体式。北宋人所谓学"白体",其含义主要有三层。一是学白居易、元稹、刘禹锡等人作唱和近体诗,切磋诗艺,休闲解颐。诗歌唱和,本属文人闲情雅趣。由于其既富文化意蕴,又见才华性情;既可用于歌颂,又可怡情,且俗人不能为之,所以当国家初安,朝政多暇之际,元、白、刘诗歌唱和之举,就很容易成为文人士大夫竞相模仿的艺术休闲范式。太宗与群臣唱和,李昉与李至唱和,王禹偁与友人唱和,皆有效元、白、刘之意;二效白诗浅切随意,不求典实的做法。白居易的诗分类虽多,但浅近易晓确为其共同特色。这种诗随意随时吟成,不重学问典故,作来比较轻松便捷。这就很适合休闲唱和,临场发挥。因此内容多流连光景的闲适生活,风格浅切清雅;三效其狂放达观、乐天知足的生活态度,以及借诗谈佛、道义理。陈寅恪《元白诗笺证稿》附论(乙)《白乐天之思想行为与佛道之关系》:"乐天之思想,一言以蔽之曰'知足'。'知足'之旨,由老子'知足不辱'而来。盖求'不辱',必知足而始可也。""总而言之,乐天老学者也,其趋向消极,爱好自然,享受闲适,亦与老学有关者也。"从前述李昉、李至、李宗谔、王禹偁、晁迥等人的言论和诗作中,皆可见此学白之意。宋太宗则是于此最用心者。

翠蓝交·美山川也(二)

翠蓝交,乐观亭(作者注:即四望亭)外风景饶。芙蓉秀簇谷山顶,江水源发自冬桃。凌空树影媚芳甸,夹岸榕阴湿①碧涛。草动摇,靛花散,鸭绿辉映螺青高。十里烟岚护城郭,回环萦抱连四郊。腻网濯缨②痕莫辨,佛头鸾毛③黛难描。兰舟轻泛穿石磴,诗客吟哦逸致超。据赣上游称望邑,山川灵气毓俊髦④。翠蓝交,地灵人杰树芳标。先正⑤遗风今宛在,山色苍苍水迢迢。

【注解】

①滉:huàng,滉漾,荡漾。②腻网:污垢,积污的尘网。濯缨:zhuó yīng,洗濯冠缨。比喻超脱世俗,操守高洁。③佛头鸾毛:指谷山山形和植被。④俊髦:才智杰出之士。⑤先正:亦作"先政"。前代的贤臣。泛指前代的贤人。

花园坊·慨盛衰也(四)

花园坊,早春花发满园香。簇簇深红石家帐①,东风吹拂酿晴光②。豔③捧朱楼辉绿野,琼花烟雨④画图彰。河阳韵事⑤看题柱,为主愿教青帝⑥长。谁知甲第连云起,欲保千年后嗣昌。再往过之为墟也,药栏藤架尽荒凉。花开花落无人问,飞向邻家燕子忙。花园坊,旧时堂室今移主,盛衰岂有常。君不见,奉诚园原是马家宅,为君朗诵杏为梁。⑦

【注解】

①石家帐:作者自注"用王参政中语"。即用了王纶《花园早春》第二句"石家锦帐矮墙东"。②酿晴光:作者自注"杨学博诗中语"。即用了杨敬《花园早春》第三句"烟酿晴光回碧嶂"。③豔:yàn,容色丰满。④琼花烟雨:作者自注"刘明府诗中语"。即1569年出任信丰知县的刘格《花园早春》第七句"淮水琼花烟雨外"。⑤河阳韵事:古代美男子晋·潘岳曾任河阳县令,后多以"河阳"指称潘岳。韵事:风流逸事。⑥青帝:先秦祭祀的神。居东方,摄青龙。为春之神及百花之神,是中国古代神话传说中五帝(五方天帝)

之一。⑦"奉诚园"二句：白居易写了诗《杏为梁—刺居处僭也》，讽刺住宅奢华，超过本分（僭：jiàn）。内有"君不见马家宅，尚犹存，宅门题作奉诚园"句。

采茶歌·诫蚩氓也（八）

采茶歌，呕哑嘈杂灭平和。土音流转自东粤，村童装扮作妖娥①。周历乡间导淫液，回眸一盼巧笑瑳②。纨袴③子弟争打采，持杯谑浪肆摩挲④。可怜铁石燕江口，蚩氓⑤生计下煤窝。满面烟灰十指黑，出看采茶也入魔。辛苦得钱欢乐洒，囊空归去，学得阿妹一声"嗊"⑥。

【注解】

①妖娥：装束、神态不正派的女子。②瑳：cuō，巧笑貌。《诗经·卫风·竹竿》："巧笑之瑳。"谓笑时露齿。③纨袴：犹如纨绔，古代富家子弟穿的洁白光亮的绸裤，引申以称富家子弟。④谑浪：玩洒起杯中的酒浪；肆摩挲：肆意地抚摸搓揉。⑤蚩氓：敦厚老实的村民。《诗经·卫风·氓》："氓之蚩蚩，抱布贸丝。"⑥"嗊"：象声字。此几句写：敦厚老实的村民，为了生计下井挖煤出来，满面烟灰十指黑，看采茶戏看得入迷着魔，高兴地把辛辛苦苦得来的钱洒了出去，钱袋空了回到家里，对着妻子学戏里的女子一声"啊呵"。

这支散曲意在劝导村民不要沉迷于看采茶戏，以免把辛辛苦苦挣来的钱挥洒了；却也从另一面反映出当年（清嘉庆年间即1796—1821）采茶戏在信丰的演出盛况：周历乡间，频繁演出，纨绔争打采，村民倾囊看，观众观入魔。

鸦片烟·警酖毒也（九）

鸦片烟，铁签挑拨活火煎。吹入咽喉熏心肾，自言爽快醉中仙。岂有诗情匹郊阜①，见人寒瘦耸吟肩。清扬婉娈子②，白昼息偃宵不眠。南野自古民多愿，此风昌炽起何年？父老猗嗟③少小乐，竞称心法吕祖传④。一两烟，几串钱，南门楼上结因缘。良贱互亲眤酖毒⑤，恣流连年深日久。偿烟债，卖尽膏腴种稻田。

【注解】

①郊阜：阜，fù，土山。郊阜，即城郊。②婉娈：wǎn luán，本义美貌。《诗·齐风·甫田》："婉兮娈兮，总角丱兮。"郑玄笺："婉娈，少好貌。"借指美女。此句意思是：把鸦片烟当作美女，缠绵缱绻，依恋不舍。③猗嗟：yī jiē，叹词。表示赞叹。④心法：佛教语。指经典以外传授之法。以心相印证，故名。泛指授受的重要心得和方法。吕祖：即"八仙"之一、唐朝道教祖师吕洞宾。吕洞宾是道教中的大宗师。他原为儒生，40岁遇郑火龙真人传剑术，64岁遇钟离权传丹法，道成之后，普度众生，世间多有传说，被尊为剑祖剑仙。⑤酖毒：dān dú，本指毒酒。此指毒害人的鸦片烟。

清·钟炳章（2首）

【作者简介】

钟炳章，龙南人。

香山阁

临江标①古寺，虚阁②面寒流。
潮撼山根东，岭排殿色幽。
翻崖明翠浪，护壁走苍虬。
林鸟窥禅定，长吟佛日③悠。

【注解】

①标：高立。②虚阁：亭子的雅称。③佛日：对佛的敬称。佛教认为佛之法力广大，普济众生，如日之普照大地，故以日为喻。

方广岩

方广知名寺，峭壁辟石门。
风生云窦①冷，洞掩古藤昏。
危溜②含清瑟，绿苔篆石痕。
登临人几阅，惟见白云存。

【注解】

①云窦：云气出没的山洞。南朝·宋·鲍照《登庐山》诗之一："松磴上迷密，云窦下纵横。"②危溜：从高处泻下的水流。

清·李霂（5首）

【作者简介】

李霂，本县教谕。

留别桃江老友暨诸同学

（十咏之五）

漫索离肠写寸笺，记来此地十余年。
拈毫不惜头皮瘦，抚镜还存骨相坚。
自分疏慵惭报效，肯图升斗故迁延。
诸君莫笑投簪①晚，久赋渊明归去篇。

曾企宫墙结构新，工程未了几逡巡。
多年决策空劳梦，此后增华可费神。
濬凿先声推四杰②，经营提倡仗同寅③。
登场汉子诚难事，犹念前功若个人。

问字当年话夙欢，以文书屋几盘桓。
清闲不厌频来客，淡泊仍为本分官。
座有残编堪醒倦，厨无珍馔④亦加餐。
瓜薑和点青盐豉，可信儒生耐苦酸。

才整行装谢学门，此生心迹向谁论。
来时浪得闲官职，归去仍居处士村。

幸荷天章⁵光父母，何心官橐⁶计儿孙。
多情一勺桃江水，直送轻帆到故园。

十年好友怅分歧，系缆官亭此去时。
醉我何心祖道⁷酒，离人莫唱渭城诗⁸。
滩河屈折牵行客，云树苍茫忆旧时。
遥望南山夕照外，几回握手故迟迟。

【注解】

①投簪：tóu zān，丢下固冠用的簪子。比喻弃官。②濬凿：濬同"浚"（jùn），表示疏通，挖深的意思。濬凿：挖掘雕凿。四杰：四位杰出的人物。旧时多以称著名文士。此指初唐四杰王勃、杨炯、卢照邻、骆宾王。③同寅（yín）：旧称在一个部门当官的人；同僚。④珍爨（cuàn）：爨，炊也（《广雅》）。本义烧火做饭。泛指烧；烧煮。珍爨：珍稀的饭菜。⑤天章：指分布在天空的日月星辰等。即天。⑥官橐（tuó）：犹宦囊，指官吏的收入。⑦祖道：古代为出行者祭祀路神的仪式引申为饯行送别。⑧渭城诗：指王维《渭城曲》："渭城朝雨浥轻尘,客舍青青柳色新。劝君更尽一杯酒,西出阳关无故人。"

清·陶成

【作者简介】

陶成，江西南城人，翰林。

送庐陵学博谢凤西同年解组归信丰

昔滞金台共切磋,今看雅化洽菁莪①。
青原雨霁云归壑,白鹭风清月点波。
阁倚先春迎瑞霭,亭凭览秀挹清和。
吾家亦有黄花酒②,晚节输君燕乐③多。

【注解】

①菁莪:jīng é,指育材。语出《诗·小雅·菁菁者莪序》:"菁菁者莪,乐材也,君子能长育人才,则天下喜乐之矣。"②黄花酒:菊花酒的别称。杜甫《九日登梓州城》诗:"伊昔黄花酒,如今白发翁。"③燕乐:也作宴乐,饮宴欢乐。

清·卢明楷

【作者简介】

卢明楷,宁都人。翰林。

送庐陵学博谢凤西年伯归里

特立冠耆旧①,超宗振羽仪②。
儒官希往哲③,洛社④想当时。
碑有清风颂,囊余白雪词⑤。
桃江多俊及⑥,企仰得经师⑦。

【注解】

①特立:谓有坚定的志向和操守。耆旧:qí jiù,年高望重者。杜甫《忆昔》诗之二:"伤心不忍问耆旧,復恐初从乱离说。"②超宗:超越一切宗门教派。羽仪:《易·渐》:"鸿渐于陆;其羽可用为仪。"孔颖达疏:"处高而能不以位自累,则其羽可用为物之仪表,可贵可法也。"后因以"羽仪"比喻居高位而有才德,被人尊重或堪为楷模。③儒官:古代掌管学务的官员或官学教师。往哲:指先哲、前贤。南朝·梁·丘迟《与陈伯之书》:"夫迷涂知返,往哲是与。"④洛社:即宋代的洛阳耆英会。王安石变法,富弼与其政见相左。王安石当时是朝廷红人,富弼思度斗不过他,称疾告退,回到老家洛阳赋闲养病。富弼退居洛阳期间,和司马光等13人,用白居易"九老会"形式,置酒赋诗相乐,谓之"洛阳耆英会",时人莫不慕之。苏轼《司马君实独乐园》诗:"先生卧不出,冠盖倾洛社。"⑤白雪词:喻指高雅的诗词。前蜀·韦庄《对酒》诗:"白雪篇篇丽,清酤盏盏深。"⑥俊及:科举考试考及第(考中进士)的才俊。⑦企仰:踮起脚来仰望。引申指景仰,仰慕。经师:旧时指讲授经书的讲师。

清·王全仁(2首)

【作者简介】

王全仁,江西信丰县人。

京邸述怀十首（之二）

【题注】京邸（dǐ）：京都的邸舍（高级官员的住所）。

自别庭帏①后，重看斗柄②回。
市人都忭舞③，游子独徘徊。
车马长安道，门间峡口隈④。
思深两地阔，心是旧时孩。

春风花鸟变，吾意总迟迟。
屋角三荆⑤秀，天边一鹰驰。
悬旌羁客意，醉月故园思。
乐事何年叙，归应对镊髭⑥。

【注解】

①庭帏：指父母居住处。②斗柄：指北斗七星中玉衡、开阳、摇光三星。③忭（biàn）舞：高兴得手舞足蹈。④峡口隈：峡谷之口弯曲处。⑤三荆：一株三枝的荆树。⑥镊髭：髭（zī），嘴边胡子。镊髭，用镊子夹胡须。

清·王捷甲（7首）

【作者简介】

王捷甲，江西信丰县人，乾隆五十四年（1789）举人，拣选知县（清代大多数情况下是进士做知县，但举人已经具备为官资格，在一些情况下可以择优录为知县)。

建昌道中望庐山

【题注】建昌：古邑名，在今江西南城县，辖南城、泸溪（今江西资溪县）、新城、南丰（今江西南丰县）、广昌共5县。

近接西江第一峰，匡庐①真面未能逢。
车行山后来千里，石拥冈头②护几重。
绣毂③争看红杏闹，香炉④且任白云封。
何时共约浮舟去，坐我层峦听古松。

【注解】

①匡庐：即江西庐山。相传殷周之际有匡俗兄弟七人结庐于此，故称。南朝·宋·慧远《庐山记略》："有匡俗先生者，出殷周之际，隐遁潜居其下，受道于仙人而共岭，时谓所止为仙人之庐而命焉。"②冈头：山脊。③绣毂（gǔ）：彩车。④香炉：指庐山著名的山峰之南香炉峰。唐·李白《望庐山瀑布》诗："日照香炉生紫烟，遥看瀑布挂前川。飞流直下三千尺，疑是银河落九天。"庐山绵延百里，以"香炉"为名的山峰有四座：一座在庐山西北的东林寺南面，称为北香炉峰；一座在庐山山南秀峰寺（古名开先寺）后，称南香炉峰，此即李白诗所咏的"香炉"；一座在庐山北面吴障岭东，称作小香炉峰；一座在庐山凌霄峰西南，称香炉峰。

清泉亭

挈瓿旅邸意萧然①，来试江洲②第一泉。

活水粼粼清似镜,垂云霭霭淡于烟。
楼台倒入长江浸,石磴高从半岭悬。
坐此尘氛应涤尽,曲栏斜倚共流连。

【注解】

①挈缶:qiè fǒu,缶同"缶",瓦制的打击乐器。挈缶:用手提着缶。旅邸:犹旅馆。萧然:潇洒;悠闲。②江洲:位于九江县江洲镇,地处东北赣、鄂、皖三省交界的长江中心,东毗新洲垦殖场、西砥江流,南与庐山区新港、北与黄梅县段窑和宿松县程营隔水相望。

过周子墓

【题注】周子,指北宋理学家周敦颐,熙宁六年(1073)病逝于九江濂溪书院,葬于离书院五六里的栗树岭(今九江市濂溪区莲花镇谭畈村栗树岭),享年57岁。明弘治三年(1490),九江知府童潮在墓前建祠、立肖像、置田地供祭祀。

近接江州境,濂溪古迹存。
碣碑森①大道,花鸟满春园。
生意②窗前草,心传乐处轩③。
几回兴景慕④,风月已忘言。

【注解】

①森:森然,高耸挺立的样子。②生意:生机。③心传乐处轩:意思是理学家周敦颐用心传承孔子乐观观:"饭疏食饮水,曲肱而枕之,乐亦在其中矣。不义而富且贵,于我如浮云。"(《论语·述而》)"一箪食,一瓢饮,在陋巷,人不堪其忧,回也不改其乐。贤哉回也。"

(《论语·雍也》）④景慕：景仰，仰慕。

黄梅道中

【题注】去黄梅县的路上所见所感。黄梅县隶属湖北省黄冈市，位于长江中游北岸，大别山尾南缘，鄂皖赣三省交界。自古称"鄂东门户"。

轻车历碌走衡汀①，三楚②风烟此乍经。
五祖峰高云出岫，北平路回马垂铃。
黍苗谁爱甘棠③舍，风月空余俊逸亭④。
到此诗情应更远，黄梅雨滴麦波青。

【注解】

①历碌：象声词，车轮声。衡汀：纵横的水边。②三楚：战国楚地疆域广阔，秦汉时分为西楚、东楚、南楚，合称三楚。③甘棠：木名，即棠梨。成语典故"甘棠遗爱"，旧时颂扬离去的地方官。④俊逸亭：黄梅县有南朝宋参军鲍公明远之墓，即鲍照墓，位于县城西池西岸东禅村。墓前原有"俊逸亭"，取杜甫诗"俊逸鲍参军"之意。

过柳下惠墓

【题注】柳下惠（公元前720—前621），展氏，名获，字子禽（一字季），谥号惠。中国古代思想家、政治家、教育家，和文化创始人。是遵守中国传统道德的典范，他"坐怀不乱"的故事广为传颂。孔子评价他是"被遗落的贤人"，孟子尊称其为"和圣"。

墓碑横古道，遗直自千秋。
介岂三公①易，和当百世留②。
惠风长柳下，士垄③重王头。
樵採今犹未，停车问兖州④。

【注解】

①三公：古代官职。中国古代朝廷中最尊显的三个官职的合称。周代已有此词，西汉今文经学家据《尚书大传》《礼记》等书以为三公指司马、司徒、司空。古文经学家则据《周礼》以为太师、太傅、太保为三公。②"和当"句：是说柳下惠开创的"和"文化当百世留存。③士垄：坟冢。④兖（yǎn）州：古作"沇州"，古九州之一，在今山东西部与山东河北交界处，在古黄河与古济水之间。柳下惠祖籍属兖州管辖。

过闵子故里

【题注】闵子（公元前536—前487），名闵损，字子骞，尊称闵子。祖籍鲁国，徙居宋国相邑。孔子高徒，在孔门中以德行与颜回并称，为七十二贤之一。

闵子骞其父闵世恭，以启蒙教书为生，后逢鲁国"三桓弄权"，国政日非，遂举家迁居宋国相邑之东。闵子为人所称道，主要是他的孝，作为二十四孝子之一，孔子称赞说："孝哉，闵子骞！人不间于其父母昆弟之言。"元朝编撰的《二十四孝图》中，闵子骞排在第三，是中华民族先贤人物。

车过仰前贤，孝哉闵子骞。
权门经不仕①，故里至今传。

岭北三千路，江南二月天。
何当一樽酒，瞻拜肃榱筵②。

【注解】

①权门：指权贵，豪门。经不仕：抱定经籍义理而不做官。②榱筵：榱，出自《管子·霸形篇》："悬钟磬之榱，陈歌舞笙竽之乐。"筵，yán，酒席。

过孟子庙

亚圣祠连邹邑城，公车乍过敬心生。
当年俎豆三迁里①，今日低徊百世情。
脉接尼山延坠绪②，功同禹凿③息争鸣。
征夫促我行程急，瞻拜无因肃槛楹④。

【注解】

①俎豆：zǔ dòu，典故名，出自《论语·卫灵公》和《史记》卷四十七《孔子世家》。俎豆，古代祭祀、宴飨时盛食物用的礼器，亦泛指各种礼器。后引申为祭祀和崇奉之意。三迁：指孟母三迁的故事。②尼山：孔子诞生地。尼山原名尼丘山，孔子父母"祷于尼丘得孔子"，所以孔子名丘字仲尼，后人避孔子讳称为尼山。位于曲阜市城东南30公里，海拔340余米，山顶五峰连峙，惟中峰为尼丘。坠绪，往下掉的丝头，比喻失落的线头、湮没的源头。延坠绪：言孟子延续孔子思想、学说。③禹凿：指神话禹凿龙门，是大禹治水的重要工程之一。传说最早见于《墨子·兼爱中》："古者禹治天下，西为西河渔窦，以泄渠孙皇之水。北为防原，注后之邸，

池之窦,洒为底柱,凿为龙门,以利燕、代、胡、貉与西河之民……"
④槛楹:栏杆和柱子。

大阿营下邹氏祠堂十景诗(10首)(原载信丰大阿《邹氏族谱》)

谷山拥翠

耸翠凌霄汉,超然自不群。
禅关①长拥雾,山客行梯云。
爽气崇朝②发,钟声清夜闻。
金凤飘荡处,丹桂散余薰。

【注解】

①禅关:禅门。比喻悟彻佛教教义必须越过的关口。②爽气:明朗开豁的自然景象。崇朝:从天亮到早饭时。亦指整天。崇,通"终"。

魁星呈祥

祥光耀紫薇,千古存几希①。
笔阵同鲲化②,斗中隐凤栖。
丹成抽月髓③,赋就步云梯。
突尔坛山径,英流④得所依。

【注解】

①几希：不多，一丁点儿。②笔阵：比喻写作文章，谓诗文谋篇布局擘画如军队布阵。鲲化：kūn huà，典故名，出自《庄子集释》卷一上《内篇·逍遥游》：北方大海名叫鲲的鱼，变化成大鹏鸟。后遂以"鲲化"等比喻有远大前途的发展变化。亦作"鲲鹏"等。③抽月髓：髓，suǐ，本义骨中的凝脂。比喻精华。④英流：才智杰出的人物。清·顾炎武《张隐君园中仙隐祠》诗："哲士有怀多述酒，英流无事且明农。"

玉带东绕

一泓径绕东，盘曲隐蛟龙。
安澜波常恬①，激涛浪排空。
渔歌常唱晚，兔阵不惊风。
片帆飞千里，猿啼犹未终。②

【注解】

①安澜：本义水波平静。引申谓使河流安稳不泛滥。《清史稿·河渠志一》："前筑土坝，保固隄根，频岁安澜，已著成效。"恬：tián，本义安静。波恬，水面平静无波。②"片帆"句暗引了李白绝句诗《望天门山》："天门中断楚江开，碧水东流至此回。两岸青山相对出，孤帆一片日边来。""猿啼"句则引了李白的《早发白帝城》："朝辞白帝彩云间，千里江陵一日还。两岸猿声啼不住，轻舟已过万重山。"用以形容大阿"玉带"河之美景。

瑶池西来

不烦龙门鉴①,西来自坦然。
从容引渤海,荏苒②注桑田。
易满同人望,欢呼大有年。
垒培③豫则立,膏泽且绵延。

【注解】

①龙门鉴:龙门,系"鲤鱼跳龙门"故事的简化。故事说:很早以前,龙门还未凿开,伊水流到这里被子龙门山挡住了,就在山南积聚了一个大湖。禹凿山断门,阔一里余,黄河自中流下。每暮春之际,有黄鲤鱼逆流而上,得者便化为龙。龙门之下,每岁季春有黄鲤鱼,自海及诸川争来赴之。一岁中,登龙门者,不过七十二。初登龙门,即有云雨随之,天火自后烧其尾,乃化为龙矣。(据《三秦记》)鉴:引以为鉴(教训)。②荏苒:rěn rǎn,指(时间)渐渐过去。③垒培:读音为 léi duī,方言。专门用以在上边杀人的土台。

文峰仙塔

谁把管城子①,移来染俗尘。
远观如挂锡②,觅视若悬钟。
洒翰③能经国,挥笔可理民。
造工洵④有意,持此赠文人。

【注解】

①管城子:毛笔的别称。典出《全唐文》卷五百六十七《韩愈

二十一·毛颖传》。韩愈曾写《毛颖传》，说毛笔被封在管城，叫"管城子"。后为毛笔的代称。亦称"管城君"等。②挂锡：禅林用语。又称留锡。即悬挂锡杖之意。昔云水僧行脚时必携带锡杖，若入丛林，得允许安居时，则挂锡杖于壁上之钩，以表示只住寺内。③洒翰：犹洒笔。即挥笔书写。杜甫《陈拾遗故宅》诗："到今素壁滑，洒翰银钩连。"④洵：xún，实在。

武库盈佩

浩气冲牛斗，桓桓①上拥公。
旌旗细柳肃，韬略六花②雄。
紫电腾霄外，青霜焕壁空。③
承平纵衅甲④，缓带自纵容⑤。

【注解】

①桓桓：huán huán，威武的样子。②六花：本指雪花。雪花结晶六瓣，故名。特指阵名，作战时军队布成"六花"阵形。③"紫电"两句引用王勃《滕王阁序》："紫电青霜，王将军之武库。"紫电：能发出祥瑞的紫色之光的古代宝剑。青霜：剑光青凛若霜雪的古代名剑。④衅甲：衅，xìn，本义是古代用牲畜的血涂器物的缝隙，以表祭祀。此引为指卸甲。⑤缓带：解带；宽衣带，形容悠闲自在、从容不迫。纵容：放任，不加拘束。

玉盘天造

八角杏无际①，融融沛泽多②。

锦鳞浮碧水，鸥鸟汛青波。
堤柳春飞絮，江枫映红醝③。
田畴无旱溢，击鼓歌雍和④。

【注解】

①杳无际："杏"应是"杳"，遥远。杳无际，即遥远得没有边际，亦即无比遥远。②融融：明亮貌；炽盛貌。汉·扬雄《太玄·进》："次四，日飞悬阴，万物融融。"司马光集注："日飞登天，离阴绝远，万物融融然，莫不昭明也。"唐·元稹《夜合》诗："绮树满朝阳，融融有露光。"沛泽：丰盛的恩泽。③醝：cuó，白酒。④雍（yōng）和：融洽；和睦。汉·王充《论衡·艺增》："欲言尧之德大，所化者众，诸夏夷狄莫不雍和，故曰万国。"

金莲地涌

地涌水芙蓉，菁葱①佳气浓。
来脉真细巧，平地突高峰。
祖德庆流远，后裔材非庸。
绵绵瓜瓞②衍，谢凤有超宗。

【注解】

①菁葱：jīng cōng，青葱，葱绿色。②瓜瓞：guā dié，喻子孙繁衍，相继不绝。《诗·大雅·绵》："绵绵瓜瓞，民之初生，自土沮漆。"朱熹集传："大曰瓜，小曰瓞。瓜之近本初生常小，其蔓不绝，至末而后大也。"

盘古安居

混沌浑无名,突然字嵌嶙[①]。
虽非安乐窝,俨若夫人城[②]。
仓卒避云扰,安常任雨零。
经营成不日,聊以奠居民[③]。

【注解】

①嵌嶙:yǐn lín,指高耸突兀的山峰。清·钱谦益《石笋矼》诗:"我来陟此冈,凭高数嵌嶙。"②夫人城:指范夫人城,位于今蒙古国达兰扎兰加德城西北。《汉书·匈奴传上》:"乘胜追北,至范夫人城。"颜师古注引应劭曰:"本汉将筑此城。将亡,其妻率余众完保之,因以为名也。"③奠居民:让民众安居。

洛阳胜概[①]

芳名播万古,一旦竞知[②]希。
奇卉常盈眼,异香频绕衣。
江流石翠转,云散山光辉。
斯地实佳丽,闻之神欲飞。

【注解】

①胜概:美景;美好的境界。唐·李白《夏日陪司马武公与群贤宴姑熟亭序》:"此亭跨姑熟之水,可称为姑熟亭焉。嘉名胜概,自我作也。"②竞知:在相互学习中求知。

小江香山十景（10首）（原载信丰山香龙坪《江氏族谱》）

香山天日吞吐，云霞清幽，怪石林立，群峰崔巍，自然引起文人墨客的奇思联想，因而有"十景"之说，亦有咏"香山十景"诗。以下所录，系信丰小江龙坪《江氏族谱》所载的十首七言律诗。

五子扶榇

【题注】扶榇（chèn），即扶灵柩（jiù）。题目言：香山一景像五个男子扶着灵柩。

石郭遥看宛若真，应高归冢临麒麟。
衣冠不见双方相，衰绖①维持五束人。
隐跌青鳞泥雨夜，悲凉缟鹤咽霜晨。
自从执绋②翻今古，寒暑推还秋复春。

【注解】

①衰绖：shuāi dié，丧服。古人丧服胸前当心处缀有长六寸、广四寸的麻布，名衰，因名此衣为衰；围在头上的散麻绳为首绖，缠在腰间的为腰绖。衰、绖两者是丧服的主要部分。②执绋：zhí fú，绋是拉柩的绳子。执绋即送葬时帮助牵引灵车。《礼记·曲礼上》："助葬必执绋。"郑玄注："葬，丧之大事。绋，引车索。"《后汉书·独行传·范式》："式因执绋而引，柩于是乃前。"后泛称送殡。明·何景明《祭岳母文》："今母之亡，我适来乡。临风酺觞，临河执绋。死生俯仰，哀来恸哭。"

鹰立山顶

凌霄展翅热赐多，恬淡深山冷涧何。
漫折矢弦疑石虎，甘依荆棘蹲铜驼。
肱挥①偶与顽童狭，株觞②何妨狡兔过。
物我两忘真自在，悠悠岁月任消磨。

【注解】

①肱挥：肱，gōng，胳膊由肘到肩的部分，代手臂。肱挥即手臂挥动。②株觞：zhū shāng，株，露出地面的树根；觞，酒的器皿。株觞，用树根做成的酒杯。

观音坐禅

色相端严复俨然，跏趺①此地是何年。
近观自在心无碍，修证圆通身任迁。
欲仗山魈②聊坐因，同古佛遂安禅纤。
不染清风拔灯彻，琉璃日月悬嵯峨。

【注解】

①跏趺：jiā fū，"结跏趺坐"的略称，佛教中修禅者的坐法：两足交叉置于左右股上，称"全跏坐"。或单以左足押在右股上，或单以右足押在左股上，叫"半跏坐"。据佛经说，跏趺可以减少妄念，集中思想。《无量寿经》卷上："哀受施草敷佛树下跏趺而坐，奋大光明使魔知之。"泛指静坐，端坐。宋·陆游《别王伯高》诗："香奁赠别非无意，共约跏趺看此心。"②山魈：古书上记载是一种头大，尾短，一丈多高的怪兽。又说是"大猴子"。

求子中窝

何年设的在山阿,以致人人竞中窝①。
侧体必求心内正,茸身岂论项颇峨②。
拟招仍践大人迹,中石非关猿臂多。
德至即能珠玉掌,胡劳波背③对清幽。

【注解】

①中窝:传统风水学有"并窝之格"的术语。并窝者,一星而有数窝也。有两窝可下两穴,有三窝可下三穴。要窝中圆净,弦棱明白,大小相等,方合堪舆法度。"求子中窝"意思是:为了求生儿子而选中最好的窝穴。②茸身:茸,róng,本义草初生纤细柔软的样子。茸身,即孩子出生身体纤细柔软。颇峨:佛教《大树紧那罗王所问经》云:"诸山须弥颇峨涌没亦复如是,大树紧那罗王当鼓琴时。"③波背:客家土话。"胡劳波背"的大意可能是何必那么操劳。

石兔望月

灵胎本属太阴精①,以目相招别有情。
山石不因求子望,秋蟾岂为赋形明②。
于田鹰起空遗影,归猎庐皋③枉弄身。
直持冰轮④东海上,长霄⑤独自主只晴。

【注解】

①太阴精:即月亮。古人认为月亮乃太阴之精。日月对举,日称太阳,故月称太阴。②秋蟾:qiū chán,秋月。唐·姚合《秋夜月中登天坛》诗:"秋蟾流异彩,斋洁上坛行。"赋形:谓赋予形体。

③庐皋：本义为田中看守庄稼的小屋。泛指简陋居室。④冰轮：指明月。⑤长霄：天空。

羽士进章

【题注】羽士即道士。进章，意为行使道家章程，即修行道业。

> 控鹤吹笙物外闲，独特手板伏空山。
> 月明露重黄冠湿，斗转相凝羽服寒。
> 呼吸由来通帝坐①，封章②何事阻天关。
> 几时命下蹁跹起，玉佩声随归院官。

【注解】

①帝坐：古星名。属天市垣，即武仙座 α 星。战国《星经》云："帝座一星在市中，神农所贵，色明润。"宋·王安石《和吴冲卿集禧斋词》："帝坐遥临物，星图俯映人。"②封章：言机密事之章奏用皂囊重封以进。此指道士停止进章（行道）。

石窟龙潭

> 山最清奇水更幽，甫登绝岩复临流。
> 邃谷只言多虎伏，深潭何幸有龙游。
> 潜藏鳞甲遵时晦①，喷薄蜿蜒给物求②。
> 对此低徊不忍去，炎炎九夏③若三秋。

【注解】

①遵时晦：原为颂扬周武王顺应时势，退守待时。后多指暂时隐居，等待时机。②"喷薄"句意思是：龙潭之水流喷薄而出，蜿

蜒而流,是供给植物的需求。③九夏:夏季,夏天。

仙人三洞

山以仙名信不讹,此中遗迹亦应多。
我思选胜寻残灶,客喜探奇见烂柯①。
石窦乳垂穷岁月,洞门云锁老藤萝。
特筇②缓步寻归径,可许余生再复过。

【注解】

①烂柯:指下棋。语出南朝·梁·任昉《述异记》:故事说晋代王质到山中砍柴,看到几位童子有的在下棋,有的在唱歌,王质就到近前去。童子把一个形状像枣核一样的东西给王质,他吞下了那东西以后,竟然不觉得饥饿了。过了一会儿,童子对他说:"你为什么还不走?"王质这才起身,看自己的斧子,木头的斧柄已经腐烂了。等他回到人间,与他同时代的人都已经不在世了。②筇:qióng,古书上说的一种竹子,实心,节高,宜于做拐杖。特筇:只是拄着拐杖。

矗天蜡烛

岂自燧人钻木始,亭亭已矗九重屏。
山空有月头添照,天际飘霞疑映辉。
松护不方①风雨度,星流如带烛花飞。
思曾肯显云长节②,今日如何捶翠微。

【注解】

①不方：无方，无法。《韩非子·扬权》："上有所长，事乃不方。"清·俞樾《诸子平议·韩非子》："事乃不方，犹言无方也，谓不得其方也。"②云长：《三国演义》尊为蜀国"五虎上将"之首的关羽（？—220），字云长，民间尊为"关公"，又称美髯公。历代朝廷多有褒封，清代奉为"忠义神武灵佑仁勇威显关圣大帝"，崇为"武圣"，与"文圣"孔子齐名。"云长节"：关云长的气节，挥舞大刀的英武。

龙头天香

屹然垂立苍天畔，一炷蜿蜒此护勤。
次有龙蟠频舌乖①，办回鹞羽点治文。
秋空营过新添火，石冷烟疏半接云。
长向天门终不烬，东风射我众芳薰。

【注解】

①舌乖：舌头舔。

近代·郭一清

【作者简介】

郭一清（1902—1930），原名源锬，又名源鉴，号一清，江西省信丰县嘉定镇游州村人，生于清光绪二十八年二月（1902年3月）。1930年7月25日率部参加长沙、平江战斗，在战斗中牺牲。

黄柏山庵题诗

【题注】 黄柏山,在信丰崇仙圩东南9公里处,相传山上产黄柏草,顶有平地,古时建寺一座,今废。

拔山盖世眼重瞳①,垓下悲歌②莫路寻;
成败归天谁肯信,乌江自刎③也英雄。

【注解】

①拔山盖世:谓勇力天下无敌。《史记·项羽本纪》:"项王乃悲歌慷慨,自为诗曰:'力拔山兮气盖世,时不利兮骓不逝……'"重瞳,chóng tóng,一个眼睛里有两个瞳孔。上古神话里记载有重瞳的人一般都是圣人,中国史书里记载有重瞳的只有8人:仓颉、虞舜、重耳、项羽、吕光、高洋、鱼俱罗、李煜。仓颉是黄帝时代造字的圣人;虞舜是禅让的圣人、孝顺的圣人,三皇五帝之一;晋文公重耳是春秋五霸之一;项羽是旷古绝今的"西楚霸王";吕光是十六国时期横扫西域的后凉国王;高洋是北齐建立者;鱼俱罗相传是用计斩杀猛将李元霸的隋朝名将;李煜是五代十国时南唐后主,著名的词人、文学家。②垓下悲歌:秦末楚霸王项羽陷于四面楚歌时发出的悲歌。《史记·项羽本纪》:"项王军壁垓下……夜闻汉军四面皆楚歌,项王乃大惊曰:'汉皆已得楚乎?是何楚人之多也!'项王则夜起饮帐中。有美人名虞,常幸从,骏马名骓,常骑之。于是项王乃悲歌慷慨,自为诗曰:'力拔山兮气盖世,时不利兮骓不逝。骓不逝兮可奈何?虞兮虞兮奈若何!'歌数阕,美人和之。"③乌江自刎:《史记·项羽本纪》记载,楚汉战争中项羽被刘邦打败后,项羽带领八百人马突出重围,来到乌江江畔,这时乌江亭长劝项羽赶快渡江,以图东山再起、报仇雪恨,可是项羽却笑着说:"天之亡我,

我何渡为！且籍与江东子弟八千人渡江而西，今无一人还，纵江东父兄怜而王我，我何面目见之！纵彼不言，籍独不愧于心乎！"于是拔剑自刎而死。

近代·张绮山（10首）

【作者简介】
　　张绮山，江西信丰铁石口人，1914年考到北京读大学，1919年加入大学的列宁小组，参加了五四运动；第二次国内革命时期，1926—1927年任赣州市政厅市长。1931年在南昌被国民党迫害致死。1980年国家民政部追认其为革命烈士。著有诗词集《水声残稿》。

丙辰花朝太希千山坚白登郁孤台

　　【题注】丙辰：民国五年，公元1916年。花朝：传说为"百花生日"，农历二月二十二日，也有说二月初二或二月二十五日。千山：阳千山，赣县人，情况不详。坚白：萧坚白，赣州市人，1900年6月出生，1924年毕业于北平国立大学应用化学系后，在江西省立工业专科学校任教。

　　远看烟雾不成雨，春涨一篙帆势速。
　　多情此会悔登楼，强笑为花祝万福。

己未五月千山南归赋句写箑

【题注】己未，1919年。箑，shà，扇子。

共时飘零共一枝，来时不谓①又归时。
江东父老如相问，莫道长安似弈棋。②

【注解】

①来时不谓：来时没有说。②"江东"二句说：家乡父老如果问起我们，不要说我们在北京生活得像玩棋一样。"长安"指代北京。

赠太愚和尚

环堵①萧然燕子家，戎衣零落魄②袈裟。
为谁绝顶同飞锡③，尚在人间看落花。
賸④有愁心支病骨，剧怜饮泪和清茶。
思君莽莽山多少，云过孤龛一缕斜。

每谈佛地总依依，趁水同舟泊寺隈⑤。
想结前贤尊古树，指陈遗迹读新碑。
六朝⑥金相如慈母，甘载尘襟悔浪儿。
霁⑦照欲收回望处，岸然道者五云衣。

【注解】

①环堵：环绕四周的土墙，形容居室简陋。②魄：kuì，"愧"的异体字。③飞锡：佛教语。"锡"为锡杖，僧侣随身物。相传唐元和年间，高僧隐峰游云台山，掷锡杖飞空而去。故后称僧侣云游四方为"飞锡"。④賸：shèng，"剩"的异体字。⑤隈：wěi，水弯曲处。

⑥六朝：三国的吴、东晋，南朝的宋、齐、梁、陈，都以建康（今南京）为首都，合称六朝。⑦霁：jì，雨雪停止，天放晴。

丙寅九月莲谷好梦楼感事

【题注】丙寅：民国十五年，公元1926年。

离乱天涯数弟昆①，孤灯对酒不能倾。
无归一叶秋如许，起坐霜钟月有情。
漫抚丘墟谁氏土，敢言虎狗妄谭②兵。
羞闻山下中原路，南北东西是战声。③

【注解】

①弟昆：弟弟和哥哥。②谭：同"谈"。③本诗反映当时军阀割据，蒋介石借北伐和东征与各路军阀混战，虎狗相争。

端午前一日为先母生辰有感

【题注】先母：已去世的母亲。

明朝端节复如何，门外黄花菜一畦。
最忆阿嬢共生养①，夜归分向墓门啼②。

【注解】

①嬢：niáng，即"娘"。"阿娘"是客家人对母亲的称呼。共：应是"供"。②"夜归"句：分，料想。此句意思是夜归时料想我会向着母亲的墓门啼哭。

宝兰亭书事

宝兰亭畔竹萧萧,凉送樵喧①过石桥。
一响只知山是主,惯经居简兴偏饶②。
封书人③在滩声上,归梦云迟雁影遥。
枫色岚容原太古④,秋姿虽净不能描⑤。

【注解】

①樵喧:樵,qiáo,打柴。樵喧,打柴者的喧哗声。②"惯经"句意:住惯了陋室兴致便很高。饶,丰富,此指兴致很浓。③封书人:封,密闭,使跟外面隔绝。封书人,即被书密闭而与外界隔绝的人。④岚容:雾气的景象。原:本来;起源。太古:指远古,上古。⑤描:依照原样摹画。

白梅

闻道神仙本无相①,淡妆流转亦多情。
征衫不渍②天涯泪,灯下惊疑可是卿。

【注解】

①无相:中国最早的道教理念,最早写作"无象",指没有形迹;没有具体形象、概念。亦泛指诸种义理的玄微难测或玄微难测的义理。语出《老子》:"绳绳兮不可名复归于无物。是谓无状之状无象之象是谓忽恍。"②渍:zì,染,沾染。

满江红·西山感事

【题注】词牌"满江红"应93字,上阕8句47字,押4仄韵"丑、手、狗、有"；下阕10句46字，押5仄韵"否、吼、老、窦、酒"，应均用第十二部仄声韵，但此词"老"不合韵。下阕第7句应为七言句，本词只6字，可能印刷有误。

多少绮霞，遮不住、人间奇丑。怪祇怪、文章翻覆，鬼魔身手。遍地杀机血如水，排场儿戏麟当狗。论千秋、三字古今同，莫须有。家国事，担当否？东海浪，潮如吼。立群山高处，风吹袂①老。我采薇抛竹钵，为谁拂袖？卧云窦倩②，浇胸块垒瀑千行，倾为酒。④

【注解】
①袂：mèi，衣袖。②窦倩：窦，端倪；倩，美好。"窦倩"为"倩窦"，美好的端倪。

山林一首

向来总说山林好，真个归时却又难。
我佛有情成众妙①，故留净土②与人看。

【注解】
①众妙：一切深奥玄妙的道理。②净土：佛教术语。指诸佛佛国清净国土。一般专指阿弥陀佛国土。其国众生皆行十善，身口意三业清净，无有众苦，但受诸乐。故又称极乐国土。

题崇仙黄柏山天竺寺绝句

【题解】此诗未收入《水声残稿》，系五四运动之后张绮山回到信丰，与众好友游崇仙黄柏山所作。

当门青翠竹芊芊①,绾②住行云不见天。
一触午钟惊众醒,万山无意望中原③。

【注解】
①芊芊:qiān qiān,指草木茂盛的样子;碧绿色。语出《列子·力命》:"美哉国乎,郁郁芊芊。"②绾:wǎn,卷,把云卷起来。③无意:不愿。"万山"句意思是:万山(实际上是民众)不愿看到战乱的中国。

近代·萧坚白

【作者简介】
萧坚白,江西赣州市人,1900年6月出生,1924年毕业于北平国立大学应用化学系后,在江西省立工业专科学校任教。与张绮山、刘太希、阳千山合称20世纪二三十年代"赣南四大才子"。

哭绮山

【题注】1931年,36岁的张绮山被国民党迫害致死,这是作者写的吊唁诗。

廿载称元白①,相期鹤与鸾②。
自娱居下邳③,骨埋竟西山。
蛮触争④方急,恩仇愿未删⑤。
他生各流转,冷落此人寰。

【注解】

①元白：唐代诗人元稹和白居易。此说20年来作者与张绮山友谊如同元白一样。②"相期"句说：期望鸾鹤共鸣，咏诗唱和。③下邳：古县名，自古常为战场。"居下邳"，谓到战场去。④蛮触争：蛮触，语出《庄子·则阳》："有国于蜗之左角者，曰触氏；有国于蜗之右角者，曰蛮氏。时相与争地而战，伏尸数万，遂北，旬有五日而后返。"这里用此典比喻军阀混战。⑤未删：没有消除。

近代·刘太希（3首）

【作者简介】

刘太希，1898年出生于江西信丰大阿，其父刘楠轩系清翰林学士，先后任广东东莞、南海、番禺等县知事。父故后，刘太希家迁赣州定居。系著名书诗画家，与张大千交谊甚深，是张绮山好友，20世纪二三十年代"赣南四大才子"之一。1919年去北京考大学，赶上五四运动。北大毕业后回到赣州，任省立第四中学（今赣一中）校长；1926年被委任星子县县长，后任南康县、福建东山县县长，1933年弃官从文。1949年之后渡海去台，1950年避居港、澳，1952年应新加坡南洋大学聘请为国学教授，后在台湾许多大学兼教，有"国学大师"之称。有诗文集《无象庵杂谈》《千梦堂集》《太希诗文丛稿》《竹林史》等。1987年4月27日病逝于台北寓所。

绮山墓上作

万泪注西山①，瘗②尔一抔土。
诗魂写百哀，草草遂终古。
斯人抱微尚③，精灵自来去。
埋名更埋骨，乘化④了无苦。
人事日喧豗⑤，厌世非无故。
有妇且遗腹，茕独⑥不复顾。
沈思宿世⑦因，到死无一语。
寄生忧患中，存亡亦惯睹。
哀时行自念，悱恻若有寤⑧。
眼前鬣⑨已封，荒城送笳鼓。
摩挲辨碑字，残阳黯远浦⑩。
追怀平生欢，涕洒苍茫处。
他年孤儿来，满眼故交树⑪。

【作者自注】墓木为诸友会葬时所植。

【注解】

①西山：张绮山的墓在南昌梅岭西山。②瘗：yì，掩埋。③抱微尚：为"尚抱微"，微，贫贱，还守着贫贱。④乘化：乘，顺随自然；化，造化。晋·陶潜《归去来兮辞》："聊乘化以归尽，乐夫天命复奚疑。"⑤喧豗（huī）：轰响声。⑥茕独：茕，qióng，孤独，忧愁。⑦宿世：为前世；前生。⑧寤：同"悟"。⑨鬣：liè，马颈上的长毛。亦指鬣狗，一种大型强壮夜行性的食肉动物，颈长而粗，头大，颚坚强，毛皮粗糙，脚有四趾，爪不能收缩，主要以腐肉为食。此以鬣狗代国民

党军警特务。⑩浦:水或河流入海的地方。⑪故交树:老朋友种的树。

自题画像

从来六凿涃天游①,大觉空明海一讴②,
此老生平事事错,南溟双过一年秋③。

【注解】

①六凿:指耳、目等六孔。《庄子·外物》:"心无天游,则六凿相攘。"唐·成玄英疏:"凿,孔也。"涃:hùn,肮脏,混浊。②空明:形容心性洞彻而灵明。讴:《说文》中有"讴,齐歌也"。意为无伴奏齐声歌唱。③南溟:nán míng,即南冥,南方的大海。双过:即"又过了"。

自赋

文章游戏从吾好,岂为身名始读书,
乱世残生容浪掷①,广搜兰蕙慰桑榆②。

【注解】

①浪掷:随便抛弃,浪费。②兰蕙:《说文》中有"兰,香草也。蕙,薰草也"。自宋代开始兰蕙则单指兰科植物的地生兰。连用以喻贤者。桑榆:桑树与榆树。比喻晚年、垂老之年。《文选·曹植〈赠白马王彪〉诗》:"年在桑榆间,影响不能追。"李善注:"日在桑榆,以喻人之将老。"

近代·陈毅（10首）

【作者简介】

陈毅（1901—1972），名世俊，字仲弘，四川乐至人，中国共产党优秀党员，忠诚的共产主义战士，伟大的革命家、政治家、军事家、外交家、诗人；中国人民解放军的创建者和领导者之一，中华人民共和国十大元帅之一，党和国家卓越领导人。新中国第一任上海市市长。陈毅兼资文武，博学多才。有多种军事、政治论著和诗词著作，编为《陈毅军事文选》《陈毅诗词选集》《陈毅诗稿》等。

忆亡
1932年秋

余妻肖菊英，不幸牺牲，草草送葬，夜来为诗，哀哉。

泉山渺渺①汝何之？检点遗篇几首诗。
芳影如生随处在，依稀门角见冰姿②。
检点遗篇几首诗，几回读罢几回痴。
人间总比天堂好，宿愿能偿连理枝。

依稀门角见冰姿，影去芳踪我不知。
送葬归来凉月夜，泉山渺渺汝何之。
革命生涯都说好，军前效力死还高。
艰难困苦平常事，丧偶中年泪更滔。

【注解】

①泉山：即九泉，黄泉。原指地底最深处。古代劳动者从打井的经验中获知：当掘到地下深处时，就会有泉源。地下水从黄土里渗出来，常常带有黄色，所以古人把很深的地下叫作"黄泉"。古时认为，人死后要到"阴曹地府"去，"阴曹地府"在很深的地下，于是就把"九"字和"泉"字相搭配，成为"九泉"。渺渺：miǎo miǎo，幽远貌；悠远貌。②冰姿：淡雅高洁的姿态。

哭阮啸仙、贺昌同志
1935年4月

【题注】阮啸仙，广东河源人，1921年加入中国共产党，党的第五次代表大会中央委员、广东农民运动领导人之一。苏区时期曾任赣南省委书记、赣南军区政治委员。贺昌，山西离石人，1924年入党，党的第六次代表大会中央委员，苏区时期曾任红军总政治部主任。苏区红军长征后，阮、贺留在赣南坚持游击斗争，1935年春，阮在信丰虎山遭遇国民党军，壮烈牺牲。

> 环顾同志中，阮贺足称贤。
> 阮誉传岭表①，贺名播幽燕②。
> 审计呕心血③，主政见威严。
> 哀哉同突围，独我得生全。

【注解】

①岭表：岭外。因阮啸仙是河源人，此指岭南以外。②幽燕：泛指河北北部及辽宁部分地区。因上述地区唐代以前属幽州、战国时期属燕国，故有幽燕之称。贺昌是山西人，此指北方。实际上是

说贺昌声名远播全国。③阮啸山组建并主持苏维埃中央政府审计署工作。

野营
1936年春

恶风暴雨住无家，日日野营转战车。
冷食充肠消永昼，禁声扪虱①对山花。
微石终能填血海，大军遥祝渡金沙。
长夜无灯凝望眼，包胥心事发初华②。

【注解】

①扪虱：mén shī，捻着虱子。泛指任情自适。唐·李颀《野老曝背》诗："有时扪虱独搔首，目送归鸿篱下眠。"②包胥：bāo xū，即申包胥，春秋时楚国大夫。楚昭王十年（公元前506年），吴国用伍子胥计攻破楚国，他到秦国求救，在秦庭痛哭七日夜，终于使秦国发兵救楚。初华：华，huá，美丽而有光彩。初华，初步展现出光华。

油山埋伏
1936年春

走石飞沙大地狂，空山夜静忽闻狼。
持枪推枕猛起坐，宛似鏖兵①在战场。

【注解】

①鏖兵：áo bīng，激烈地战斗；苦战。

赣南游击词
一九三六年夏

天将晓,队员醒来早。
露侵衣被夏犹寒,树间唧唧鸣知了。满身沾野草。
天将午,饥肠响如鼓。
粮食封锁已三月,囊中存米清可数。野菜和水煮。
日落西,集会议兵机。
交通①晨出无消息,屈指归来已误期。立即就迁居。
夜难行,淫雨苦兼旬②。
野营已自无篷帐,大树遮身待晓明。几番梦不成。
天放晴,对月设野营。
拂拂清风催睡意,森森万树若云屯③。梦中念敌情。
休玩笑,耳语声放低。
林外难免无敌探,前回咳嗽泄军机。纠偏要心虚。
叹缺粮,三月肉不尝。
夏吃杨梅冬剥笋,猎取野猪遍山忙。捉蛇二更长④。
满山抄,草木变枯焦。
敌人屠杀空前古,人民反抗气更高。再请把兵交。
讲战术,稳坐钓鱼台⑤。
敌人找我偏不打,他不防备我偏来。乖乖听安排。
靠人民,支援永不忘。
他是重生亲父母,我是斗争好儿郎。革命强中强。
勤学习,落伍实堪悲。
此日准备好身手,他年战场获锦归⑥。前进心不灰。
莫怨嗟,稳脚度年华。

贼子引狼输禹鼎⑦，大军抗日渡金沙。铁树要开花。

【注解】

①交通：指当时游击队的联络员。②淫雨：持续过久的雨。《礼记·月令》："〔季春之月〕行秋令，则天多沉阴，淫雨蚤降。"郑玄注："淫，霖也，雨三日以上为霖。"兼旬：两旬，一旬为十天。③若云屯：如云之聚集。形容盛多。《后汉书·袁绍刘表传赞》："鱼丽汉轴，云屯冀马。"④二更长：二更多。更，中国传统的夜间计时单位。每夜分作五更，二更相当于晚10至12时。⑤稳坐钓鱼台：相传商朝末年姜太公钓鱼于溪，常用直钩钓鱼，曰：愿者上钩。他在八十岁时遇见了周文王，成了周朝的开国元勋。后因以稳坐钓鱼台喻事情有把握，靠得住。古代谚语有"任凭风雨起，稳坐钓鱼台"的话，比喻胸有成竹，不怕风险。⑥锦归：本义衣锦还乡，即富贵后回到故乡。此指得胜而归。⑦贼子引狼输禹鼎：比喻卖国贼引狼入室出卖祖国。引狼：即引狼入室，比喻把坏人引进自己内部。此指把日本人引入中国领土。输：送给、出卖、断送。禹鼎：又称九鼎。传说为夏禹铸九鼎，象征九州。后因以喻国家领土、政权。

三十五岁生日寄怀
1936年8月

一九三六年，余游击于赣南五岭山脉一带，往来作战，备极艰苦。八月值余三十五岁生辰，赋此寄怀。

大军西去气如虹，一局①南天战又重。
半壁河山沉血海，几多知友②化沙虫。
日搜夜剿人犹在，万死千伤鬼亦雄。

物到极时终必变，天翻地覆五洲红。

【注解】
①一局：同样局势，情况相同。②知友：知心朋友。

雪中野营闻警
1936年冬

风击悬冰碎万瓶，野营人对雪光横。
遥闻敌垒吹寒角①，持枪倚枕到天明。

【注解】
①寒角：hán jiǎo，号角。因于寒夜吹奏，或声音凄厉使人戒惧，故称。唐·韦应物《广陵行》："严城动寒角，晚骑踏霜桥。"元·刘秉忠《宿中山乾明寺》诗："梦破小膗浮月色，漏残寒角奏梅花。"

赠同志
1936年冬

二十年来是与非，一生系得几安危？
莫道浮云终蔽日，严冬过尽绽春蕾。

无题
1936年冬

生为革命死不哭，莽莽神州叹沉陆①。
魂兮归来大地红，小住人间三十六②。

【注解】

①沉陆：亦作"沈陆"，谓国土沦陷。宋·辛弃疾《水龙吟·甲辰岁寿韩南涧尚书》词："夷甫诸人，神州沉陆，几曾回首！"②小住：本来是说某人去某地暂住（朋友家、旅馆或者是突然认识的人的家），一般是7天左右。这里是说在人间已活了36年。作者1901年出生，1936年36岁。

七律·寄友

一九三七年春，敌寇策动侵华日急，国民党反动派对我之"清剿"更烈。余辗转游击于五岭山脉，时红军主力西去秦陇，消息难通。而阮啸仙、贺昌、刘伯坚诸同志相继牺牲。每夜入梦，故人交情，不渝生死。游击各同志又与余分散活动，因诗以寄意。

> 风吹雨打露沾衣，昼伏夜行人迹稀。
> 秦陇消息倩谁问①，故交鬼影梦中归。
> 瓜蔓抄②来百姓苦，萁豆煎③时外寇肥。
> 叛徒国贼皆可杀，吾侪④南线系安危。

【注解】

①秦陇：本是秦岭和陇山的并称。此指今陕西、甘肃之地，即红军北上后的根据地。倩：qiàn，请，央求。②瓜蔓抄：指旧时统治者对臣下、人民的残酷诛戮迫害。辗转牵连，如瓜蔓之蔓延，故称。《明史·景清传》："一日早朝，清衣绯怀刃入……〔成祖〕命搜之，得所藏刃。诘责。清奋起曰：'欲为故主报雠耳。'成祖怒，磔死，族之，籍其乡，转相攀染，谓之瓜蔓抄，村里为墟。"③萁豆煎：三国魏曹植《七步诗》："煮豆持作羹，漉菽以为汁。萁在釜下燃，豆在

釜中泣。本是同根生，相煎何太急！"后以"萁豆相煎"比喻骨肉自相残杀。此喻国共两党内战。④吾侪（chái）：我辈；我们这类人。

近代·蔡会文（3首）

【作者简介】

蔡会文（1908—1936），湖南攸县人。1926年加入中国共产党。1927年9月参加秋收起义上井冈山。1928年夏任红四军三十一团机枪连党代表。同年8月，任红四军军官教导队党代表兼士兵委员会主任。1929年初，任红四军三纵队一支队政委等职。主力红军长征后，在湘、粤、赣边界开展游击战争。1936年春在战斗中牺牲。

七绝

连天烽火炮声隆，惜别赤都①情意浓。
重围突破万千重，挥戈直指油山中。

【注解】
①赤都：瑞金，第二次国内革命时是中华苏维埃政府首都。

好事近·过桃江

【题注】 词牌"好事近"又名钓船笛，45字，前后片各两仄韵，以入声韵为宜。两结句皆上一、下四句法。

三月渡桃江,江水滔滔不绝。休道人饥马乏,三军心似铁!过关斩将敌胆寒,破贼围千叠。指顾油山在望,喜遂风云合。

浪淘沙·突围行军纪事

料峭春寒浓,强敌追踪,夜行山谷月朦胧;林密坑深惊敌胆,莫辨西东。

血染遍山红,士气豪雄,餐风饮露志若虹;倦卧茅丛石作枕,若醉春风。

【附注】

以上蔡会文三首诗词均作于1935年4月他从中央苏区率部突围奔向油山途中。两首词的词牌系编者所加。

后 记

2012年初创办刊物《文化信丰》伊始，我就想寻找古人写信丰或者在信丰写的诗词，加以注释，在该刊发表，一则提高《文化信丰》品位，二则开发信丰文化遗存。后来，从1985版《信丰县志·艺文辑选》上看到24首，花了近一周的空余时间加以注解，登载在2012年第二期《文化信丰》上，读者反映蛮好。

由此我想：历史人物咏信丰的诗词就区区20余首么？肯定不止！于是我继续搜寻：网上搜，藏书查，书店找，向人索取，有如大海捞针，胜似崇山觅宝，却收获甚微。终于，2014年赣南诗词联学会编辑出版了一套四卷本《历代名人吟赣州》，卷中包罗了古代（含近代）1116名作者的3254首诗词。翻看这套珍贵的诗书，如获至宝的同时，我羞赧不已，因为这套浩大的丛集里，仅有37人80首"吟信丰"诗词，分别占3.3%、2.46%，是赣州市最少的县（市、区）之一。身为信丰诗词楹联学会会长，我为没有尽到发现更多信丰古诗词的责任而自责自疚。我萌生心意，一定要矻矻孜孜，在"踏破铁鞋无觅处"的境况下，竭己所能，尽努力多收集历史尘封的信丰诗词，为自己讨得一点精神安慰，为文化信丰谨献一份绵薄之力。

然而，2013—2015年三年间一人操办《信丰教育》（双月刊），2014年全年还在县电视台做每月两期每期播出6次的专题节目《家教巡谈》，加上其他不能自已的公务家事，致使我几乎难遂收集信丰古诗词之愿。直到2015春节，深感此事不能再拖延了，便在忙碌于难以摆脱的公务和私事之余，挤出时间，充实精力，砥砺心智，依据《历史名人吟赣州》里80首信丰诗词提供的线索，按图索骥，拔草寻兔，经过无数次的"撒网追索"，历时近两年，搜集到了200余首，加上《历代名人吟赣州》里的，一并做了简单的注解（除原在《文化信丰》刊登的外均未做分析），合编成集子，取名《历史人士信丰吟》。

原本打算2015年秋冬付梓，孰料"人有旦夕祸福"，重阳节那天，一向自诩"身体好"的我突发急症，在信丰医院住院抢救半个月，转到广州南方医院手术治疗。在南方医院，经历两次大手术，曾"死去"（心脏停止跳动）3分多钟，输血7200ml，到"鬼门关"兜了一圈，"阎王"拒收，保住了性命，却延误了《历史人士信丰吟》的完稿付印时间。2016年一年，在家"静养"残体之余，使命驱使，打起精神，每天坚持二三小时，才基本完成注解，形成了书稿。2017年春节后，核对校对时，又发现了近百首，注解后添了进去，成了现在这个本子。

此书取名《历史人士信丰吟》而不是《历代名人吟信丰》，出于三点思考：1. 不用"历代"而用"历史"，是因为"历代"既指古代、近代，也应包括现代、当代，若用"历代"，就得把今人的诗词也选进去，那涉及的面就太广了；2. 不用"吟信丰"而用"信丰吟"，是因为前者只指咏吟信丰，后者则既涵盖唱咏信丰，又可指在信丰歌咏，还包括信丰籍历史人士所写的其他诗词；3.不用"名人"而用"人士"，是因为收入的121人中，真正称得上"历史名人"的为数寥寥，他们中的绝大部分没有在史籍里留下履历，以至"作者简介"只能近乎空白或者"无从查考"。

翻开此书，一看目录就会发现：所选诗词从宋代开始（宋代4人28首，元代1人6首，明代45人124首，清代65人加2集体250首，近代6人28首，合计121人加2集体436首）。信丰于唐永淳元年（682）设县，初名南安县，唐天宝元年（742）定名信丰县。《历史人士信丰吟》为什么空缺唐朝和五代诗词？清代赣州通判廖宪在《信丰县志序》里写道："邑彦俞生琳怀其故帙以进曰：'邑置九百年无志矣，仅存此帙尚可窥十一于千百，盍省诸宪亟览焉？其间故实颇备，然建设之增易，官秩之代更，才贤之递兴，尚有当缀葺而厘正者。'"这就是说，唐朝设县以来，900年里（即到1580年前后）没有修编《信丰县志》，县内所有当由"县志"记载的情况，均需"缀葺而厘正"。康熙五十八年（1719）《信丰县志》更明确写到"唐五代失考"。所以，宋代以前的"信丰吟"诗词当然不知所案而没有流传而无从查找了。

尽管"信丰吟"名人不多，唐朝、五代诗词缺失，元代仅1人6首，本集诗词仍然有存史遗文、阅读品鉴价值。它们虽然没有"李杜文章在，光焰万丈长"的声名，不具"杜诗韩集愁来读，似倩麻姑痒处抓"的魅力，却不失为信丰历史文化的珍宝，是信丰传统文化的遗存，细细品读，诗词里深蕴的内涵、意境和心志，会给我们的心灵带来愉悦和触动，能让我们从中了解信丰的一些历史、人文、传统、风情等，增加热爱这方"人信物丰"乡土的情感。正是出于这些思考，我把《历史人士信丰吟》诗词选注奉献给县人，尤其是中小学青少年，期望大家能通过阅读它，咏诵它，藉以陶冶情操，增添学养，培育文化精神。

虽然自认为能够收集到的信丰古诗词都收进来了，但我依然相信，素有"比屋弦歌"之誉的信丰，肯定还有散隐于历史典籍深处的古人诗作；虽然我尽了努力对430多首诗词做了注解，但偏差错误肯定不少，且有冗繁拖沓之嫌。我将在编撰其他书稿之际，继续留意收集信丰古代诗词，且将继续完善注解。

陈明淦

2017年2月18日